Always publishing

COLLANA
Always romance
-119-

Questo libro è un'opera di finzione. Nomi, personaggi, luoghi, marchi, media ed episodi descritti sono frutto dell'immaginazione dell'autrice o sono utilizzati in modo fittizio. L' autore riconosce lo status del marchio di fabbrica e i proprietari del marchio dei vari prodotti, band e/o ristoranti menzionati in questo romanzo, che sono stati usati senza permesso. La pubblicazione/uso di questi marchi non è autorizzata, associata o sponsorizzata dai proprietari del marchio. Qualsiasi somiglianza con persone reali viventi o defunte, eventi o luoghi è puramente casuale.

Titolo originale: *A favor for a favor*

Traduzione dall'inglese d. **Angela Italia Guglielmo**

©2024 **Always Publishing s.r.l.** - Salerno

ISBN 9791255170235

www.alwayspublishingeditore.com

Stampato nell'aprile 2024 con sistema Rotobook da Geca (MI)

HELENA HUNTING

SBAGLIO DOPO SBAGLIO

Dedicato a coloro che almeno una volta nella vita
sono rimasti nell'ombra affinché
la luce di qualcun altro potesse splendere.

1

Giornata no

STEVIE

In quanto a giornate no, questa è una delle peggiori che io abbia vissuto negli ultimi tempi. Posso ignorare le quattro ore di ritardo del volo da Los Angeles a Seattle; posso sopportare di essere seduta in aereo vicino a un uomo che puzza di formaggio stagionato e di biancheria intima usata da tre giorni. Ma se in tutto questo ci aggiungiamo anche che uno dei miei bagagli è stato spedito in Alaska – o forse nel Nunavut, chi diavolo può saperlo? – e che la sola valigia che mi è rimasta ha la maniglia rotta e una ruota mancante, la giornata non può che definirsi pessima.

La ciliegina su questa torta di merda? Meno di un'ora fa ho trovato Joey, il mio ragazzo, – anzi, ex, ormai – che ci dava dentro con un'altra donna sul nostro divano nuovo di zecca. Il divano che ci ha regalato mio fratello per inaugurare la casa. Immagino sia stata la mia ricompensa per aver pensato di fargli una sorpresa tornando due giorni prima del previsto. Per il mio compleanno.

«Vuoi che venga a Seattle per picchiare quell'idiota? Posso partire domattina presto.» Mio fratello RJ è dai suoceri per il fine settimana, a un'ora e mezzo di strada da Seattle. Il fatto che sia così propenso a difendermi mi fa sentire un po' meglio.

Tuttavia, mio fratello è un giocatore della NHL, nonché padre e marito. Permettergli di picchiare il mio ex perché è un idiota infedele potrebbe lenire il mio ego distrutto e aiutare a guarire il mio cuore spezzato, ma non mi sembra comunque una buona idea. Perché se RJ picchiasse qualcuno ci sarebbero buone probabilità che poi venga accusato di aggressione. La sua faccia finirebbe su tutti i media, Joey darebbe spettacolo e io mi ritroverei coinvolta nello scandalo. Vedere il *mio* volto sui social, accanto a quello di mio fratello famoso e del mio viscido ex, è l'ultima cosa che desidero. Quindi, anche se Joey si meriterebbe il naso rotto e un occhio nero, preferisco rinunciare a tutti i potenziali litigi. «Apprezzo davvero la tua disponibilità a ricorrere alla violenza per difendermi, ma non credo che valga la pena ricevere una denuncia per violenza e percosse.»

«Odio che tu debba affrontare questa situazione da sola, e nel giorno del tuo compleanno, Stevie. Se avessi saputo che saresti tornata prima, ci saremmo organizzati per essere con te questo fine settimana. E se venissi a prenderti e ti portassi qui dai genitori di Lainey per qualche giorno?»

«Ho cambiato programma all'ultimo minuto.» E chiaramente non è stata una grande idea. «È carino da parte tua invitarmi, ma il fatto che tu mi stia offrendo un posto in cui passare la notte è più che sufficiente.» Voglio davvero bene a mio fratello, però non ho nessuna intenzione di stare dai suoi suoceri durante la mia fase di depressione post-rottura. «Oltretutto, inizio a lavorare in clinica lunedì, perciò dovrei viaggiare avanti e indietro senza motivo. Ti prometto che starò bene.» Guardo i numeri scorrere man mano che l'ascensore sale. Presto potrò concedermi un bel crollo emotivo dopo questa giornata schifosa. «Sono quasi arrivata all'appartamento. Che ne dici se ti chiamo domani mattina?»

«Va bene. Rimarrò sveglio ancora per un po', quindi se hai problemi a entrare in casa mandami un messaggio. Il sistema di chiusura è complicato finché non capisci bene come funziona.»

«Me la caverò. Grazie ancora, RJ.»

«Quando vuoi, Stevie. Lo sai. Mi dispiace tanto. Buon compleanno, ragazzina. Quando torniamo in città ti porto fuori a cena e ordino la tua torta preferita, okay?»

«Certo, mi sembra un'ottima idea. Grazie ancora. Ti voglio bene, fratellone.» Chiudo la chiamata e sollevo il mento per evitare che mi scendano le lacrime.

Il segnale acustico dell'ascensore annuncia l'arrivo all'attico. L'unico vantaggio di avere scoperto il tradimento del mio ragazzo è che posso vivere in un posto molto più carino, almeno finché non riuscirò a trovare un altro appartamento.

Mentre le porte si aprono, aggiusto la maniglia rotta della valigia, poi trascino sia lei che me fuori dall'ascensore. Sono esausta all'ennesima potenza e non vedo l'ora di dare inizio a una sessione catartica di lacrime e singhiozzi. Gradirei molto anche un barattolo, o cinque, di gelato.

Vorrei poter apprezzare adeguatamente lo splendore dell'atrio con vista, ma il mio umore tetro non mi concede questa soddisfazione. Appena avanzo di un passo sulla moquette, morbida e lussuosa, la ruota rotta della valigia rimane incastrata nello spazio di cinque centimetri in cui si aprono le porte dell'ascensore.

«Sul serio?» La strattono e tento di sbloccare la ruota rotta mentre le porte iniziano a chiudersi, ma queste urtano la mia borsa e poi si riaprono. Getto tutto sul pavimento per avere entrambe le mani libere e continuo a tirare la valigia, però è incastrata per bene. A un certo punto l'ascensore emette un forte segnale acustico, a segnalare che le porte sono rimaste aperte troppo a lungo.

È tardi, quasi mezzanotte; spero che le pareti siano insonorizzate, perché sto facendo un bel trambusto.

Quando finalmente riesco a disincastrare le valigia, inciampo all'indietro, calpesto la borsa e atterro sulle chiappe. Per fortuna la moquette è morbida e pulita. Resto lì sdraiata per qualche secondo, in attesa che un pianoforte o una cassaforte precipitino dal soffitto e mi finiscano addosso, visto l'andazzo della giornata.

Nessuna catastrofe si abbatte su di me – per ora – perciò mi alzo e decido che il modo migliore per riuscire a spostare la valigia senza creare più baccano di quanto non abbia già fatto è lasciarla scivolare sul tappeto. A differenza di un normale condominio, il corridoio dell'attico non è così lungo. Nell'atrio ci sono quattro porte, due a sinistra e due a destra, perciò è facile individuare l'appartamento 4004. Se non altro, immagino che questo significhi che è un posto tranquillo.

Al centro dell'ingresso c'è un tavolo con il ripiano in vetro sul quale è disposta un'enorme composizione di fiori che spiega il forte profumo nell'aria. Schivo il tavolo mentre faccio scivolare la valigia sul tappeto, verso la mia nuova casa temporanea, poi mi ricordo che la mia borsa è ancora sul pavimento davanti agli ascensori.

La chiave magnetica che mi hanno consegnato alla reception è finita sul fondo della borsa. Ci frugo dentro per trovarla, ma ho talmente tanta robaccia che sembra la borsa di Mary Poppins. Uso la valigia come sedia, la fragile plastica esterna scricchiola rumorosamente quando ci appoggio il sedere. Be', in ogni caso è destinata a finire nell'immondizia, visto com'è ridotta. Un pezzo sporgente mi urta persino un gluteo, ma sono troppo stanca per spostarmi.

La chiave magnetica e il telefono sono magicamente scomparsi in un buco nella fodera della borsa largo tre centimetri. Mi ci vuole un'eternità per ripescarli. Tiro fuori le istruzioni per aprire la porta; a quanto pare, le serrature di questo edificio richiedono una spiegazione passo per passo. Mi rialzo in piedi, inserisco il codice a sei cifre, faccio scorrere la carta e abbasso la maniglia, però la serratura emette solo un segnale acustico, nient'altro.

«Voglio solo sdraiarmi» mormoro alla porta. Tento ancora una volta, ma ottengo un altro segnale acustico, più lungo e più forte. «Che diavolo… Perché non ti apri?» sussurro un urlo. Ogni volta che provo, il segnale acustico diventa più forte e più lungo, mentre la mia pazienza diminuisce.

Strattono la maniglia, frustrata. Non voglio chiamare di nuovo RJ, perché dovrei essere in grado di aprire una maledetta porta da sola. Probabilmente mi sta sfuggendo qualche piccolo passaggio. Inoltre, è tardi e lui ha un bambino che non sempre dorme per tutta la notte e che adora svegliarsi all'alba. Però Kody è super adorabile, quindi la sveglia all'ora dei galli è tollerabile.

La porta sul lato opposto del corridoio si apre. Grandioso. Ho pure svegliato il mio nuovo vicino. A proposito di pessime prime impressioni. Mi giro con l'intenzione di scusarmi, ma all'improvviso ho la bocca secca come il deserto.

C'è un uomo sull'uscio. Un uomo molto, *molto* grosso. Mio fratello è grosso, sovrasta tutti con il suo metro e novanta. Eppure la testa di quest'uomo dall'aria infastidita supera lo stipite della porta. È anche robusto. Troppo robusto. È una quantità di uomo eccessiva nel complesso.

Oltre a essere esageratamente alto e robusto – e infastidito, a giudicare del cipiglio – indossa solo un paio di boxer. Posso sorvolare sulla stazza enorme e sui capelli castano scuro, incredibilmente belli e arruffati dal sonno, abbinati a focosi occhi nocciola, una mascella squadrata e scolpita e labbra carnose. Posso sopportare anche tutti quei muscoli tonici, gli addominali scolpiti e i bicipiti pompati, corredati da un bel ciuffo di peli che guida il mio sguardo dall'ombelico fino ai boxer. Ma è lì che mi blocco, perché sui boxer c'è scritto "ATTENZIONE CADUTA MASSI", con una frana disegnata proprio lì dove dovrebbe esserci il pene. Quindi ora sembra che io stia scrutando il suo pacco. In un certo senso è così.

«Che diavolo sta succedendo? È quasi mezzanotte, cazzo, e tu stai qui fuori a fare un baccano della miseria. C'è qualcuno che sta cercando di dormire.» La sua voce è profonda, dura e forte. L'uomo incrocia le braccia muscolose sul petto scolpito. Il gesto dovrebbe nascondere un po' di nudità, invece non fa che attirare la mia attenzione su quanto siano grosse le sue braccia.

Tra le altre cose.

Wow. Quando si parla di ostilità.

«Scusa. Ho qualche problema con la chiave magnetica e con la valigia.» Mostro la chiave e mi avvicino alla valigia distrutta. All'improvviso sto sudando. Probabilmente per l'imbarazzo di essere stata rimproverata da un ragazzo sexy in mutande.

L'uomo in biancheria intima osé sghignazza. Non accetta le mie scuse. Non si offre di aiutarmi, né modera la sua stronzaggine. «Dove cazzo hai preso quella chiave?»

«E perché dovrebbe interessarti?» Scorro i messaggi sul telefono e cerco di capire dove sto sbagliando con la chiave magnetica e con il codice, così da entrare nell'appartamento e allontanarmi da questo insuperabile stronzo di prima categoria.

«Mi *interessa* perché sei qui al *mio* piano a fare tanto rumore inutile. Sono pronto a scommettere che hai pagato qualcuno per avere quella chiave.»

Smetto di scorrere i messaggi per guardarlo in viso. «Scusa?» Questo tizio potrebbe vincere un premio per quanto è stronzo. Che enorme spreco di fascino.

Alza il mento cesellato, mi lancia un'occhiataccia e punta un dito nella mia direzione. È minaccioso. «Quale dei ragazzi della sicurezza hai pagato? Oppure si tratta di un altro tipo di favori?»

«Favori? Di che stai parlando?» Sono molto confusa in questo momento.

Lo stronzo da primato si appoggia allo stipite della porta e mi studia con un sorriso. Indosso dei jeans e una maglietta con la stampa di una torta di compleanno a fumetti. Ho i capelli infilati in un berretto, visto che ho viaggiato tutto il giorno e l'umidità non è stata clemente. «Pensi che non lo abbia già visto un milione di volte? Le ragazze corrompono la sicurezza per avere le chiavi per salire quassù.»

«Io non…»

Prima che possa rimetterlo al suo posto, mi interrompe. «Senti, bel faccino, non so cosa hai sniffato o cosa ti sei iniettata, ma non c'è modo di entrare lì dentro senza codice. E anche se tu ci riuscissi, sappi che tutto questo spettacolino di merda,» fa un cenno verso di me, «è un grandissimo ammosciacazzi, perciò smettila di renderti ridicola e porta il tuo culo sgangherato da dove sei venuta.»

Mi ha appena definita un'ammosciacazzi? Ne ho abbastanza degli stronzi stasera.

2

Che problemi hai?

BISHOP

Okay, forse il commento sull'ammosciacazzi non era necessario. Ma è mezzanotte e io sono stanco. Sono uscito convinto di dover affrontare il tizio che vive al 4001: ogni volta che è in città organizza una festa che dura per giorni, poi silenzio per una settimana, se non di più. Per fortuna non c'è quasi mai, però quando è qui, c'è un gran viavai di donne in abiti succinti, potenziali portatrici di malattie veneree, che entrano ed escono dall'ascensore.

Al posto del testa di cazzo del 4001, mi trovo di fronte a questo derelitto di donna. Certo, anche se ha un aspetto disastroso è comunque sexy, ma sta facendo un sacco di rumore per cercare di entrare nell'attico del mio compagno di squadra. Quello in cui lui non vive più, dato che ha comprato un'altra casa, o qualcosa del genere, con la moglie e il figlio.

Le mie conversazioni con Rook Bowman sono state brevi e non del tutto piacevoli. Non sono il suo fan numero uno. Quasi tutte le volte che abbiamo giocato contro, nelle stagioni passate, uno dei due si è beccato una penalità per essere stato scorretto verso l'altro. Ma la mia avversione per lui ha raggiunto i massimi storici quando ha rinunciato alla sua clausola di divieto di cessione e si è unito alla squadra di espansione di Seattle all'ultimo minuto. Non sarebbe stato poi così male, se non gli avessero offerto anche il posto di capitano della squadra, che avrebbe dovuto essere mio. Il suo ridicolo atteggiamento affabile del cazzo, condito di "Possiamo farcela, siamo una squadra!", e il fatto che sia il pupillo del coach me lo fanno odiare ancora di più. Io non mi lascio ingannare dal suo comportamento da buon samaritano. Mi ha persino suggerito di spostarmi in difesa, probabilmente per eliminare la concorrenza nella sua ambita posizione di primo centrocampista. Non che io sia rancoroso o altro.

Adesso sembra pure che abbia un'amante che usa l'attico messo a disposizione dalla società. Che stronzo.

La donna sogghigna e raddrizza la schiena. «Ne ho abbastanza degli stronzi.» Si indica il capo. È bassa, quindi non deve portare la mano troppo in alto. «Grazie per essere stato così disponibile e comprensivo, con i tuoi insulti e la tua stronzaggine. Era proprio quello che mi serviva, dopo questa giornata di merda. Quindi, davvero, complimenti per la tua creatività e per i tuoi commenti offensivi del cazzo.»

«Dico solo le cose come stanno. Se la verità fa male, non è colpa mia.»

«Dio, sei proprio uno stronzo, eh? Che peccato che il tuo carattere sia l'esatto opposto del tuo aspetto.» Mi squadra, sbuffando. Sembra quasi irritata con sé stessa per avermi occhieggiato così. Dovrei essere io quello stizzito, se nel tempo libero si scopa il mio compagno di squadra sposato. «E poi che cazzo ci fai qui fuori in mutande? Come ti viene in mente?»

Dio, è infervorata. La situazione sarebbe quasi divertente, se non fosse che è veramente tardi e che sono incazzato perché mi ha svegliato. Non mi prendo la briga di rispondere alla domanda sulla biancheria intima, poiché non è rilevante ai fini della discussione. «Se qui c'è una stronza, quella sei tu, che fai tutto questo baccano.»

Guarda di nuovo il telefono e scorre i messaggi. Stavolta striscia prima la carta e poi inserisce il codice. Il mio disappunto cresce quando si accende la lucina verde. Mi sa che Rook ha davvero un'amante, e questo dimostra che non è perfetto come vuole lasciar credere.

La donna spalanca la porta con una spallata e trascina dentro la sua valigia malconcia in maniera goffa. «Grazie mille per l'aiuto.

È bello essere accolti così calorosamente nel palazzo.» Mi fa il dito medio e scompare nell'appartamento.

Per una frazione di secondo prendo in considerazione l'idea di chiamare qualcuno, tipo il nostro allenatore o magari il direttore generale, ma credo che non servirebbe a nulla. Rook è tutto pappa e ciccia con il coach, Alex Waters, perché hanno giocato insieme a Chicago per diversi anni. E Waters è in confidenza con i dirigenti. Inoltre, le attività extra-lavorative di Rook non sono un mio problema. Se tradisce sua moglie, di sicuro io non voglio mettermi in mezzo.

Spengo la TV, davanti alla quale mi ero addormentato, e filo a letto. Credevo che mi sarei addormentato subito, dato che sono esausto, invece mi ritrovo a domandarmi, per molto più tempo di quanto sia lecito, cosa diavolo stia succedendo dall'altra parte del corridoio.

Grazie al trambusto notturno, il mattino dopo mi sveglio tardi. Preparo una tazza di caffè ed esco a prendere il giornale fuori dalla porta. Non leggo libri, perché richiedono un impegno in termini di tempo e io non riesco a rimanere seduto o concentrato abbastanza a lungo da finirne uno, ma con il giornale è diverso. Mentre faccio colazione mi piace scorrere le notizie principali nella sezione sportiva e sfogliare le pagine di attualità per essere aggiornato su quello che succede nel mondo.

Il mio umore semi-decente peggiora nel momento in cui apro la porta per ritirare il giornale del mattino e lancio un'occhiata dall'altra parte del corridoio. Ora che non sono stato svegliato da un sonno profondo, riesco ad ammettere che mi sono comportato da coglione, anche se credo di aver avuto motivo di esserlo. Soprattutto se Rook nasconde un'amante sexy nell'attico fornito dalla società.

Sto per rientrare in casa quando noto che la porta del mio vicino è socchiusa. Il mio primo istinto è quello di fare finta di niente, perché in realtà non è un problema mio... Poi, però, ragiono sulle possibili ragioni per cui la porta dovrebbe essere aperta.

A. Il derelitto sexy di ieri sera ha solo avuto fortuna con il codice e ha svaligiato l'appartamento.

B. Rook è venuto qui a godersi la sua amante.

C. La moglie di Rook ha scoperto che ha un'amante e ha deciso di ucciderli entrambi nel cuore della notte.

Se la risposta esatta è la A, allora qualcuno della sicurezza perderà il lavoro. Ma se dovesse trattarsi dell'opzione B e cogliessi Rook con le mani nel sacco, potrei sfruttare la faccenda a mio favore. Se l'opzione corretta è la C e ci sono due cadaveri nell'attico, prima o poi inizierà a sentirsi la puzza nel corridoio.

Infilo il giornale tra lo stipite e la porta del mio appartamento per evitare che si chiuda del tutto e attraverso il corridoio. Anche se ho visto una discreta quantità di sangue per via degli incidenti sul campo da hockey, i cadaveri sono tutta un'altra storia e preferirei non trovarmeli davanti. Ma eventualmente meglio un cadavere fresco che uno rimasto lì per giorni, perciò, insomma, sto solo svolgendo il mio dovere di cittadino.

Busso alla porta e questa si apre di parecchi centimetri, cigolando. Aspetto quindici secondi buoni prima di bussare una seconda volta. Dopo un altro mezzo minuto senza ricevere risposta, sbircio dentro e mi guardo intorno. Nessuna pozza di sangue rappreso sul pavimento. Nessun cadavere. È ancora presto per chiamare la polizia.

Tendo l'orecchio per cercare di sentire qualche rumore che indichi una presenza umana, tipo gemiti di dolore o di piacere, ma sento solo il ronzio del condizionatore. «Ehilà?» urlo. Niente. Spero davvero che non sia morto nessuno.

Entro nell'attico. È identico al mio dal punto di vista della disposizione, tuttavia manca un tocco personale. Questo lo fa sembrare sterile, come una casa da esposizione. È tutto immacolato e intatto, quindi l'ospite di Rook non ha svaligiato la casa. Non c'è niente che faccia pensare a un omicidio, anche se è più probabile trovare tracce in camera da letto, dove avvengono i fattacci.

«Ehilà?» urlo, di nuovo. Non ricevo risposta, perciò proseguo verso le camere da letto. Sono a metà del corridoio quando una porta si apre e compare la donna di ieri sera. È decisamente tutta intera. Tutta intera, appena lavata e con addosso solo un asciugamano. Ha un secondo asciugamano avvolto sulla testa. Stamattina ha un aspetto di gran lunga migliore, assomiglia molto meno alla svitata di ieri e più a... sesso, fasciato nella spugna nera. È atletica eppure formosa, un equilibrio perfetto tra forza e femminilità. Né mingherlina né fragile. Notare questi dettagli mi indispettisce con me stesso.

«Che diavolo!» urla nel momento in cui mi vede.

«La porta era aperta.» Alzo le mani e distolgo lo sguardo dal punto in cui l'asciugamano corto le sfiora le cosce nude. Scommetto che se solleva le braccia potrò vedere *tutto*.

Lei afferra la parte superiore dell'asciugamano e se lo sistema più in alto. Nonostante la mia lotta interiore per guardarla in viso, i miei occhi si abbassano senza il mio permesso per assicurarsi che non si veda nulla. Non so se non vederle le parti intime mi lasci deluso o meno.

«Perciò hai pensato bene di entrare e spiarmi mentre faccio la doccia? Che cazzo di problema hai?» urla, agitando la mano libera.

Costringo i miei occhi a spostarsi sul suo volto. «Non ti sto spiando. Ho bussato due volte e ho chiamato tre volte. Te l'ho detto, la porta era aperta. Volevo assicurarmi che non ci fossero cadaveri da rimuovere.»

«Cadaveri?» Fa una smorfia. «Dici sul serio...» Scuote la testa e agita una mano per aria, come se volesse cancellare le mie parole, o forse provare a cancellare me. «Sai una cosa? Non importa. È evidente che hai dei problemi. Vattene, prima che chiami la polizia.»

Dio, si surriscalda in fretta. Anche se credo di capire perché non gradisca un estraneo in casa mentre è nuda e avvolta nell'asciugamano.

Alzo le mani in segno di resa e faccio qualche cauto passo indietro lungo il corridoio e verso la porta d'ingresso perché non tenga fede alla sua minaccia. Però non riesco a resistere alla tentazione di punzecchiarla. «Forse dovrei essere io a chiamare la polizia. Ti presenti qui nel cuore della notte e ti comporti come se fossi a casa tua. Conosco il ragazzo che vive qui e non è nemmeno in città.» Questa è una mezza cazzata. Non so se Rook sia in città o meno questo fine settimana. Per quanto ne so, potrebbe anche essere nascosto in una delle camere da letto.

«Come ti...» Sferza una mano per aria e avanza verso di me. Mi ritiro verso la porta d'ingresso. «Sai una cosa? Non ti devo nessuna spiegazione. Sei tu che sei entrato nel *mio* appartamento.»

«Questo non è il *tuo* appartamento.» Per poco non faccio cadere una lampada da un tavolino mentre cammino all'indietro attraverso il soggiorno.

«Dio mio! Fuori di qui! Sono avvolta in un asciugamano, porca miseria. Ero nella doccia. Non c'è nessun cazzo di cadavere, come puoi ben vedere.» Si muove intorno alla stanza immacolata, per lo più vuota, e continua ad avanzare man mano che io mi avvicino alla porta.

«Magari stavi lavando via le prove.» Adesso la sto prendendo in giro. Non so il motivo. Forse perché è così irritata. Forse perché sono irritato dal fatto che Rook passi per un ragazzo d'oro quando è solo uno stronzo come tanti. «Chi c'è qui con te?»

«Nessuno. Sono qui da sola, proprio come lo ero ie...» Si tappa la bocca con una mano, ma la lascia cadere altrettanto rapidamente. «Aspetto una persona che arriverà tra poco. Devi andartene.»

Faccio un passo indietro oltre la soglia ed esco nell'atrio. «Volevo solo assicurarmi che fossi viva e che non fossi stata trasformata in un ceppo per coltelli. Non sono minimamente interessato ad approfittare del fatto che sei sola.»

«Sì, sei stato abbastanza chiaro a questo proposito con il tuo commento di ieri sera sull'ammosciacazzi. Comunque grazie per averlo ribadito.» Mi spinge per la spalla, stavolta in modo aggressivo, così faccio finta di inciampare all'indietro di un paio di passi. «E perché diavolo la porta dovrebbe essere aperta, tanto per cominciare? L'ho chiusa ieri sera, appena hai finito di insultarmi.»

«Ti sei specchiata ieri sera? Eri un disastro ferroviario anche se sexy.»

«Ma non stai mai zitto tu?» urla, e mi spinge con più violenza. Devo ammettere che per essere così piccola è piuttosto forte.

Inciampo per davvero e urto il bordo del tavolo di vetro. Il gigantesco vaso di fiori rischia di rovesciarsi, ma per fortuna rimane al suo posto. Non ho voglia di spiegare alla sicurezza la presenza di un mucchio di vetri rotti. Mi raddrizzo e mi passo una mano sul petto, un'azione che lei segue con rapimento, come una coniglietta affamata. Forse è una coniglietta dell'hockey in piena regola. «Scusa per essermi assicurato che non fossi stata assassinata durante la notte.»

«Comprati un paio di pantaloni!» Sbatte la porta, però quella non si chiude, anzi, si riapre. «E una maglietta!» Mi mostra il dito medio e sbatte la porta una seconda volta.

E quella si riapre. Di nuovo.

Quando la donna riappare sulla soglia, io sorrido e le faccio ciao con la mano. L'asciugamano che ha in testa si sgancia e finisce per terra, rivelando una massa spettinata di lunghi capelli… *rosa cipria*? Ieri sera li teneva infilati nel berretto, perciò erano nascosti.

Lei afferra la porta con forza e l'asciugamano che tiene avvolto intorno al busto si allenta, per poi scivolarle lungo il corpo. Questo mi permette di intravedere un bel paio di tette sode, giusto un attimo prima che la porta sbatta una terza volta.

«Hanno fatto un bel lavoro con le tue tette» urlo.

Quando la porta si riapre, nello spazio stretto dell'uscio compare un dito medio. «Sono vere, stronzo.» Il dito scompare, la porta sbatte di nuovo e, finalmente, resta chiusa.

Mi sembra una tipa troppo esuberante per Bowman. Peccato che io abbia una bussola morale. Altrimenti, sarebbe stato divertente giocare con lei.

3

Cretini SRL

STEVIE

«Che cretino!» dico alle mie tette. Lascio cadere il braccio con cui le stavo coprendo, dato che non è più necessario proteggere i miei capezzoli dalle molestie dello sguardo altrui. Nonostante la sua stazza e anche se è praticamente un estraneo, non mi sono sentita particolarmente minacciata dalla sua presenza inaspettata in casa mia. Forse per via della sua ridicola biancheria intima?

A ogni modo, le mie tette sono vere e sono anche molto belle. Ogni ragazzo con cui sono stata e con cui ho superato la seconda base si è praticamente innamorato del mio seno. Non sono un numero considerevole perché non sono il tipo, ma a quanto pare ho delle tette e dei capezzoli fantastici e i ragazzi ne sono curiosamente ammaliati.

Premo il viso contro la porta per guardare dallo spioncino. Il cretino è ancora in piedi nell'atrio, con un sorriso ebete stampato in volto. Si gratta l'interno della coscia, vicino al pacco, borbotta qualcosa che non riesco a sentire e si dirige spavaldo verso la porta del suo appartamento. Riesco a dare un'occhiata al suo bel culo e alla sua schiena incredibilmente definita. È ingiusto che un uomo con un carattere così schifoso sia bello da impazzire. Alla fine il tizio si china per recuperare il giornale prima di scomparire dentro casa.

Mi vesto, poi controllo la dispensa. Non c'è assolutamente niente a parte una confezione di noodle e quattro bustine di tè, perciò andare a fare la spesa è una priorità assoluta. Non ho molta voglia di uscire, ma non ho altra scelta.

Sono sul punto di aprire la porta quando sento il telefono suonare nella borsa. Joey ha inviato messaggi senza sosta dal momento in cui l'ho trovato con l'asta conficcata nella vagina di un'altra. Continua a scrivere stronzate del tipo: "Mi dispiace tanto, tesoro, è stato un incidente, non significava niente, possiamo risolvere la situazione".

Potremmo anche risolvere la situazione, ma se lo facessimo poi cosa accadrebbe? Mi sentirei sempre insicura, mi domanderei cosa sta facendo quando non sono a casa o se mi è fedele mentre io sono a trovare la mia famiglia a Los Angeles. Riesco già a immaginare come andrebbe a finire e di certo non sarebbe un bene per me. Se tornassi insieme a Joey dopo averlo beccato in flagrante, non riuscirei a stare in pace con me stessa. Almeno adesso so esattamente qual è il mio limite.

Quando sullo schermo compare il nome di mio fratello, anziché quello di Joey, mi sento sollevata.

«Ehi.» Metto il vivavoce e mi sdraio sul divano.

«Come stai stamattina? È andato tutto bene ieri sera?» Con zero caffeina in corpo, trovo l'apprensione di RJ tanto tenera quanto fastidiosa.

«Sto bene.» È una bugia, ma la verità richiederebbe una seduta di terapia, quindi meglio sorvolare. «Avevi ragione sul fatto che la serratura è complicata, però alla fine ho capito come funziona. Il tizio dall'altra parte del corridoio credeva che volessi scassinare la porta.»

«Quale tizio?»

«Ehm, quello super muscoloso?» Ieri sera non ho prestato attenzione al numero dell'appartamento e sono troppo pigra per alzare il culo e andare a controllare adesso.

«Lì in genere ognuno se ne sta per conto suo, ma se qualcuno ti crea problemi dimmelo e me ne occupo io.»

«È tutto a posto. Ho fatto parecchio baccano, perché all'inizio avevo sbagliato a inserire il codice.» Evito di raccontargli che il ragazzo mi ha insultata e che è entrato qui stamattina, perché non mi va che mio fratello bussi alla sua porta e faccia una scenata.

«Che mi dici di quell'imbecille del tuo ex? Ha cercato di contattarti?»

Solo un milione di volte, più o meno. «Mi ha inviato un messaggio, ma non ho risposto.» Cambio discorso, perché sento di nuovo gli occhi riempirsi di stupide lacrime. «Dove sono il negozio di alimentari e la caffetteria più vicini, qui intorno?» Se usassi Uber Eats, potrei evitare di uscire fino a lunedì mattina, tuttavia sarebbe uno spreco dei fondi limitati a mia disposizione in questo momento.

«C'è una caffetteria al primo piano e il negozio di alimentari è in fondo alla strada. Mi spiace, in casa non c'è niente, ma puoi richiedere la consegna online. Il concierge ti porterà tutto su.»

«Non si paga una tariffa per il servizio? Oltretutto, non ha molto senso riempire il frigorifero, visto che me ne andrò non appena avrò trovato un altro posto.»

«Non hai bisogno di cercare un altro posto, Stevie. Ho già parlato con la direzione e ho spiegato la situazione.»

«Sei sicuro?» Non voglio vivere a scrocco da mio fratello, però non dover cercare un altro appartamento o non dover pagare l'affitto da sola mi solleverebbe da una delle mie tante preoccupazioni.

«Sicurissimo. Ti copro le spalle, Stevie. E non preoccuparti della tariffa di consegna della spesa. Hanno già la mia carta in archivio. Ti invio le credenziali, puoi ordinare tutto quello che ti serve.»

«Stai facendo più che abbastanza offrendomi un posto in cui vivere, e mi hai già aiutata con i mobili e il resto. Non serve che mi paghi anche la spesa.» Mi sento in colpa ad avere ventiquattro anni e non essere autosufficiente, soprattutto perché RJ guadagna milioni di dollari da quando ha vent'anni. Ma sono appena uscita dalla scuola di specializzazione e ciò significa che il mio conto in banca sarà esiguo fino a quando non riceverò lo stipendio dal mio primo lavoro inerente ai miei studi. Il lato positivo è che la paga e i benefit sono davvero ottimi; il lato negativo è che lavoro nella stessa clinica del mio ex infedele.

«Non devi preoccuparti dei soldi finché non inizi a lavorare. Lascia che ti aiuti. Posso permettermi di prendermi cura della mia famiglia, quindi dammi la possibilità di farlo.»

Ha ragione, visto che guadagna undici milioni l'anno. Accumulare addebiti sulla carta di credito è un altro stress di cui non ho bisogno, oltre a tutto il resto, quindi cedo. È ironico come la sua fama e i suoi soldi siano allo stesso tempo una benedizione e una maledizione, in molti sensi.

Il resto del fine settimana trascorre in un turbinio di messaggi di Joey, a cui non rispondo, molti barattoli di gelato Ben&Jerry's, gentilmente offerto dalla spesa online, e diversi pacchi di fazzoletti.

Domenica sera la mia seconda valigia non è ancora tornata dal suo viaggio in Alaska, ma ho ordinato un sacco di vestiti con spedizione rapida, grazie alla carta di credito di mio fratello. Almeno non dovrò presentarmi nuda al primo giorno di lavoro.

Il lunedì mattina ho lo stomaco in subbuglio mentre mi vesto per andare al lavoro. Mi preparo qualche spuntino, anche se sono troppo nervosa per mangiare, mi verso una tazza di caffè da portare con me e mi assicuro di avere la chiave magnetica prima di infilarmi le scarpe. Quando apro la porta trovo un giornale ai miei piedi. Mi sembra strano trovarlo lì, ma lo lancio comunque dentro casa. Magari è gratuito o qualcosa del genere.

Sto chiudendo la porta alle mie spalle, quando quella del mio dirimpettaio si apre ed esce il vicino imbecille. Proprio come durante il nostro primo incontro, indossa solo i boxer, stavolta a scacchi bianchi e neri. Sulla patta c'è una striscia di bandierine e proprio sopra il pene c'è scritto "TRAGUARDO". È fisicamente impossibile non guardargli il pacco. Mi costringo a sollevare lo sguardo, trascinandolo lentamente sugli addominali scolpiti e verso il viso fastidiosamente bello.

Nel momento in cui lui si accorge di me si blocca, indugia con lo sguardo sui miei pantaloni da yoga e sulla polo semplice e sportiva. Ho la sensazione che mi stia giudicando in silenzio. Probabilmente nello stesso modo in cui l'ho squadrato io, anche se con meno bava e più disprezzo. Quando raggiunge il mio zaino, arriccia le labbra in un ghigno ripugnante. «Sei una *studentessa*?» Lo dice come se fosse una malattia orribile.

Inarco un sopracciglio e mi sistemo uno spallaccio, a disagio. Avrei potuto comprare una borsa o qualcosa di simile, ma gli zaini consentono di distribuire meglio il peso e non provocano il disallineamento delle spalle. «Buongiorno anche a te.» Mi dirigo verso gli ascensori senza nemmeno rivolgere una seconda occhiata nella sua direzione.

Che stronzo.

Per fortuna le porte si aprono quasi immediatamente. Entro, premo il pulsante per scendere all'ingresso e mi sforzo con tutta me stessa di non girarmi a controllare se è ancora lì. Perdo la battaglia mezzo secondo prima che le porte si chiudano del tutto. Si sta grattando lo spazio tra l'ombelico e l'elastico dei boxer. Alzo gli occhi al cielo e tiro un sospiro di sollievo quando l'ascensore inizia a scendere.

Mi chiedo che diavolo di problema abbia quel ragazzo. Okay, ho fatto molto rumore la prima notte, però non credo che ciò giustifichi il suo disdegno insistente. Pazienza, non dobbiamo essere amici. Non sono nemmeno costretta a salutarlo.

Il viaggio in autobus verso il nuovo lavoro è felicemente tranquillo. La clinica si trova ai margini del campus universitario. Hanno aperto un centro nuovo di zecca, che ha richiesto assunzioni in massa, in parte per via della nuova squadra di Seattle. Metti una squadra di hockey in una città e all'improvviso centinaia di collegiali vogliono diventare professionisti e cercano ogni comodità possibile per riuscirci.

Avrei potuto approfittare dai contatti di mio fratello e ottenere un posto in una delle cliniche che collaborano direttamente con le squadre di professionisti, ma volevo ottenere il lavoro per i miei meriti, non per il nome di mio fratello.

Ho un master in fisioterapia con specializzazione in riabilitazione sportiva e mi sono laureata con il voto migliore della classe. Questo, insieme alla brillante raccomandazione dei miei professori e al mio tirocinio in clinica, nonché alla mia bravura durante il colloquio, mi hanno fatto ottenere l'impiego. Non serviva l'intervento di mio fratello.

Quindi eccomi qui, al primo giorno del nuovo lavoro, a pregare di non incontrare Joey e scoppiare in lacrime. Il lato positivo è che lui ha iniziato già da due mesi, perciò non saremo insieme durante la formazione. Inoltre, la clinica è enorme: il personale conta più di cento persone, tra fisioterapisti, massaggiatori, agopuntori, chiropratici e persino un medico, oltre a un team di personal trainer – il lavoro di Joey. Visto le dimensioni del posto e al fatto che faccio parte del team di fisioterapisti, spero di non incontrarlo spesso – o meglio ancora, mai.

Sono in anticipo di circa venticinque minuti, quindi mi registro, prendo un plico di documenti di orientamento e mi siedo a uno dei tanti banchi vuoti nell'aula del seminario. È strano non essere in università nei panni di studentessa.

Inizio a compilare i moduli e intanto intorno a me i posti si riempiono di persone tese. Non sono una persona tipicamente introversa, ma le situazioni nuove in cui non conosco nessuno a parte il mio ex infedele mi rendono nervosa.

Due ragazze che sembrano avere più o meno la mia età occupano i posti vuoti accanto a me. Una delle ragazze è alta e snella e ha i capelli corti, l'altra è bassa e ha un fisico atletico e i capelli lunghi raccolti in una coda di cavallo. Non appena si sistemano ci salutiamo e ci presentiamo. Quella slanciata si chiama Jules, quella atletica Pattie, e a quanto pare sono cugine.

Il mio telefono vibra sul banco, ci sono dei nuovi messaggi, io però li ignoro. RJ me ne ha inviato uno stamattina per augurarmi buona fortuna, così come hanno fatto mia madre e mio fratello

Kyle. Decido di infilare il telefono nella borsa per non lasciarmi distrarre, ma prima di farlo intravedo il nuovo nome che ho dato al contatto di Joey: Testa di Cazzo. Il suo ultimo messaggio, di pochi secondi fa, dice:

Testa di Cazzo: Guarda su.

Vedere la sua faccia da stronzo è l'ultima cosa di cui ho bisogno e che desidero stamattina. Non alzo lo sguardo. Invece, sfoglio distrattamente l'opuscolo di orientamento.

«Ehi! Stevie!» Joey grida sottovoce dal fondo della fila.

«Cristo santo» borbotto.

«Conosci quel ragazzo?» chiede Pattie in un sussurro.

«Purtroppo sì.» Tengo la testa bassa, decisa a non rivolgergli alcun cenno che gli faccia pensare di avere una mezza possibilità di tornare nelle mie grazie. Non accadrà mai.

«Pss, Stevie.» Adesso la sua voce è più vicina, proprio accanto al mio orecchio.

Lancio un'occhiata a Pattie e mimo con la bocca: «È dietro di me?».

Annuisce.

La donna piccina, tutta muscoli, che sta in piedi al centro della stanza, guarda alle mie spalle e storce la bocca con una smorfia. «Signor Smuck, ha bisogno di un ripasso? È per questo che ci onora della sua presenza?»

Sì, il cognome di Joey è Smuck, come "babbeo". Difficile non cogliere l'ironia.

Ogni singola persona nella stanza ora lo sta guardando, e io sono un bersaglio facile per quella che sarà la sua risposta. Riesco già a sentire il calore sulle guance.

La sua mano, quella che stava schiaffeggiando il culo nudo di un'altra, si posa sulla mia spalla. «Volevo solo salutare la mia...»

L'imbarazzo si scontra con l'incredulità e la rabbia. Lascio cadere il braccio e lo pugnalo allo stinco con la penna. Si strozza appena, emette un gemito che camuffa con un colpo di tosse, e conclude – devo dargliene atto – con: «Amica».

Nell'aula non si sente volare una mosca. Vorrei sciogliermi sul pavimento e scomparire.

«Riservi le sue visite di cortesia per quando non è al lavoro, signor Smuck.»

«Sì, signora. Mi scusi, signora.» Abbassa la voce e sussurra: «Non puoi evitarmi per sempre». Poi trascina i piedi lungo la fila e lascia l'aula zoppicando leggermente.

Dopo che Joey è uscito, la responsabile dell'orientamento si mette al lavoro come se non fosse successo nulla. E per lavoro intendo rompere il ghiaccio. Tira fuori dei giochini che mi ricordano il liceo ed è talmente estasiata che mi dispiace per la totale mancanza di entusiasmo dei presenti.

Chiede a uno dei neo-assunti in prima fila di estrarre un bigliettino da un cappello a cilindro. Vuole che urliamo la prima cosa che ci viene in mente dopo averlo letto ad alta voce. Quelli che daranno risposte simili lavoreranno nello stesso gruppo per il resto della giornata.

«Quale cibo è assolutamente vietato al primo appuntamento?» chiede all'aula il poveretto di turno.

Diverse persone gridano: «Aglio!» o «Cipolle!».

Io urlo più forte del necessario: «Würstel!».

Nello stesso momento, Pattie grida: «Hot dog!».

Poi tocca a Jules, che dice: «Pene! Voglio dire, banane!».

All'improvviso non sono più io la persona in imbarazzo dell'aula, e penso di aver appena trovato la mia squadra tutta al femminile.

4

La sfida della biancheria intima

STEVIE

Dopo l'orientamento Pattie e Jules mi invitano a cena fuori, io però ho già un appuntamento con mio fratello per festeggiare sia il compleanno che il nuovo lavoro, quindi propongo di rimandare la cena. Ma visto che abbiamo terminato le attività di orientamento prima del previsto, mi concedo un drink veloce prima di andare via. È bello avere già delle amiche, soprattutto con Joey che lavora nella mia stessa clinica e che, a giudicare da quante volte l'ho incrociato oggi, ha intenzione di diventare la mia ombra.

Mia cognata, Lainey, passa a prendermi dal pub sulla strada di ritorno a casa.

Kody, mio nipote, è agganciato sul seggiolino e balbetta parole senza senso mentre sbatte tra loro due dischetti da hockey di spugna. «Evie!» strilla quando salgo sul SUV.

Ruoto sul sedile del passeggero e gli faccio il solletico al piedino, a cui manca la scarpa. «Ehi, ometto! Quanto sei diventato grande!» Do a Lainey un mezzo abbraccio. «Grazie per essere venuta fin qui a prendermi.»

«Figurati, eravamo già in giro per delle commissioni, sarebbe stato inutile farti prendere l'autobus.» Lainey arriccia il naso. Non le piacciono i trasporti pubblici; non perché si creda superiore, ma perché ha la fobia della folla e degli spazi ristretti.

Mi chiede com'è andato il primo giorno di lavoro e se ho incontrato l'idiota-che-non-deve-essere-nominato. Evito le questioni scomode, soprattutto perché l'argomento mi fa venire voglia di piangere.

Quando arriviamo a casa di mio fratello, gioco con Kody intanto che Lainey gli prepara la cena, poi lo metto sul seggiolone e lo guardo mentre si spalma il cibo sul visetto carino.

Lainey inizia a parlare dell'allenamento pre-campionato, perché è un argomento comodo e perché è lì che si trova RJ in questo momento. Vuole convincermi ad andare con lei al palazzetto del ghiaccio, ma anche se voglio bene a mio fratello e sono una fan dell'hockey, tendo a evitare di assistere alle sue partite.

In passato ho avuto dei problemi con le persone che mi usavano per arrivare a mio fratello. Far parte di un nuovissimo team di espansione in una città come Seattle è un grosso affare, perciò preferisco trovarmi degli amici per conto mio e aspettare che l'entusiasmo per l'inizio del campionato sia scemato prima di prendere in considerazione l'idea di presentarmi alle partite. Voglio molto bene a mio fratello e non gli rimprovero il suo successo, però è difficile da gestire e a volte soccombo alla sindrome della sorella minore.

Lainey mi lancia uno sguardo malizioso. «Molti compagni di squadra di RJ sono davvero gentili. So che non sei ancora pronta per tornare in pista, ma ce ne sono alcuni carini che probabilmente hanno più o meno la tua età e sono single.»

«Grazie, però non ho alcun interesse a uscire con uno di quei ragazzi.»

«Uscire con quali ragazzi?» RJ si materializza in cucina, è appena tornato a casa.

«Quelli della tua squadra» rispondo.

RJ inarca un sopracciglio. «Anche se fosse, nessuno di loro uscirebbe mai con te.»

«RJ!» Lainey picchia il mestolo sul ripiano da lavoro, a un centimetro dalle sue dita.

Mio fratello alza entrambe le mani in aria. «Ehi, ehi, non intendevo dire che non sei interessante, Stevie. Semmai, sei *troppo* interessante.»

«E questo che cavolo significa?» Non sono una persona facile e non lo sono mai stata. Mi affeziono tanto e in fretta, il che non è l'ideale, per questo motivo non vado subito a letto con un ragazzo, così evito di peggiorare la situazione nel caso in cui poi le cose non funzionino.

RJ mi stringe da dietro in un grande abbraccio da orso. «Hai le fossette dei Bowman, Stevie. Sono letali per l'altro sesso. Vero, Lainey?»

Lei annuisce cupamente. «È difficile resistere alle fossette. Penso che quello che tuo fratello stia cercando di dire, anche se con le parole sbagliate, è che sei splendida, e che lui giocherebbe la carta del fratello maggiore contro i suoi compagni di squadra, se loro provassero a uscire con te.»

Per fortuna, per il resto della serata nessuno parla più di ragazzi o dei compagni di squadra di RJ come opzioni praticabili. RJ mi vizia con regali di compleanno inutili e stravaganti e con la mia torta preferita, ma il momento più bello della serata per me è mettere a letto Kody.

È tardi quando mio fratello mi accompagna all'attico. «Hai bisogno che ti aiuti a recuperare i soldi dell'affitto da Faccia di Culo?» mi domanda.

Ogni volta che nomina Joey, lo fa con un insulto nuovo.

«Posso vedermela da sola.» Sorrido, anche se è tirato.

«Lo so, Stevie, ma non dovresti. Non sopporto che tu debba patire tutto questo. Puoi venire a stare a casa da noi, così non starai sola.»

«Uh, è carino da parte tua, però non credo che dovresti suggerirmi una soluzione simile senza prima consultare Lainey.»

«Ne abbiamo già parlato. Possiamo trasformare la casetta in piscina in un appartamento autonomo, così avresti il tuo spazio.»

L'idea di non stare sola è allettante, ma la nuova casa di RJ è a quaranta minuti dalla clinica e io non ho la macchina – e non voglio che mio fratello me ne compri una.

«È una bella offerta, RJ, però voi due siete novelli sposi. Capisco che avete un bambino e che vivete insieme già da un anno, ma Lainey mi ha accennato che vorreste dare a Kody un fratello o una sorella, e io preferirei non essere nel vostro stesso spazio vitale mentre ci provate.»

«Mica lo facciamo sul tavolo della sala da pranzo.»

«Non è questo il punto. Grazie comunque per l'immagine totalmente indesiderata. Oltretutto, l'attico è vicino al lavoro. A meno che non sia cambiato qualcosa e non sia necessario che mi trovi un altro posto dove stare.» D'un tratto, il pensiero mi fa precipitare nel panico.

Nonostante la mia avversione per il suo vicino e per la sua ridicola biancheria intima, preferisco dovermi preoccupare di lui che della ricerca di un altro appartamento. Sarei costretta anche ad affrontare subito Joey riguardo all'affitto che ho pagato in anticipo. A un certo punto me ne occuperò, ma non mi dispiacerebbero avere un paio di settimane per prepararmi mentalmente, prima di dover gestire la situazione.

«Non è cambiato niente. L'appartamento è tuo per tutta la stagione.»

«Okay, fantastico. Posso pagarti l'affitto o qualcosa del genere?»

«Assolutamente no. È incluso nel mio contratto e se non ci vivessi tu rimarrebbe comunque vuoto. Puoi restare senza dover pagare nulla.» Accosta l'auto davanti al palazzo, parcheggia e accende le quattro frecce. «Vuoi che ti accompagni?»

«Non ce n'è bisogno.» Gli do un mezzo abbraccio. «Grazie per la cena e per l'appartamento di lusso.» Indico l'edificio mentre scendo dall'auto.

«Non c'è di che, Stevie. E se cambi idea e decidi che vuoi il mio aiuto con lo stronzo, fammelo sapere. Per te, sarei felice di costringerlo a cacarsi nei pantaloni.»

«Lo so, e lo apprezzo.»

Uso la carta per entrare nell'edificio e poi di nuovo per aprire l'ascensore; salgo verso l'attico con le braccia cariche di buste di regali. Adoro mio fratello e so che si sente in dovere di intervenire e comportarsi da padre, visto che il nostro lo abbiamo perso qualche anno fa. Ma la maggior parte delle volte avrei bisogno di mio fratello RJ, non di RJ lo pseudo-papà, e non so come dirglielo senza ferire i suoi sentimenti.

L'ascensore suona quando raggiungo l'ultimo piano, le porte si aprono mentre una donna esce dall'appartamento del Gran Cretino. Il vestito nero le aderisce come una seconda pelle e non copre molto. I capelli lunghi e scuri sono arruffati e le guance rosse. Sembra che abbia viaggiato sul treno dell'orgasmo. Ovvio, il mio vicino è *quel tipo* di ragazzo. Scommetto che è un cliché ambulante che arriva, chiacchiera e fa il donnaiolo con il gusto della settimana.

«Oh! Me lo puoi bloccare?» domanda la donna mentre attraversa l'atrio con passo disinvolto.

Non vedo che motivo avrei di bloccarle l'ascensore visto che sono pochissime le persone che lo usano, ma sorrido e acconsento: «Certo». Tengo una mano sulla porta per evitare che si chiuda.

«Grazie!» Esco dall'ascensore e lei mi supera con il sorriso senza più rossetto saldamente al suo posto mentre mi lancia un'occhiata. «Spero che tu abbia passato una serata bella come quella che ho passato io!» Mi fa l'occhiolino e le porte si chiudono.

Con il pensiero mostro il dito medio alla porta del mio vicino. Mi indispettisce che nonostante il suo terribile carattere si dia tanto da fare, e per giunta con una che sembra una modella. Mi consolo immaginando che abbia un pene piccolissimo. Anche se lei sembrava fin troppo felice perché possa essere davvero così.

Nel corso della settimana successiva noto un gran viavai di donne che entrano ed escono dall'attico del Gran Cretino. Lo incrocio un paio di volte, per caso, sempre di mattina. Be', probabilmente *per caso* non è il termine esatto. Guarda un po', ogni volta che esco per andare al lavoro lui compare con la sua biancheria intima bizzarra. Sembra che voglia ostentare il fatto di avere tante donne a cui piace giocare con il suo joystick. O almeno questa è la mia impressione. Ci limitiamo a uno scambio di sguardi maliziosi, quindi le mie sono solo speculazioni.

Dopo aver vissuto nell'attico per due settimane, penso di aver capito i suoi orari. Ho visto la stessa donna bionda entrare da lui tutti i mercoledì; immagino sia la sua scopata infrasettimanale.

Un pomeriggio sono vicina alla porta a controllare la posta, quando sento una voce femminile provenire dall'atrio. Allora guardo dallo spioncino.

L'idiota non si vede da nessuna parte, ma c'è una donna minuta e con un caschetto castano che aspetta che si aprano le porte, impettita e con il telefono in mano. Mi urta da morire che questo stronzo si scopi chi diavolo vuole e quando vuole, e che a queste tizie non importi minimamente. Forse le paga. Avrebbe senso. Sembra troppo stronzo per guadagnarsi tante botte e via senza ricompensarle in qualche modo.

Durante la settimana successiva scivoliamo in una sorta di routine. Lui ritira il giornale del mattino il martedì e il giovedì sempre alla stessa ora, proprio mentre io sto andando al lavoro, e sempre in mutande. Il mercoledì e il venerdì quando io esco lui è già andato via: sono i giorni in cui attacco più tardi in clinica.

Il martedì successivo aspetto con l'occhio premuto sullo spioncino che lui prenda il giornale per capire se i nostri incontri siano una coincidenza oppure no. I minuti passano e la sua porta resta chiusa, almeno finché non la apro io. Ma non esco nell'atrio, mi affretto invece a richiudere subito non appena lui compare, rivelando il suo corpo tonico avvolto in un paio di boxer psichedelici.

Che diavolo di problema ha questo tizio con le sue mutande?

Mentre lui prende il giornale, lancia un'occhiata in direzione del mio appartamento, con la fronte aggrottata. Poi sparisce lentamente dentro casa sua.

Oggi, decido di alzare l'asticella della mia strategia, perché è ovvio che stiamo giocando. Non so quale sia lo scopo, a parte il fatto che questo ragazzo sembra un esibizionista e un playboy di prima categoria.

Normalmente a quest'ora sono già vestita per andare al lavoro, ma oggi arrivo al punto di indossare un paio di pantaloncini da corsa che mi coprono a malapena i glutei e un reggiseno sportivo. Fine del mio outfit.

Dato che sono una fisioterapista mi mantengo in forma. Sono formosa ma tonica. I fuscelli stanno benissimo sulle riviste, io però adoro le mie curve.

Lui apre la porta alle 7:03 spaccate, come al suo solito – a eccezione dello scorso martedì in cui l'ha aperta alle 7:05 perché io avevo aspettato a uscire – perciò la apro anche io. La sua biancheria intima oggi è con una fantasia hawaiana.

Sposta lo sguardo verso di me e il sorriso compiaciuto gli scivola via dal viso. È assurdo quanto sia gratificante vedere che quasi gli escono gli occhi fuori dalle orbite. Mi giro leggermente per dargli una visuale del lato B e mi piego per recuperare il mio giornale. È un palese tentativo di provocarlo nello stesso modo in cui lui ha provocato me, e a giudicare da come mi guarda a bocca aperta sta funzionando.

Gli rivolgo un sorriso condiscendente. «Belle mutande.» Poi torno al sicuro nel mio appartamento e premo l'occhio sullo spioncino per vedere la sua reazione.

È ancora lì a bocca aperta. Si passa una mano sul petto e si risistema il pacco, dopodiché si china lentamente per prendere il giornale, con gli occhi fissi sulla mia porta. Borbotta qualcosa che non riesco a sentire e prima di rientrare in casa si guarda di nuovo alle spalle.

«Alla faccia dell'ammosciacazzi.» Per la prima volta da quando ho iniziato il nuovo lavoro, mi preparo a uscire con il sorriso.

5

Vicini di casa

BISHOP

Di solito attendo con ansia gli allenamenti che precedono il campionato, eppure in questo momento è tutto il contrario. Ho giocato da attaccante per gran parte della mia carriera. Sarò anche molto robusto – sono praticamente il più grosso degli attaccanti della squadra – ma sono veloce e ho un bel tiro. Perciò mi infastidisce il modo in cui Bowman e il nostro allenatore, Alex Waters, continuino a confabulare in disparte. Finisce sempre che mi spostano dall'attacco alla difesa e viceversa.

Avevo già dei sentimenti poco affettuosi nei confronti di Bowman, con le sue strategie del cazzo e con le stronzate da finto bravo ragazzo, ma ora sta rovinando la *mia* strategia. Inoltre, c'è una donna che vive in quello che dovrebbe essere il suo attico e non riesco a capire cosa diavolo stia succedendo lì dentro. Mi fa incazzare. Anche se, a dire il vero, ultimamente mi fa incazzare qualsiasi cosa.

Attraverso l'atrio diretto al parcheggio quando mi rendo conto di aver lasciato i miei boxer pre-campionato preferiti in cucina. Mi interrogo sulla possibilità di lasciare quelli che indosso, ma alla fine decido di non farlo. La biancheria intima è importante per me.

Per fortuna l'ascensore è ancora al piano terra, quindi salgo subito all'attico. Dopo meno di due minuti infilo i boxer nella sacca ed esco di nuovo. La porta dell'ascensore è aperta. Dentro, in tutta la gloria dei suoi capelli rosa zucchero filato, c'è l'amante del mio compagno di squadra.

Indossa di nuovo la sua tenuta da "mi piace fingere di allenarmi", anche se probabilmente sta andando al corso di psicologia del terzo anno, ignara del fatto che sta rovinando la vita di molte persone.

Non importa, non è un problema mio.

Quando mi vede si mette a premere con insistenza il pulsante per il piano terra, io però riesco a infilare una mano per bloccare le porte. «Grazie per avermi tenuto l'ascensore.»

«Figurati.» Mi lancia un sorriso supponente e si sposta nell'angolo. Le porte dell'ascensore si chiudono.

Così resto intrappolato in quella piccola scatola di acciaio, circondato dai mille riflessi di lei. Ora che la guardo da vicino – e che non è più un rottame, come la prima volta che l'ho vista – devo ammettere che è carina. Be', in realtà è più che carina. Oserei persino dire che è bellissima e che ha un buon profumo. Questi pensieri sono esasperanti, dato che è proprietà di Bowman e dato che alloggia qui.

Non ho ancora visto il capitano Bowman da queste parti, però forse viene a orari strani o si incontrano altrove. Non ho idea del motivo per cui mi interessi, a parte il fatto che odio lui e la sua morale lassista. E anche perché la notte in cui la ragazza è arrivata mi ha svegliato da un sonno profondo. E io prendo il sonno molto sul serio.

«Ti sei vestita bene per la lezione?» Se Bowman si scopa una ragazzina del college alle spalle di sua moglie, potrebbe persino dispiacermi un po' per lei, perché significa che lui la sta prendendo in giro.

Lei sogghigna e mi scruta con crudeltà, gli occhi come coltelli che mi affettano la carne. «Ma guardati, indossi dei *vestiti veri.*»

Le si arrossano le punte delle orecchie e le guance. Capisco che la sto mettendo a disagio.

Mi appoggio al corrimano e fisso il suo profilo. Mi sto comportando da stronzo. Di proposito, ovviamente. Non si tocca i capelli e non si aggiusta i vestiti, il che è ammirevole, considerando l'insistenza con cui la guardo. Stringe la mascella e allarga le narici. Reagirà fra tre, due, uno...

Fa scattare la testa nella mia direzione, gli occhi accesi di rabbia. «Sul serio, che cazzo di problema hai? Come diavolo fai ad attrarre le donne con il pessimo carattere che ti ritrovi? Davvero, non capisco. Forse sono tutte delle idiote decerebrate, o ti tappano la bocca con il nastro adesivo mentre ti cavalcano.» Inclina la testa, come se stesse riflettendo su questa possibilità, e annuisce. «Dev'essere così. Lo trovo plausibile.»

«Di che diavolo stai parlando?» Immagina di cavalcarmi con la bocca tappata con del nastro adesivo? Perché lo trovo così eccitante?

«Di cosa sto parlando?» Inarca le sopracciglia. Sono di un castano molto chiaro, quasi bionde. Mi rivolge un cenno del capo. «Il continuo viavai di donne che entrano ed escono dal tuo appartamento. Sembra un cazzo di bordello.»

Sghignazzo. «Interessante, detto proprio da te.»

Fa un'espressione confusa, poi si stampa in volto un sorriso falso e condiscendente. «Ho visto la stessa donna entrare nel tuo appartamento per due mercoledì di fila, per non parlare di almeno altre quattro donne. Spero che tu sia abbastanza intelligente da prendere delle precauzioni.»

Sembra sia giunto il momento di scambiare quattro chiacchiere con mio fratello sulla sua molto prolifica vita amorosa. Le tattiche di mio fratello per portarsi le donne a letto non sono esattamente irreprensibili, ma è anche il mio migliore amico, perciò sorvolo su tante di queste cazzate.

Non mi interessa se va a letto con una donna diversa ogni giorno, però non mi va di trovarle nella mia cucina la mattina dopo, con addosso una sua T-shirt mentre mi chiedono un autografo e fanno altre richieste poco appropriate. È successo tantissime volte.

E poi io ho sempre caldo, quindi mi piace indossare meno vestiti possibile quando sono comodo a casa mia. Se però c'è una delle sue donne occasionali devo indossare qualcosa, tipo pantaloncini e T-shirt, e questo mi scoccia.

Faccio un respiro profondo e annuso il suo profumo dolce. Mi fa venire voglia di torta, o di muffin. O di sesso. Cazzo. È passato davvero molto tempo dall'ultima volta che sono stato dentro una donna, e trovare proprio lei attraente mi irrita da morire. «Guardati, Signorina Ficcanaso. Perché cavolo sei così interessata alle attività ricreative che si svolgono nel mio appartamento?»

Le punte delle sue orecchie diventano di un rosso ancora più acceso. Questa volta farfuglia: «Non mi interessa chi o cosa ti fai. Mercoledì stavo tornando a casa mentre la tua amichetta faceva la passeggiata della vergogna. Per due settimane di fila. Sa che sei uno stronzo donnaiolo?».

Imito il suo sorriso condiscendente. «Mercoledì è il giorno in cui viene la donna delle pulizie, ma è bello sapere che mi tieni d'occhio con tanta premura.» Prima che possa balbettare un'altra risposta, l'ascensore suona e le porte si aprono.

La Signorina Ficcanaso scappa, attraversa l'atrio camminando svelta ed esce dalla porta principale. Inspiro e mi sistemo furtivamente i pantaloni. Poi esco dall'ascensore e vado a destra verso il parcheggio. Dopo questo scambio non so dire se mi senta meglio o peggio, visto soprattutto la reazione del mio corpo alla sua vicinanza.

Il mio umore già discutibile peggiora rapidamente quando arrivo all'arena. Sono quasi pronto con tutta l'attrezzatura quando il telefono squilla da qualche parte sotto i vestiti abbandonati. Vorrei ignorarlo e lasciar entrare la segreteria telefonica, ma è mio fratello.

Quando sono uscito di casa ho pensato che stesse ancora dormendo. Non ha orari regolari, anche se tra noi due è lui quello che dovrebbe avere una routine strutturata. Frequenta il college e lavora part-time. Spesso non so quando o se è in casa.

«Ehi, che si dice?»

«Cazzo. Ehi, Ship. Pensavo che avrebbe risposto la segreteria telefonica.»

«Sto per andare in pista. Tutto okay?» Mio fratello non chiama mai per chiacchierare, soprattutto da quando viviamo insieme.

«Oh, sì, va tutto bene.» Dal suo tono capisco che è una bugia.

«Quindi volevi lasciarmi un messaggio per dirmi che è tutto okay?»

«Ehm, sì, più o meno. Volevo farti sapere che ho fatto un salto dal dottore stamattina, e potrei restare qui ancora per qualche ora perché stanno facendo degli esami, quindi non preoccuparti.»

«Cosa? E perché mi chiami adesso? Da quanto tempo sei lì? Era una visita programmata?» Quelle le segno sempre sul calendario. Non è da me dimenticare una cosa del genere.

«Non era previsto. Non sono qui da molto.»

Odio quando mi dà risposte vaghe e mi costringe a tirargli fuori le informazioni. Nolan ha cinque anni meno di me e si comporta come se fosse invincibile, ma non è così. Per niente. «Allora che succede? Perché non mi hai svegliato?»

«Perché non è niente di grave.»

«Quanto non è grave?»

«Mi sono svegliato e mi sentivo un po' strano. Mi ha dato un passaggio la mia amica Sasha… o Sandy? Non importa, ci siamo divertiti comunque. Insomma, probabilmente ieri sera ho lavorato troppo. Stanno controllando i valori e mi stanno facendo delle analisi. Devo regolare di nuovo l'insulina o qualcosa del genere. Ho pensato di telefonare per avvisarti, nel caso dovessi rimanere qui più a lungo del previsto, perciò non preoccuparti.»

«Mi stai dicendo che invece di svegliarmi hai chiesto a una delle tue donne occasionali, di cui non ricordi nemmeno il nome, di portarti al pronto soccorso, e non dovrei preoccuparmi? A che ora sei rientrato ieri sera? E quante cazzo di ragazze hai portato a casa questo mese di cui non ricordi il nome?»

«Devi smetterla di farmi la paternale. Qualcuno deve darsi da fare, perché di sicuro tu non lo fai. Senti, sapevo che avevi l'allenamento e ho pensato che avessi bisogno di dormire. Ti assicuro che non è niente di grave. Sto già meglio.»

«Vengo a prenderti dopo l'allenamento.»

«Non è necessario. Chiamerò un Uber.»

«Mandami l'indirizzo. Se sei ancora lì quando finisco l'allenamento, passo a prenderti.»

«Mi farai la ramanzina?»

«Ce n'è bisogno?»

«Una delle infermiere carine è qui per pugnalarmi con degli aghi. È masochismo allo stato puro. Buon allenamento, Shippy.» Chiude la chiamata prima che possa rimproverarlo ancora. Odio quando mi chiama così.

«Tutto okay?» Ryan Kingston, meglio conosciuto come Kingston o semplicemente King, piega i pantaloni color cachi e li sistema nel suo armadietto.

Giocavamo insieme al college e siamo finiti in squadre diverse una volta diventati professionisti. Quest'anno siamo di nuovo nella stessa squadra. È bello avere un amico vero in questo gruppo di disadattati.

«Mio fratello è al pronto soccorso.»

«Sta bene?»

Do un'alzata di spalle, perché con Nolan è sempre questo il problema. Sta bene?

«Ha detto che forse dovranno regolargli la terapia.»

Kingston infila il casco. «E tu la pensi diversamente?»

L'unica cosa che avrebbe davvero bisogno di una regolata è lo stile di vita di Nolan. «Lui giura di stare bene, e che se si fosse trattato di un'urgenza non sarebbe stato in grado di chiamarmi.» Mi alzo dalla panchina e afferro bastone, casco e guanti, poi seguo Kingston sul ghiaccio.

Iniziamo con il riscaldamento e io cerco di rimanere concentrato, ma in questo momento ho la testa da tutt'altra parte.

Se Nolan si prendesse più cura di sé mi sentirei più tranquillo riguardo questa gita imprevista al pronto soccorso. Sfortunatamente, mio fratello si comporta come se il suo tempo stesse per scadere, quindi vive la sua vita al massimo. Non sarebbe un problema, se non fosse un diabetico di tipo 1 con funzionalità renale compromessa e problemi alla vista.

Se continua a condurre una vita così intensa, ci sono buone probabilità che avrà bisogno di un trapianto. E anche se non facesse una vita così intensa ci sono buone probabilità che ne abbia comunque bisogno. Il diabete di tipo 1 ha molte possibili complicanze, soprattutto se non viene preso sul serio.

Vorrei che mio fratello restasse in circolazione il più a lungo possibile. Ha già un'aspettativa di vita più breve, e questo se terrà attentamente sotto controllo la sua salute. Ma lui non lo fa.

Sono sempre stato io a fare ricerche, a leggere articoli, a prendere innumerevoli appuntamenti dal medico. Mio padre viaggiava per lavoro e anche quando era a casa non era presente, perciò eravamo solo io, Nolan e nostra madre.

L'assicurazione sanitaria di nostra madre copriva solo il minimo indispensabile per le infinite esigenze mediche di Nolan, quindi ho risolto il problema facendolo venire a vivere con me e inserendolo come persona a mio carico. Non è un peso, dato che siamo molto legati, però so che man mano che crescerà questi bisogni aumenteranno, perciò devo risparmiare i soldi che sto guadagnando adesso per poter continuare a prendermi cura di lui.

È per questo che volevo il posto di capitano della squadra. Sarebbe stato d'aiuto quando si riapriranno le trattative. In questo momento, farmi spostare avanti e indietro dall'attacco alla difesa mi manda solo in confusione, sia nella testa che nel gioco.

Durante l'allenamento sono distratto e commetto un sacco di errori, anche perché la difesa non è la mia posizione preferita. Lascio avvicinare troppi dischi alla rete. Questo mi fa incazzare e non riesco a nascondere il mio risentimento nei confronti di Bowman, che fluttua sul ghiaccio e segna gol come se brandisse una bacchetta magica anziché una mazza da hockey.

Sbaglio l'ennesimo passaggio facile e lancio il bastone sul ghiaccio. È una mossa stupida e avventata, e non mi piace, soprattutto perché stiamo solo giocando tra di noi. Bowman si avvicina e mi dà una pacca sulla spalla. Sembra un gesto amichevole, ma non lo è. «Non scaricare la tua frustrazione sulla squadra, Winslow. Forse ti serve una pausa, così vedi come si comportano gli adulti prima di riprendere in mano un bastone.» Ah! Ecco la vera versione di Bowman, non la sua versione del cazzo da Capitan America che cerca di vendere alla gente. Ecco come siamo lui e io l'uno con l'altro.

«È questo il discorso di incoraggiamento migliore che sai fare, *Capitano*? Sarebbe molto più facile se giocassi nel ruolo per cui mi sono allenato.»

«Il tuo atteggiamento incasina solo il gioco.» Inarca un sopracciglio. «Devi risolvere i tuoi problemi fuori dal campo.»

«Questo tuo atteggiamento da bravo ragazzo è una puttanata.» Me lo scrollo di dosso. Bowman aggrotta la fronte. «Di che diavolo stai parlando?»

Scuoto la testa e mi avvicino alla panchina per evitare di fare quello che faccio normalmente quando Bowman mi punzecchia, cioè reagire in maniera aggressiva. Bevo un sorso d'acqua per non dire o fare qualcosa di più spiacevole che avere uno scatto d'ira.

«Winslow, com'è che oggi non ne prendi una?» Il coach Waters mi indica la panchina accanto a lui.

Rispondere male al capitano della squadra è una cosa, rispondere male all'allenatore è tutta un'altra faccenda. Sospiro, mi avvicino e mi lascio cadere sulla panchina accanto a lui.

«Non sono abituato a stare in difesa.» Osservo i ragazzi sul ghiaccio, il disco che scivola avanti e indietro tra Bowman e Bender, un attaccante che giocava per il Colorado prima della selezione di espansione.

«Lo vedo.»

Non aggiunge altro, perciò sono costretto a guardarlo.

«C'è qualcos'altro che devo sapere?»

Immagino di dovergli rispondere qualcosa. «Solo delle questioni di famiglia. Niente di cui abbia voglia di parlare.»

Annuisce e si rigira un disco tra le dita. «So che è difficile abituarsi a una nuova squadra, soprattutto se ti spostiamo di qua e di là per capire in quale ruolo giochi meglio. Hai una stazza notevole e abilità versatili. Vedo che vorresti sfruttarle in campo, ma non puoi pensare di segnare e di proteggere la porta allo stesso tempo, no?»

«Sì, lo so. Devo solo adattarmi al cambiamento, credo.»

«È giusto. Però devi provarci sul serio, Winslow. I tuoi compagni sono sulla tua stessa barca. So che può essere difficile dal punto di vista morale, soprattutto quando ti trovi insieme a un gruppo di ragazzi con cui non hai mai giocato prima. Ricorda solo che siamo tutti dalla stessa parte.»

«Sì, ho capito. Ha senso.»

«Se hai bisogno di parlarne, fammelo sapere. Sono qui per risolvere i problemi.»

«Giusto, sì. Grazie.» Non ho nessuna voglia di avere una seduta terapeutica con il mio nuovo allenatore, dal momento che Bowman è già il suo pupillo.

Torno in pista, anche se sono ancora distratto. Le partite amichevoli inizieranno presto e devo capire la mia posizione prima che ciò accada. L'ultimo mio desiderio è finire in terza o quarta linea e avere meno tempo sul ghiaccio, cosa che mi allontanerebbe dal mio obiettivo anziché avvicinarmi.

Ho un contratto di due anni con Seattle, ma se non mi impegno rischio di essere ceduto l'anno prossimo. Essere trasferito di nuovo, dopo un anno in un team di espansione, sarebbe negativo per la mia carriera. Potrebbe fare la differenza, rischierei di non ottenere un altro contratto o, peggio, di tornare in una squadra minore, soprattutto se non riesco a gestire il ruolo in difesa, se è lì che pensano di tenermi. Non posso permettermelo, dato che ho un fratello che avrà bisogno di cure mediche ininterrotte per tutta la vita. Devo dare a Nolan le migliori chance possibili e questo significa tenere a bada il mio umore, per quanto possa essere difficile per uno come me.

6

Amichevoli

STEVIE

Nonostante quello stronzo del mio vicino mi abbia rimproverata perché è convinto che io lo spii, e io l'abbia accusato di essere un gran puttaniere, continuiamo a portare avanti la nostra routine mattutina del ritiro del giornale mezzi nudi. In effetti, la situazione si è inasprita a causa mia. Non ho nessuna scusa, perché vederlo in mutande ogni mattina è diventata una strana ossessione, tanto che il mercoledì mi alzo prima del necessario per partecipare a questa gara di biancheria intima.

Sarà anche un cretino, però è bello. E visto che è un grandissimo stronzo, non mi sento minimamente in colpa a *oggettificare* il suo corpo.

Negli ultimi giorni ho modificato le mie abitudini. Il martedì prendo il giornale cinque minuti prima del solito, e ogni volta, mezzo secondo dopo che ho aperto la porta, la apre anche Gran Cretino. Il mercoledì esco in ritardo di sette minuti, eppure eccolo lì. Ogni singolo giorno contrattacco alla sua biancheria intima bizzarra con un reggiseno sportivo e pantaloncini da corsa. Ne ho anche comprati di nuovi, per stare al passo con i suoi gusti esagerati. Come ho detto, sono al limite dell'ossessione.

Sono abbastanza certa che questa sia la sua tattica per farmi sentire una stronza, dopo che gli ho detto che tengo d'occhio le donne che vanno e vengono da casa sua. Ma – porca miseria – nelle prime due settimane ho visto almeno cinque tizie diverse, senza contare la donna delle pulizie, ammesso che fosse davvero la donna delle pulizie.

Venerdì mattina devo uscire prestissimo. Ho una cliente che ha un bisogno urgente di una seduta di fisioterapia, ma andrà fuori città per il fine settimana, perciò le ho dato appuntamento alle cinque e mezzo. Questo significa che esco ore prima della consegna del giornale.

Lavorare in clinica è fantastico. Pattie e Jules stanno diventando delle vere amiche su cui contare e in genere riesco a evitare di interagire con Joey, perché la maggior parte dei suoi clienti hanno appuntamento nel pomeriggio o la sera.

Io sto decisamente voltando pagina, ma sembra che lui abbia difficoltà a fare lo stesso. Ogni volta che siamo in una stanza da soli – cosa che non accade molto spesso, per fortuna – è gentile con me. Una volta ha provato ad abbracciarmi e io gli ho dato un pugno sui reni. È stata l'ultima volta che lui ha cercato un contatto fisico con me.

Oggi i nostri appuntamenti sono scaglionati uno rispetto all'altro, perciò quando lui ha una pausa io sono con un paziente e ogni volta che io ho una pausa lui sta allenando qualcuno. Ho orchestrato tutto apposta.

A fine giornata tolgo la divisa e prendo la borsa dall'armadietto. Mi chiedo se oggi a Gran Cretino è mancata la nostra sfilata di biancheria intima. Per recuperare, domani metterò in atto la mia strategia migliore. Sorrido al pensiero. Il mio sorriso scompare all'istante quando mi volto e mi trovo Joey vicinissimo.

«Ehi.» Fa quella cosa strana, goffa, per cui finge di essere timido: si infila le mani in tasca e mi dà un calcetto sulla punta della scarpa. È proprio una roba da scuola elementare. Prima lo trovavo carino, adesso vorrei solo dargli un calcio nello stinco, forte, con degli stivali con la punta d'acciaio. Sfortunatamente mi accuserebbero di violenza sul posto di lavoro.

Mi metto lo zaino in spalla e cerco di superalo, ma lui imita i miei movimenti. Mi scanso dalla parte opposta e lo fa anche lui. Sembra una brutta reinterpretazione di un ballo. Resisto all'impulso di mutilarlo e sospiro. «Che vuoi?»

Si appoggia agli armadietti e invade il mio spazio personale. Il mio armadietto è l'ultimo della fila, perciò mi ritrovo bloccata tra Joey e il muro. «Mi sembra che non parliamo da una vita.»

Sbatto le palpebre in silenzio, perché, insomma, cosa potrei dire?

«Possiamo andare a prendere un caffè o qualcosa del genere?»

«No. Non possiamo.» Vorrei avere un super potere fighissimo che mi permetta di scalare le pareti o di saltare molto in alto, per allontanarmi da lui senza doverlo toccare. Sono passate settimane, ma non ho ancora voglia né energie per affrontarlo. Non mi piace il confronto e temo che quando parleremo, prima o poi, perderò le staffe. Non è ideale che ciò avvenga al lavoro.

«Perché no?»

«Perché ti stavi scaldando l'uccello in una vagina che non era la mia.»

Fa una smorfia, come se non gradisse l'immagine che ho descritto. Non piace nemmeno a me, eppure è accurata. «Dai, Stevie. Non puoi essere arrabbiata con me per sempre.»

Gli metto una mano davanti al viso e lui fa un passo indietro, forse perché crede che stia per colpirlo. Lo farei senz'altro, se non fossi contraria alla violenza. Ma l'autodifesa è tutta un'altra cosa. «Prima di tutto, non puoi dirmi come devo sentirmi, né, specialmente, per quanto tempo mi è permesso essere arrabbiata. Ho sprecato un anno della mia vita a stare con te e non ho nessuna intenzione di sprecare altro tempo, o emozioni, o energie per qualunque cosa che ti riguardi.»

«Ho commesso un errore» piagnucola. Non c'è alcun rimorso nel suo tono.

«Quante volte ti è capitato di commettere questo errore?»

«Sono stato qui da solo per due mesi.»

Bene, adesso so che non è stato un episodio isolato. «Un errore diventa una scelta quando lo fai più di una volta. Forse avresti dovuto pensare alle conseguenze prima di prendere certe scelte.»

«Tesoro, ho capito che sei…»

«Ehi! Eccoti!» Pattie e Jules, che Dio le benedica, riescono a intrufolarsi tra Joey e me. Si posizionano ai miei fianchi come guardie del corpo molto carine e mi prendono sotto braccio.

Jules rivolge a Joey un sorriso super melenso, non saprei descriverlo diversamente, con un tocco di falsità. «Ci dispiace tanto interrompervi, ma abbiamo bisogno di Stevie.»

Joey aggrotta le sopracciglia eccessivamente curate. «Stavamo parlando.»

«Davvero? Perché sembrava che stessi cercando di metterla all'angolo» replica Pattie.

Jules lo spinge con una spallata. I miei piedi toccano a malapena il pavimento mentre mi portano fuori dalla sala del personale. Si rifiutano di lasciarmi andare, perciò dobbiamo girarci di lato per passare dalla porta. Percorriamo il corridoio, dirette verso la porta d'ingresso, e mi sento un po' come Dorothy con l'Uomo di Latta e il Leone Codardo, ma senza la Strada dei Mattoni Gialli.

Continuano a tenermi sottobraccio quando usciamo dell'edificio e poi attraversiamo la strada e alla fine superiamo gli edifici del campus universitario. La mia fermata dell'autobus è nella direzione opposta. Vorrei dirglielo, però non vorrei sembrare ingrata per il salvataggio.

Jules si guarda alle spalle. «Via libera. Non ci sta seguendo.»

Sganciano le braccia dalle mie e ci spostiamo tutte di lato per lasciar passare gli studenti che vanno e tornano dalle lezioni pomeridiane e serali.

Lavorare in una clinica universitaria è interessante: è una sensazione a cavallo tra il nostalgico e il sognante, soprattutto dal momento che noi tre siamo fresche di scuola di specializzazione e potremmo ancora passare per studentesse, anche se non lo siamo.

«Grazie per avermi salvato.» Mi scrollo di dosso il disagio che provo al pensiero di dover affrontare Joey.

«Abbiamo percepito una certa tensione.» Pattie mi stringe delicatamente il braccio.

«Più che altro è insopportabile.» In genere riesco a evitarlo, ma sembra che lui mi cerchi ogni volta che siamo entrambi al lavoro.

«È più ostinato di un'invasione di piattole in un motel a ore» si lamenta Jules.

«Sì, in effetti sono sgradevoli allo stesso modo» concordo.

Jules e Pattie mi invitano ad andare a cena con loro. Se torno subito a casa finirò per rimuginare sul mio diverbio con Joey. Cadrò in una delle mie spirali negative, metterò in dubbio tutte le mie scelte passate in fatto di ragazzi e mangerò uno o due barattoli di gelato.

Dopodiché inizierò a chiedermi se Gran Cretino stia scopando con la sua nuova tacca sulla spalliera del letto. Inevitabilmente, comincerò a fantasticare di tappargli quella bella bocca con il nastro adesivo e di usarlo come mio dildo personale, il che si tradurrà in disprezzo per me stessa. Se torno a casa e resto sola non caverò nulla di buono, perciò accetto l'invito a cena.

Ci fermiamo in uno dei ristoranti della zona. Sembra ci sia fermento in giro questa stasera, e all'improvviso capisco perché: l'immagine di mio fratello riempie gli schermi che occupano quasi un'intera parete del locale.

«Stasera c'è la prima partita amichevole di Seattle.» Pattie indica lo schermo. «Scommetto che i ragazzi sono a casa a guardarla.»

«I ragazzi?»

«I nostri fratelli.» Jules ne ha tre e Pattie due. «Sono tutti fanatici dello sport e lo siamo anche noi, quindi a volte la situazione rischia di sfuggire di mano» spiega Jules.

«Soprattutto se due sport diversi si sovrappongono alla fine o all'inizio della stagione».

«Immagino.» I tavoli vicino ai televisori sono tutti occupati, perciò ci sediamo in cortile. Riusciremo comunque a guardare la partita. Non posso credere di aver dimenticato che stasera c'è la prima partita di RJ. Mentre sfogliamo il menu, gli mando un messaggio al volo per augurargli buona fortuna.

Dal nostro tavolo riesco a seguire il gioco, quindi non mi sento una sorella completamente orribile. Ordiniamo delle birre e tantissimi stuzzichini. Sono impegnata a riempirmi la bocca di nachos quando un sussulto collettivo in tutto il locale mi costringe a guardare lo schermo. C'è un'azione concitata in campo, i giocatori si spingono a vicenda mentre uno di Seattle si accascia vicino alla rete.

«Oh, cazzo! Deve avergli fatto molto male!» commenta un ragazzo due tavoli più in là.

«È stata una mossa azzardata. Speriamo che diano una penalità a Los Angeles per questa porcata» commenta qualcun altro.

«Chi si è fatto male?» chiedo a Jules e Pattie, entrambe con una mano sulla bocca. «Era il numero quarantaquattro? Bowman?» chiedo. All'improvviso ho il cuore in gola.

Jules scuote la testa. «No. Ehm, numero cinquantadue. Winslow. Uno acquistato da Nashville.»

«Grazie a Dio.» Tiro un sospiro di sollievo e mi accascio sulla sedia, controllando il punteggio nella parte superiore dello schermo prima che inizi la pubblicità. Almeno Seattle sta vincendo. È già qualcosa.

«Aspetta un secondo. Il tuo cognome non è Bowman?» Pattie fa guizzare lo sguardo da una parte all'altra, forse per assicurarsi che nessuno stia origliando. Si avvicina e abbassa la voce. «Sei parente di *Rook* Bowman?»

Non vedo il motivo di mentire. Lavoriamo insieme da quasi un mese e prima o poi lo scopriranno. A quel punto capirò da che parte stanno. «È mio fratello.»

Pattie sbatte le palpebre. La sua mancanza di reazione è piuttosto impressionante. «Wow, quindi Joey non dice sempre cazzate. Buono a sapersi.»

«Lo sapevate già?»

«A dire il vero, Joey non è una fonte molto affidabile. Prendiamo tutto quello che dice con le pinze. Anzi, con la gru, se proprio vogliamo essere precise. Soprattutto quando insiste sul fatto che voi due vi siete presi una pausa per ambientarvi qui a Seattle» spiega Jules.

«Certo, come no.» Alzo gli occhi al cielo.

«In un certo senso, immagino sia una rottura avere un fratello che gioca a hockey a livello professionistico. Figuriamoci adesso, che a un tratto è diventata una roba grossa qui in città.» Jules si infila un mucchio di nachos in bocca.

«Capita, quando la gente si rimbambisce per lui.» Voglio un bene dell'anima a mio fratello, ma a volte è frustrante essere la sua sorellina perfettamente nella media.

«Un po' ti capisco. I miei fratelli giocano a football al college. Le donne non fanno che gettarsi ai loro piedi» dice Pattie.

«Alcune diventano delle stalker.» Jules annuisce cupamente. «Le ragazze impazziscono per gli sportivi.»

«Sì, eh? Certe volte è impossibile da gestire.» Alzo gli occhi al cielo e rido.

«Ricordi quella volta in cui Mike aveva dimenticato di aver invitato tre ragazze alla partita di fine anno e quelle si sono prese a botte per lui?» chiede Jules a Pattie. Poi si gira verso di me. «È stato assurdo. C'è stato un vero e proprio incontro di lotta nel fango, perché quel giorno aveva piovuto. Qualcuno ha filmato tutto e il video è finito sui social.»

«Oh, Dio. Sarebbe terribile». Sento le guance arrossarsi per l'imbarazzo.

«Però non riesco nemmeno a immaginare come dev'essere per te. Le conigliette sfegatate dell'hockey sono le peggiori sui social.» Dal modo in cui lo dice, non mi sembra che Pattie voglia indagare nella mia vita privata. Più che altro, la sua mi sembra sincera empatia.

Mi guardo intorno per accertarmi che nessuno presti attenzione a noi. Abbasso la voce. «La cosa peggiore è stata il video virale del ménage à trois.»

Pattie fa una smorfia e Jules rabbrividisce. «Me lo ricordo. La gente non smetteva più di parlarne.»

«Io andavo al liceo.»

«Oh, Dio.»

«Già. È stato… Be', non proprio il massimo.» Ricordo perfettamente quel giorno. Ha scatenato una catena di eventi che mi ha spinta a evitare i social per il resto dell'anno. Ancora adesso tutti i miei account sono privati e non utilizzo mai il mio cognome. «Sono entrata in classe e il professore non era ancora arrivato. Stavano tutti con il naso sul telefono e quando sono arrivata è piombato il silenzio. Ho capito subito che c'era di mezzo RJ. Voglio dire, dopo che è entrato nella NHL, all'improvviso le ragazze delle cricche popolari volevano uscire con me, ragazze che prima non mi avrebbero mai degnata della loro attenzione. Ma quella volta è stato diverso… La gente ha cominciato a ridere e a sussurrare. Alla fine mi sono presa una settimana di pausa da scuola, finché il peggio non è passato. È stato allora che ho imparato a riconoscere i veri amici.» L'intera faccenda ha provocato il mio risentimento per la fama di mio fratello. Di colpo, qualsiasi beneficio è stato eclissato dal contraccolpo della tempesta mediatica.

«Mi dispiace tanto. Chissà quanto è stato difficile per te. È già abbastanza dura con un fratello che è una stella del football universitario, non riesco nemmeno a immaginare cosa accadrebbe se diventasse un professionista.»

È bello poter condividere certe storie con nuove amiche che mi capiscono. Passiamo il resto della serata a discutere di cosa vuol dire avere per fratelli degli atleti con una valanga di donne che si gettano ai loro piedi. Stasera mi sento nel posto giusto. Sono semplicemente me stessa e quale sia il mio cognome non ha alcuna importanza.

7

Ahi!

BISHOP

Credo di essere ancora in stato di shock. Soffro moltissimo, nonostante i farmaci che mi hanno iniettato.

Il lenzuolo bianco mi copre a malapena il pacco, ma non me ne frega niente di fare il pudico, visto che nell'ultima ora sono stato punzecchiato e visitato da una mezza dozzina di persone. Il verdetto è unanime ed è una merda: ho una frattura pelvica. Su una scala da "non male" a "tremendo da fare schifo", sono decisamente al livello del "tremendo da fare schifo". Mi guardo l'interno coscia. Ho dei lividi che si estendono dall'inguine al ginocchio e hanno già assunto un orribile colore viola-nerastro.

«Ti serviranno almeno sei settimane per recuperare» mi dice il medico della squadra.

«Non posso stare fermo così a lungo.»

«Mi dispiace, Bishop, ma avrai bisogno di tempo per guarire da questo infortunio.» Fa un cenno verso il mio inguine.

«Sei settimane?» Guardo Waters, che ha un'espressione cupa. «La stagione inizia fra tre settimane. Devo essere in campo per l'inizio del campionato.»

Waters si passa una mano tra i capelli. «Capisco che sei sconvolto, Bishop. Ma se ti sforzi troppo prima del tempo peggiorerai la situazione e resterai in panchina per molto più di sei settimane. Non appena il gonfiore si sarà ridotto e il dolore sarà tollerabile inizieremo la riabilitazione.»

So che ha ragione, tuttavia precipito nel panico. Ho già un mucchio di problemi con tutto questo viavai dalla difesa all'attacco e fatico a gestire il continuo cambio di ruolo. Adesso dovrò restare in panchina per sei settimane dopo la prima amichevole. Non è affatto quello che speravo.

Mi vengono prescritti antidolorifici e antinfiammatori. Assicuro ai dottori che non vivo da solo e che ci sarà qualcuno ad aiutarmi ad andare in bagno e tutto il resto.

Per fortuna, Kingston è venuto in ospedale subito dopo la partita, perciò non sono costretto a chiedere un passaggio fino a casa a Waters.

L'unico raggio di sole in questo cielo cupo e nuvoloso è il fatto che ho bloccato il tiro e quindi abbiamo vinto la partita.

Mi vesto con cautela. Kingston spinge la mia sedia a rotelle fino all'ingresso laterale e, anziché lasciargli avvicinare la macchina, insisto per attraversare il parcheggio con la stampella, solo perché sono un idiota testardo.

Quando metto il culo sul sedile del passeggero ho la nausea per il dolore e la vista annebbiata.

«Mi dispiace, Bishop. So che non è una gran consolazione, però Hessler si è beccato una penalità di cinque minuti e Bowman lo ha marcato abbastanza bene nel terzo tempo.» Kingston esce dal parcheggio e si avvia in direzione di casa mia.

Purtroppo, la penalità di Hessler e la marcatura di Bowman non risolvono i miei problemi. «Come faccio a integrarmi nella squadra se non posso giocare?»

«Verrai comunque alle partite, in palestra e agli allenamenti.»

«Ma non potrò *fare* niente.» Sbatto il capo contro lo schienale del sedile. È una pessima idea, oltre al dolore all'inguine ho anche mal di testa.

«Magari riuscirai a guarire in meno di sei settimane. Magari la situazione non è tragica come sembra.»

«Magari.» A giudicare da come mi sento, ho i miei dubbi.

Durante il tragitto verso casa sonnecchio un po', annientato dal dolore e dalle medicine. Quando arriviamo davanti al mio palazzo, Kingston si offre di accompagnarmi su per essere sicuro che mi sistemi come si deve. Gli assicuro che posso affrontare il viaggio in ascensore e che mio fratello si occuperà di tutto il resto.

A dire il vero voglio restare solo con il mio malumore e con la mia sfortuna.

Mentre mi trascino dentro con l'aiuto delle stampelle e attraverso l'atrio fino agli ascensori, il dolore è terribile e mi fonde il cervello. L'auto di Kingston è ancora ferma davanti all'edificio. Probabilmente vuole assicurarsi che non cada con la faccia a terra. Lascio scorrere la carta sul sensore e quando le porte dell'ascensore si aprono entro, zoppicando e sperando di non svenire.

Sbatto le palpebre per schiarirmi la vista, aziono di nuovo la chiave magnetica e mostro il pollice in su a Kingston prima che le porte si chiudano.

Salgo fino all'ultimo piano appoggiato al corrimano e prego che il pasto che ho consumato diverse ore fa resti dov'è. Immagino non ci sia molto nel mio stomaco, ma vomitare andrebbe oltre quello che posso gestire in questo momento. Voglio solo sdraiarmi e non muovermi per ventiquattro ore, giorno più o giorno meno.

Credo di essermi appisolato per un attimo, perché tra un battito di ciglia e l'altro mi ritrovo davanti all'atrio. Esco dall'ascensore un po' stordito, sono scoordinato, e infilo per sbaglio l'estremità di una stampella in quello stupido spazio tra le porte e il pavimento. La strattono, provocandomi una violenta scossa di dolore in tutto il corpo che mi manda in cortocircuito il cervello e mi mostra le stelle.

Impreco a denti stretti e la stampella si disincastra, facendomi inciampare in avanti. Cado. Nonostante la generosa quantità di farmaci che mi hanno iniettato prima di mandarmi a casa, il mio cervello e il mio corpo non sono in grado di gestire il dolore, e questo dovrebbe farmi capire la gravità dell'infortunio.

Inizio a sudare freddo e mi si rivolta lo stomaco. Ho un paio di conati di vomito, ma riesco a trattenermi. Rimango sdraiato sul pavimento per alcuni secondi. So che non è passato di più, perché le porte dell'ascensore sono ancora aperte.

La mia chiave magnetica è per terra, proprio sopra quello stupido spazio tra le porte dell'ascensore. Non appena iniziano a chiudersi, mi giro e cerco di afferrare la carta. Il movimento mi provoca un'altra violenta ondata di dolore all'inguine. Ho la sensazione che le palle stiano per spaccarsi ed esplodere. Anche con la vista offuscata riesco a distinguere il profilo della chiave. La afferro con la punta delle dita e la trascino verso di me. Le porte mi colpiscono la mano e perdo la presa. E quella cazzo di chiave magnetica cade nella fessura.

Non c'è bisogno di guardare nel buco per sapere che la mia carta è perduta per sempre. Rotolo sulla schiena e fisso il soffitto. Sono in un bagno di sudore e respiro per far passare la nausea.

Non è proprio la mia giornata. Per un attimo ripenso alla mia vicina e allo stato in cui era la prima volta che l'ho sorpresa qui in corridoio, con la valigia rotta e l'aria trasandata. Sembrava una mezza matta. Immagino di somigliarle molto in questo momento.

Alla fine riesco a trascinarmi e a mettermi seduto. Sistemo le stampelle e lentamente mi sollevo in posizione verticale. Zoppico pateticamente verso la porta di casa. «Cazzo» dico, al calzino appeso alla maniglia.

Mio fratello ha compagnia, il calzino è il suo sofisticatissimo Bat-segnale. Appoggio la testa contro la porta e busso. Non mi sorprende che non venga ad aprire. Gli invio un messaggio, però non risponde. Di solito, quando ho una partita, resto fuori fino tardi. Presumo che Nolan abbia deciso di approfittarne, nonostante gli abbia chiesto di rallentare con le scappatelle.

Per entrare mi serve la chiave magnetica e per averne una nuova dovrei tornare all'ingresso. Non credo di essere in grado di ripercorrere il tragitto, perciò decido di aspettare che l'amichetta di mio fratello vada via. Nell'attesa, schiaccio un pisolino contro la porta.

8

Un ospite sul divano

STEVIE

Quando torno a casa è quasi mezzanotte. Dopo la cena al pub siamo andate a mangiare il dolce in un locale con spazio all'aperto, così abbiamo bevuto caffè corretto e abbiamo mangiato un pezzo di torta nel cortile esterno. Domani ho il primo cliente alle dieci, perciò, tecnicamente, posso dormire fino a tardi.

Quando raggiungo l'attico, ad accogliermi trovo uno spettacolo interessante. Il mio stupido vicino è appoggiato alla porta, con un paio di stampelle abbandonate lì vicino e la testa che penzola goffamente di lato. Forse ha fatto il galletto con qualcuno più grosso di lui e alla fine si è guadagnato la lezione che meritava per essere così cretino. Il pensiero mi fa sorridere.

Il suono delle porte dell'ascensore non lo sveglia, quindi deve essere proprio K.O. Passo davanti alla sua porta e noto il calzino bianco appeso alla maniglia. Al college era il segnale universale per dire di non disturbare. Credevo vivesse solo. A parte il viavai ininterrotto di donne, lui è l'unica persona che ho visto entrare e uscire dal suo appartamento.

Mi avvicino di soppiatto. Ha una striscia di bava sul mento e mi lascio andare a una smorfia. Noto anche un ematoma sulla guancia sinistra. Forse ho indovinato, ha davvero fatto a botte con qualcuno. Valuto l'idea di lasciarlo qui, ma se avesse una commozione cerebrale e morisse a causa di un aneurisma mi sentirei in colpa. Inoltre, non ho mai visto un cadavere e non voglio iniziare adesso.

Busso alla sua porta nella speranza che qualcuno mi senta. Aspetto trenta secondi, però nessuno risponde. Riprovo, ma ancora niente. Do un calcio al piede di Gran Cretino. A pensarci bene non è una buona idea, considerate le stampelle.

Sussulta e apre gli occhi con un lamento profondo.

«Scusa» dico.

Sbatte le palpebre e si guarda intorno, sembra confuso. Geme di nuovo e si tocca il viso dove ha il livido.

«Stai bene?»

«Mmm, sì. Apposto. Facevo un pisolino.» Si aggrappa allo stipite della porta e cerca di sollevarsi. Dopo mezzo secondo è di nuovo sul pavimento, sdraiato su un fianco, con una gamba completamente dritta e l'altra raggomitolata al petto. Si lamenta.

«Non mi sembra che tu stia bene.» È un'osservazione piuttosto ovvia.

Prima di riprendersi fa dei respiri profondi per oltre un minuto. Comincia a sudare. Ci impiega talmente tanto tempo che inizia a essere imbarazzante, quindi faccio quello che farebbe chiunque altro in una situazione del genere – anche se lui è stato un grandissimo stronzo con me. «Posso aiutarti a entrare in casa? Sarà più comodo che dormire qui in corridoio.»

Si schiarisce la gola, anche se non serve a nulla, la sua voce è comunque roca quando risponde: «Sto aspettando che l'amichetta di mio fratello vada via». Indica il calzino sulla porta.

«Casa tua è l'alcova del sesso o qualcosa del genere?»

«Solo quando Nolan ha successo.»

Nolan deve essere il fratello. «Quindi usa il tuo appartamento per fare sesso?» Mi sembra… imbarazzante. Più imbarazzante della nostra sfida a colpi di biancheria intima.

«Viviamo insieme.»

«Oh.» Ah. Forse mi sbagliavo sul fatto che è un idiota donnaiolo. Forse è solo stronzo.

«Aspetterò qui finché la conquista della serata non se ne sarà andata. Spero presto.» Appoggia la testa contro la porta e chiude gli occhi. «Che ore sono, a proposito?»

«Quasi mezzanotte.»

Solleva una palpebra. «Sono qui fuori da ore. Gli avevo detto di darci un taglio con i pigiama party.»

«È gentile da parte tua concedergli la sua privacy per fare un festino o altro, ma credo che a questo punto tu possa entrare senza alcun pericolo, no?»

Agita una mano in direzione dell'ascensore, poi la lascia cadere per terra. «Mi è caduta la chiave nel cazzo di pozzo dell'ascensore, altrimenti sarei entrato da un pezzo.»

Lo stato in cui si trova lo mette sotto una luce diversa. Non per questo lo detesto meno, ma mi dispiace un po' per lui. È evidente che si è fatto male sul serio e restare bloccato qui in corridoio tutta la notte dev'essere un vero schifo.

«Vuoi aspettare a casa mia finché il festino non sarà finito? Sei liberissimo di restare qui tutta la notte, però dubito che starai comodo. E vista l'ora potresti dover restare qui fino a domani mattina. A meno che tu non preferisca che ti aiuti a tornare in reception per chiedere una chiave nuova.» Non mi sembra nelle condizioni di muoversi, ma almeno posso offrirgli delle opzioni.

Gira la testa verso l'ascensore e poi verso la mia porta. «Casa tua è più vicina.»

Questo dettaglio sembra essere il fattore decisivo. Prova a tirarsi su. È un compito arduo, a giudicare dalla quantità di grugniti e lamenti. Mentre apro la porta, si regge in piedi con l'aiuto delle stampelle e appoggiandosi alla parete. Lo lascio entrare. Lui punta dritto verso il divano, si gira con una grazia impressionante e si abbassa con cautela.

Riesce a mettere la metà superiore del corpo supina sui cuscini, ma sembra che non sia in grado di fare lo stesso con le gambe.

Io sono ancora in piedi vicino alla porta d'ingresso. Forse invitare questo ragazzo nel mio appartamento è stata una pessima idea. Non so nulla di lui, a parte il fatto che si è comportato da stronzo con me e che ha un fratello che a quanto pare detiene il titolo di donnaiolo.

Lo guardo dibattersi per un altro minuto, poi gli offro il mio aiuto. Sembra riluttante ad accettarlo, però alla fine acconsente.

Mi appresto a sollevargli una gamba, quando grida: «No!».

La lascio cadere e lui incurva le spalle con un gemito.

«Cazzo. Scusa.»

Fa una serie di respiri profondi. Non capisco se sta esagerando oppure no. O forse è drogato. Chi diavolo può saperlo? Stasera chiuderò a chiave la porta della mia camera da letto e dormirò con il telefono sotto il cuscino, questo è certo.

Infine gracchia: «Tutte e due le gambe contemporaneamente».

«Parola magica?»

Solleva una palpebra e mi guarda torvo, con un occhio solo. «Per favore.»

«Ma guardati, usi le buone maniere.» Riesco a sistemargli le gambe sul divano. Ci sta a malapena, i piedi sporgono oltre il bracciolo. «Ti prendo un bicchiere d'acqua e un antidolorifico, okay?»

«Solo l'acqua va bene. Grazie.» Chiude gli occhi e incrocia le braccia sul petto. Nonostante il volto arrossato e il sottile velo di sudore che gli copre la fronte, è comunque uno stronzo di bell'aspetto.

Lo lascio lì, leggermente rinfrancato dal dolore che gli provoca muoversi. Gli prendo un cuscino e una coperta, poi vado in cucina per versargli un bicchiere d'acqua. Prendo un bicchiere di plastica, visto lo stato discutibile della sua coordinazione.

Quando torno in soggiorno, il suo respiro si è calmato. Metto l'acqua sul tavolino e stendo la coperta sul suo corpo enorme. I piedi gli sporgono fuori dal divano, ma almeno è quasi tutto coperto.

Gli infilo delicatamente una mano dietro la testa e la sollevo quanto basta per fargli scivolare il cuscino sotto il collo, in modo che non si svegli con un terribile torcicollo. Be', non peggiore di quello che probabilmente avrà già, considerando lo stato in cui l'ho trovato.

Mugugna nel sonno e tira fuori una mano da sotto la coperta. Mi avvolge le dita attorno al polso, i suoi polpastrelli si sfiorano. Trattengo il respiro per il contatto inaspettato. Una scarica elettrica mi attraversa il braccio, come una scossa.

Apre gli occhi e li tiene fissi nei miei. Sono annebbiati e vitrei per il dolore e la stanchezza. «Grazie.»

«Prego.» Sono senza fiato come se avessi corso.

«Avrei voluto che non fossi così gentile.» Mi lascia andare il polso e chiude gli occhi.

Non so se ho capito male, o se ho frainteso, o se quello che ha detto abbia senso.

È chiaramente inerme, ma prima di andare a dormire chiudo lo stesso a chiave la porta della mia camera da letto.

Il mattino dopo mi alzo alle otto, impressionata da quanto ho dormito bene pur sapendo che un perfetto sconosciuto avrebbe passato la notte nel mio soggiorno. Il fatto che sia infortunato ha contribuito. Attraverso il corridoio con passo felpato e sbircio in soggiorno.

Il gigante che ieri sera era sdraiato sul mio divano non c'è più. La coperta è rovesciata sul pavimento. Quel tipo non conosce proprio le buone maniere.

Scuoto la testa, irritata, e proseguo verso la cucina. Metto su il caffè e il *plin, plin, plin* della macchinetta mi provoca l'esigenza di fare la pipì, quindi mi affretto lungo il corridoio, fino al bagno degli ospiti, con un'urgenza forte e improvvisa.

Apro la porta e mi blocco bruscamente quando trovo il mio vicino, con una mano appoggiata al mobile del lavandino, che si libera con un gemito profondo e sonoro. Sembra in parte sollievo e in parte agonia.

Posso attribuire la mia reazione impulsiva solo alla sorpresa. Strillo. Perché è quello che fa una persona quando trova inaspettatamente un uomo enorme e parecchio muscoloso che fa i bisogni nel suo bagno.

Il mio grido penetrante lo spaventa e lui si gira nella mia direzione.

Esco dal bagno e sbatto la porta, ma questo non serve a cancellare quello che ho visto. Il mio stupido vicino è ben dotato. Non in maniera terrificante tipo da dire: «Sei una porno star?», ma più come un: «Sarebbe un'esperienza gradita». Sembrava anche che stesse cercando di fare i bisogni mentre si occupava dell'erezione mattutina. Non credevo che fosse possibile.

Quando chiudo la porta, seguono un urlo agghiacciante e un tonfo sordo. Se non sono stata io a fare questo chiasso, significa che è stato lui. Ovviamente l'ho spaventato tanto quanto lui ha spaventato me.

«Cazzo. Che faccio?» chiedo al muro mentre appoggio l'orecchio alla porta. Sento gemiti e piagnucolii dall'altra parte. «Stai bene?»

«No.» Quell'unica parola è seguita da altri lamenti.

«Sto entrando di nuovo» lo avverto. Non posso mica lasciarlo lì. Devo prepararmi per andare al lavoro.

Abbasso la maniglia e sbircio attraverso l'uscio. È ancora per terra. Apro meglio la porta e rabbrividisco. È riuscito a fare pipì su tutta la tavoletta. Potrebbe aver schizzato persino il mobile del lavandino. Che schifo. Almeno sembra che sul pavimento non ci sia nulla.

Adesso che non sono più in modalità "panico e shock", attivo la modalità "senso di colpa" e noto altri dettagli. Ancora una volta indossa solo un paio di boxer. Questi sono di un giallo accesso con la scritta "ATTENZIONE" disegnata come quel nastro che si usa sulle scene del crimine. Quando l'ho lasciato sul divano ieri sera era completamente vestito.

La vista del suo corpo è tanta roba da gestire già quando lo vedo dalla parte opposta del corridoio, ma così da vicino... Buon Dio, quest'uomo è *massiccio*. Ci sono muscoli su muscoli, è tutto sodo e definito. È semplicemente... Tanto. E occupa una notevole quantità di spazio nel mio bagno.

Respira come un toro infuriato, quindi immagino che stia soffrendo. Questo ancora non spiega che fine abbiano fatto i suoi vestiti, però ci penserò dopo.

«Di cosa hai bisogno?» A parte di una doccia, chiaramente.

«Non riesco a prendere le stampelle.» Le indica, sono appoggiate al muro sul lato opposto del mobile del lavandino. Non sono particolarmente lontane, ma presumo che il dolore sia talmente forte che non riesce a raggiungerle.

Mi allungo sopra di lui e abbasso la tavoletta del water, poi afferro le stampelle e gliele posiziono ai fianchi. È scomodo, dato che è rivolto verso il water e io sono costretta a stare dietro di lui. I miei piedi toccano quasi i suoi.

È strano, eppure non c'è molto che possa fare. Si aggrappa alle maniglie e sputa un fiume di imprecazioni mentre si solleva lentamente.

Essendo specializzata in riabilitazione dagli infortuni e in fisioterapia, dovrei sapere come muovermi, ma di solito le persone che ho in cura indossano dei vestiti e non mi hanno spaventata a morte o insultata in diverse occasioni. Inoltre, questo ragazzo probabilmente pesa il doppio di me.

Faccio scivolare le mani sotto le sue braccia per… non lo so… offrirgli un supporto?

«Che stai facendo?»

«Ti aiuto?» Sono completamente schiacciata contro la sua schiena. La sua schiena incredibilmente definita, molto calda, molto dura e muscolosa.

«Sbattendomi da dietro?» grugnisce.

Mi allontano perché… Vaffanculo! Barcolla e perde la presa su una delle stampelle, perciò è costretto a usare di nuovo il ripiano per appoggiarsi. Spero che abbia messo la mano sulla sua pipì.

«Vuoi sederti, prima di rompere qualcosa?» sbotto.

«Ci sto provando. Sei nel mio spazio personale, cazzo.»

«Non ti sto nemmeno più toccando! E comunque cercavo di aiutarti. Dio, perché sei così stronzo?»

«Perché sto male! E *tu* perché sei una sfascia famiglie senza scrupoli?»

«Cosa?»

Si gira. Ancora una volta è più aggraziato di quanto mi aspetterei da una persona della sua stazza e nelle sue condizioni. Quando mi colpisce allo stinco con l'estremità della stampella, dimentico per un attimo il commento sul fatto che sarei una sfascia famiglie. Sarà anche di gomma, ma fa un male cane.

Mi abbasso per terra e mi afferro lo stinco mentre lui si siede sulla tavoletta del water abbassata. «Ahi! Sul serio?» Ecco cosa si ottiene a essere gentile con qualcuno con un bel viso e la personalità di una mantide religiosa.

La mia posizione attuale mi colloca proprio tra le cosce aperte di Gran Cretino. I miei occhi sono quasi all'altezza del suo scroto con su scritto "ATTENZIONE". Per quanto la sua biancheria intima possa distrarmi, finalmente capisco perché questo ragazzo soffre così tanto. «Porca miseria! Che diavolo ti è successo?»

L'interno della coscia sinistra è una massa variegata, perlopiù di nero, viola e blu, e si estende fino al ginocchio.

«Mi sono fatto male.»

«Come diavolo fai a procurarti un infortunio del genere all'inguine? Cosa stavi *facendo*?» Non ne ho mai visto uno così brutto, nemmeno nei libri di testo del college o nei video online.

«Cazzeggiavo, ovviamente.»

«Te lo sei fatto facendo sesso?» Dio. Se lui è messo così, come starà la sua donna?

Alza gli occhi al cielo. «Non stavo facendo sesso. Stavo giocando a hockey.»

«Giochi a hockey?»

«Sì.» Mi guarda come se fossi un'idiota.

«Che tipo di hockey?»

Storce le labbra. «Professionale.»

Riesco a sentire le sopracciglia che schizzano verso l'alto. «Nella NHL, intendi? Per Seattle?»

«Sì.» Sembra che stia aspettando una specie di reazione.

Sarebbe stato carino se mio fratello mi avesse detto che il mio vicino è anche un suo compagno di squadra. Anche se forse avrei dovuto fare due più due. Poi ricordo l'episodio di ieri. «Sei Winslow? Numero cinquantadue?»

«Ah-ah.»

«Be', da come stanno le cose, credo che guarderai le partite dalla panchina per un po'. Devi metterci del ghiaccio.»

Mi avvicino. La fisioterapista che è in me prende il sopravvento. Appoggio le mani sulle sue ginocchia ed esamino i lividi. Gli tocco la coscia dura. I muscoli si tendono sotto la sua pelle calda mentre palpo il bordo dell'ematoma con il pollice. È davvero un brutto infortunio. Di quelli su cui mi piacerebbe mettere le mani al lavoro.

«Ehi! Che diavolo stai facendo?» Gran Cretino ringhia.

«Non preoccuparti. Sono una professionista.»

9

Forse un po' mi sbagliavo

BISHOP

Provo un dolore fortissimo, di quelli che ti fanno salire la bile in gola, ti fanno sudare e ti annebbiano la vista. In parte perché non prendo antidolorifici da ieri sera, e anche perché l'amante di Rook è in ginocchio tra le mie gambe.

Indossa una di quelle canotte con le spalline che potrei strappare con la punta delle dita e un paio di pantaloncini da notte che competono con quelli da corsa con cui sfila quando prende il giornale la mattina. I capezzoli sono tesi contro il tessuto sottile. E le vedo il décolleté. Un gran décolleté.

Il mio corpo sta cercando di reagire al fatto che è mezza nuda e ha il viso estremamente vicino al mio pene. È una cazzo di agonia. E anche un grave dilemma morale. Sono incazzato che il mio corpo reagisca quando chiaramente non dovrebbe.

«Coniglietta sfegatata dell'hockey non è una professione, tesoro» replico tra i denti.

Lei alza la testa di scatto e mi guarda dritto negli occhi. I suoi sono limpidi e azzurri come l'oceano. Mi affascinano. Anche il mio uccello la trova sexy, infatti ce l'ho ancora mezzo duro, anche se mi fa male da morire.

«Scusa?» Stringe la presa sulle mie cosce e affonda i polpastrelli sui lividi. Mi stordisce. Le afferro il polso, deve smettere di toccarmi per una serie di ragioni tra cui il dolore e le questioni etiche.

«Pensi di poter saltare da un giocatore all'altro perché tanto a nessuno fregherà un cazzo? Cristo. Sei talmente vicina che potresti succhiarmi le palle. Che diavolo di fine ha fatto la tua bussola morale?» Okay, sono stato molto esplicito. Però, sul serio, è vicinissima e ha il naso quasi premuto contro il mio pacco.

Usa le mie cosce per tirarsi su e alzarsi. È terribile. Non è particolarmente alta, quindi i suoi capezzoli sono puntati dritti sul mio viso. «Di che diavolo stai parlando? Chi credi di essere per chiamarmi coniglietta dell'hockey?»

«Ti sbatti il capitano della squadra, che ha una cazzo di *moglie* e un cazzo di *figlio*, e ora salti addosso al mio bastone.» Mi indico l'inguine.

«Mi sbatto...» Aggrotta le sopracciglia e arriccia il naso. Imita un conato di vomito, poi rovescia la testa all'indietro e ride. È una bella risata, anche se carica di sarcasmo. «Oh mio Dio. Rook è mio *fratello*, stronzo!»

«Sì, come no.»

Alza gli occhi al cielo e con un sorriso enorme si indica la fossetta in alto sulla guancia. «Vedi la somiglianza?»

«Non proprio. No» rispondo con sincerità, perché non ho prestato molta attenzione al volto di Rook da quando sono nella squadra – vale a dire non da tantissimo tempo. Inoltre, nelle rare occasioni in cui incrocio lo sguardo di Rook, di solito siamo entrambi imbronciati.

Mi schiaffeggia il viso con i capelli quando ruota sui tacchi ed esce dal bagno. Detesto ammettere che le fisso il culo. Ritorna meno di un minuto dopo con una foto incorniciata e alcuni pezzi di carta. Mi lancia i fogli: sono buste per lettere con su scritto "STEVIE BOWMAN".

«Questo dovrebbe significare qualcosa per me?»

«Stevie è il mio nome.» Si indica il petto, attirando la mia attenzione sulla sua scollatura e sui suoi capezzoli duri. La canottiera è bianca e anche se ha uno di quei reggiseni incorporati per cui c'è uno strato di tessuto in più tra il suo seno e i miei occhi, riesco comunque a vedere il contorno delle areole. Sono piccole e delicate e mi entrerebbero facilmente in bocca. *Perché diavolo non riesco a smettere di pensare al sesso?*

Alzo gli occhi al cielo. «Bel tentativo. Stevie è un nome da ragazzo.»

«Mi hanno dato il nome di mio padre.» Tiene la foto incorniciata a un centimetro dal mio naso.

È troppo vicina perché possa riuscire a distinguere i volti, perciò gliela tolgo di mano, con una certa forza.

Rook sembra giovanissimo, quindi immagino che la foto sia parecchio datata. Ma accanto a lui c'è la donna che ora è in piedi di fronte a me, i capelli biondo chiaro anziché rosa pallido. Sorridono entrambi. Ora riesco a vedere la somiglianza di cui parlava.

La guardo, poi guardo di nuovo la foto. «Cazzo. Sei la sorellina piccola di Bowman?»

«Non sono proprio piccola.» Incrocia le braccia e così le sue tette si sollevano, accentuando la scollatura.

«Sì, lo vedo.» Mi costringo a guardarla in viso. Almeno mi sento un po' meno in colpa nel notare quanto è sexy.

«Non riesco a credere che pensavi che fossi la sua... Cosa? Amante?» Si getta i capelli dietro le spalle e sogghigna.

Alzo le mani in aria. «Be', cosa diavolo avrei dovuto pensare quando ti sei presentata qui nel cuore della notte ridotta a uno straccio? Hai fatto tanto chiasso e poi facevi tutta l'evasiva e altre stronzate.»

«Non sono stata evasiva.»

«Però avresti potuto spiegare che eri la sorella di Bowman fin dall'inizio. Avrebbe chiarito un sacco di cose.»

«Avresti abbassato il tuo livello di stronzaggine?»

«Be', sì, certo.» Se avessi saputo chi era, non sarei stato un coglione gigantesco.

Appoggia il pugno sul fianco sinuoso. «Non dovrebbe essere necessario dichiarare che sono parente del mio cazzo di fratello famoso perché le persone siano gentili con me.»

Mi passo un palmo sul viso. Accidenti, non ha capito bene il punto. «Non è...»

La sua mano scatta davanti al mio viso, facendomi sussultare. Per poco non cado dal sedile scivoloso del water. «È stata una conversazione esilarante, ma io devo prepararmi per andare al lavoro, quindi forse è ora che tu prenda la tua roba e torni al quartier generale degli stronzi. È stato un vero piacere prendermi cura del tuo culo maleducato ieri sera. Non c'è di che.» Si volta ed esce dal bagno.

«Pensavo fossi una coniglietta dell'hockey senza principi morali! E io sono sempre stronzo» le urlo dietro.

Sento una porta sbattere in fondo al corridoio.

«Maledizione.» Mi prendo la testa tra le mani e mormoro una serie di imprecazioni. Non va affatto bene. Sono stato uno stronzo con la sorella di Bowman. Voglio dire, sono uno stronzo per la maggior parte del tempo, ma con lei sono stato ancora più stronzo. E le ho pisciato per tutto il bagno. E l'ho insultata diverse volte. Se lo raccontasse a suo fratello mi renderebbe la vita ancora più difficile. Magari lo ha già fatto.

Uso le stampelle per tirarmi su. Faccio un lavoro mediocre nel ripulire il casino sulla tavoletta del water, accanto al lavandino e sul pavimento. Sono riuscito a beccare persino il cazzo di specchio. Forse dovrei mandare la donna delle pulizie a occuparsi della stanza.

Non so se andare via. Alla fine decido che sarebbe meglio cercare di sistemare la situazione e ridurre le possibilità che faccia la spia con suo fratello. Percorro il corridoio con la stampella, lentamente. Devo prendere degli antidolorifici e sdraiarmi di nuovo.

Raggiungo quella che presumo sia la sua camera da letto e busso alla porta. «Ehi, ehm, Stevie?» È un nome strano, eppure sembra adatto a lei.

«Sei *ancora* qui?» Apre la porta. «E sei ancora in mutande, cazzo. Dove diavolo sono i tuoi pantaloni?»

Seguo i suoi movimenti mentre si infila una maglietta sopra la testa, coprendo il reggiseno sportivo e la pancia liscia e tonica. Ha un corpo incredibilmente atletico. Non mi sento più in colpa a guardarlo con desiderio, adesso che so che non si scopa il capitano della mia squadra, un uomo sposato.

«Penso che siamo partiti con il piede sbagliato. Se avessi saputo che eri la sorella di Rook...»

«Non ti saresti comportato come un palo in culo.» Mi sfiora e si dirige in soggiorno.

Non riesco a tenere il passo, perché muovermi troppo velocemente mi fa venire voglia di vomitare. «Senti, mi dispiace» le grido dietro.

«Ti dispiace solo perché mio fratello è un pezzo grosso.»

La seguo appoggiandomi alle stampelle e mi lamento per il dolore. «Non c'entra niente. Ma non voglio sollevare un polverone con la squadra.»

Si gira con rabbia. «Ah, ora ho capito. Vuoi essere sicuro che non dica niente a mio fratello. Be', non preoccuparti. Non ho voglia di condividere con nessuno i tuoi commenti sul fatto che sarei un'ammosciacazzi, tanto meno con RJ.»

Cazzo. Avevo dimenticato quell'insulto tutt'altro che lusinghiero. «Eri un vero disastro.»

Mi fulmina con lo sguardo, poi raccoglie con prepotenza i miei vestiti e le mie scarpe dal pavimento e si dirige verso l'ingresso. Devo aver sentito caldo durante la notte e devo essermi spogliato, anche se non lo ricordo. Apre la porta con uno scatto e getta le mie cose in corridoio. «Vattene. Subito.»

Sospiro. È evidente che le mie scuse non sono servite a sistemare la situazione. La supero zoppicando e mi giro. Vorrei dirle che non penso affatto che sia un'ammosciacazzi, ma lei mi sbatte la porta in faccia.

«È andata bene.» Mi piego e raccolgo i pantaloni della tuta. Mentre me li avvolgo al collo cerco il telefono e lo tiro fuori dalla tasca per controllare i messaggi. Finalmente mio fratello si è fatto vivo. Adesso la porta non è chiusa a chiave, perciò posso entrare. Afferro la maglietta e armeggio con le scarpe, riuscendo a sorreggere tutto fino all'uscio di casa mia.

Spingo la porta con la spalla. Quando entro resto esterrefatto. L'ultima amica di mio fratello sta bighellonando in soggiorno, con addosso il vestito di ieri sera, un paio di tacchi troppo alti per quest'ora del mattino e ciò che resta del suo trucco.

Mi scruta lentamente con lo sguardo e il suo sorriso si allarga. «Oh! Ciao!»

Indico la direzione da cui sono appena venuto. «La porta è da quella parte.»

Mio fratello compare in fondo al corridoio, indossa un paio di pantaloni blu e una polo bianca. Tiene lo sguardo sul telefono, probabilmente sta fissando un appuntamento con un'altra ragazza. Non sarebbe la prima volta. «Shippy non è una persona mattiniera. Ignoralo e basta.»

«Ne abbiamo già parlato.» Gemo mentre gli passo accanto con la stampella.

Finalmente distoglie lo sguardo dallo schermo. Quando mi nota strabuzza gli occhi. «Che diavolo ti è successo?»

«L'hockey.» Proseguo lungo il corridoio e lo lascio a occuparsi della sua amica.

Una volta in camera mia, getto i vestiti ai piedi del letto e frugo di nuovo nelle tasche finché non trovo gli antidolorifici. Voglio solo sdraiarmi e dormire fino a non sentire più dolore in tutto il corpo.

C'è un bicchiere d'acqua sul comodino. È di due giorni fa, ma sono troppo pigro per andare a prenderne un altro, quindi bevo per mandare giù le pillole. Stevie ha ragione: dovrei mettere il ghiaccio sulla gamba... tuttavia non ho voglia di tornare in cucina, quindi mi sdraio sulla trapunta e aspetto che l'antidolorifico faccia effetto e mi provochi un po' di sonnolenza.

La porta della mia camera da letto si apre pochi secondi dopo. Mio fratello indica il mio inguine e si afferra il suo con la mano libera. «Ehi, sembra una cosa grave.»

Distolgo lo sguardo dal soffitto. «E fa molto più male di quanto sembri. Puoi prendermi del ghiaccio dal congelatore?»

«Certo.» Nolan scompare in fondo al corridoio, poi ritorna con una confezione di ghiaccio istantaneo e con un asciugamano.

Avvolgo l'asciugamano intorno alla gamba e ci posiziono sopra il ghiaccio. Faccio una smorfia quando mi sfiora le palle. Quelle tentano una precipitosa ritirata, provocandomi una scossa di dolore. Gemo, mi irrigidisco e per alcuni secondi sento un dolore lancinante che mi toglie la ragione.

«Allora, cosa è successo esattamente?» Nolan salta sul letto con il suo kit medico. Per fortuna ho un materasso in memory foam, perciò non lo sento muoversi minimamente.

Dicken, il suo gatto bianco e nero, lo imita. Si strofina sulla gamba di Nolan, poi si stende accanto a me e appoggia la zampa sul mio braccio. Comincia a fare la pasta, affondando le zampette nel mio braccio. È il suo modo per dirmi che vuole le carezze.

Gli gratto la testa mentre racconto a mio fratello del colpo che ho preso ieri sera e della spaccata che non avrei dovuto fare, della corsa in ospedale e della pausa di sei settimane. Concludo con il racconto su come ho perso la chiave magnetica nel pozzo dell'ascensore e sono finito sul divano della nostra dirimpettaia.

«Avresti dovuto mandarmi un messaggio quando eri in ospedale, mi sarei sbarazzato della tipa.»

«Ero un po' impegnato.» Mi passo una mano sul viso e rabbrividisco. Quando sono caduto ho sbattuto la guancia contro il palo. Ma la frattura pelvica è molto peggio, quindi non ho notato l'altro dolore fino a stamattina. «Ehi, sai che pensavo che fosse l'amante di Bowman o qualcosa del genere?»

«Te ne lamenti da quando si è trasferita qui, settimane fa, quindi sì.»

«A quanto pare è la sorella minore di Bowman.» Il che in realtà ha molto più senso.

«Ma non mi dire! È single?»

Giro la testa solo quel tanto che basta per guardarlo male. «Non pensarci nemmeno.»

Lui ricambia lo sguardo, un sopracciglio inarcato. «Oh cavolo, ora capisco tutto. Hai una cotta per lei, eh?»

Torno a guardare il soffitto. «No.» Anche se ha dei bei capezzoli e un davanzale davvero ammirevole.

«Non ti credo.» Si punge con il dispositivo per misurare il livello di zucchero nel sangue prima di fare l'iniezione. È la prima delle cinque che si somministrerà oggi.

«E quindi?»

«Da quando si è trasferita qui non fai che lamentarti di lei. Prima perché ha fatto troppo rumore e perché non approvavi i suoi principi morali o non so che. Poi ti sei lamentato del fatto che fosse una studentessa e che mettesse troppo profumo. Dopodiché hai iniziato a lamentarti che è sempre in tenuta da allenamento, che non ha vestiti veri, bla bla bla. Vorrei sottolineare che, a meno che tu non debba uscire da questo appartamento, sei sempre in boxer. Conosco così bene la sagoma del tuo pacco che se li mettessimo vicini sarei capace di riconoscere il tuo prima del mio.»

«Non vedo come le mie osservazioni possano essere interpretate con una mia cotta per lei.» Ignoro la parte relativa al mio pacco, perché è casa mia e posso vestirmi come voglio. Se Nolan vuole andare in giro in boxer è libero di farlo. Ma lui ha sempre freddo per via dei problemi di circolazione.

«Non parlavi così tanto di una donna dai tempi di Penny.»

«Quel nome è proibito. Non nominarla più.» Penny è stata la mia ultima ragazza semiseria. È finita perché Penny era più interessata a quanti "Mi piace" avevano le sue foto in posa con me sui suoi profili social che a me in quanto persona reale.

«Era per dire. È passato molto tempo dall'ultima volta che qualcosa che non fosse l'hockey ti ha messo il pepe al culo.»

«Un fastidio non è la stessa cosa.»

«Continui a vivere nella negazione, Shippy.» Solleva la camicia e ne afferra l'orlo sotto il mento. Stringe un rotolino di carne tra due dita, deve piegarsi in avanti perché è troppo magro, e poi si punge con l'ago.

«Non è negazione.»

Abbassa la camicia e si strofina il punto dell'iniezione. «Ti ho visto aspettarla con la faccia premuta contro la porta la mattina.»

«Non lo faccio perché ho una cotta per lei.»

«Ah ah. Sai, se hai bisogno di consigli sulle donne, io sono qui per te, fratellone.»

«Non mi servono consigli sulle donne. So rimorchiare benissimo da solo. Se mi va.» Cosa che non capita spesso.

«Sto solo dicendo che il tuo bel viso non durerà per sempre. E prima o poi l'attaccatura dei capelli inizierà a retrocedere.» Mi scompiglia i suddetti capelli e io gli scaccio la mano. «Un giorno dovrai lavorare sulle tue capacità interpersonali e imparare a flirtare, altrimenti dovrai accontentarti dell'amor proprio per il resto della vita.»

«A giudicare da questo,» mi indico l'inguine, «credo che non avrò alcun tipo di amore, né proprio né di qualcun altro, per un bel po'.»

«Sì. Sarà uno schifo.» Mette via il kit per l'insulina e scivola giù dal letto. «Hai bisogno di qualcosa, prima che esca? Ho un turno di quattro ore e non ho lezione, quindi oggi pomeriggio torno presto.»

«No, sono a posto. Grazie per avermelo chiesto, comunque.»

Fisso il soffitto e penso alla mia vicina. La sorella minore di Rook Bowman.

In queste settimane non ho mai smesso di provocarla. All'inizio ero più che altro curioso, poi l'ho fatto per il piacere perverso di metterla a disagio, perché credevo che fosse qualcuno che non è. Perché mi offendeva sul piano morale.

Nolan ha ragione sul fatto che la mattina la aspetto con l'occhio premuto contro lo spioncino. Non mi ero accorto che mi avesse visto farlo. Mi sono sentito per metà in colpa e per metà vendicativo nel godermi la strana gara di biancheria intima in corso tra me e lei. Come se entrambi aspettassimo una reazione dall'altro.

La nuova rivelazione su di lei mette tutto sotto una luce completamente nuova. E non so bene come comportarmi al riguardo. Né con il fatto che mi è venuto duro vedendola con quella maledetta tenuta da palestra.

Forse Nolan ha ragione. Forse ho una cotta per lei. Insomma, fisicamente è bella. Ha un corpo stupendo e la lingua tagliente. Ha un buon odore. Tutte qualità che apprezzo in una donna.

Se non fosse che è la sorella minore del capitano della mia squadra, che detesto.

Se fossi una persona vendicativa, sfrutterei la situazione a mio vantaggio.

10

Scuse e favori

STEVIE

Quando arrivo al lavoro ho solo pochi minuti liberi prima che arrivi il primo cliente. Non è così che mi piace iniziare la giornata. Arrivo sempre in clinica con mezz'ora abbondante di anticipo, per avere il tempo di rivedere il mio programma ed elaborare dei piani di trattamento. Mi piace anche chiacchierare con Pattie, Jules e gli altri colleghi, tranne Joey, che cerco di evitare con tutte le mie forze.

E guarda caso la prima persona che incontro mentre infilo la mia roba nell'armadietto è proprio lui.

«Ehi.» Appoggia l'avambraccio sull'armadietto accanto al mio.

«Che vuoi?» Non mi prendo la briga di guardarlo, altrimenti sarei costretta a vedere la sua espressione viscida e i peli sotto le sue ascelle mi arriverebbero proprio in viso. Durante le pause tra un cliente e l'altro indossa canotte aderenti. Prima lo trovavo accattivante, adesso è disgustoso.

«Ho dato i nostri nomi per contribuire a organizzare il gala di beneficenza. Ho detto che potevamo occuparci delle decorazioni. Sei brava nei lavori manuali e roba simile. Ho pensato che sarebbe stata una buona idea, dato che tu sei nuova. Faremo bella figura. Inoltre, potremo stare un po' insieme.»

Vorrei solo dargli un pugno nelle palle e farlo piangere. Invece dico: «Grandioso. Grazie». Il mio tono è palesemente sarcastico e sprezzante, ma lui non lo coglie, o decide di ignorarlo.

«So che sei ancora arrabbiata con me, Stevie, però penso davvero che ci farà bene.»

Chiudo l'armadietto con un colpo e fisso la vernice grigia per qualche secondo, mentre faccio qualche respiro profondo per calmarmi. Dovrei mandarlo a quel paese e dirgli di trovarsi qualcun altro che lo aiuti con questo lavoro. Ma so che litigare creerebbe solo complicazioni, anche se preferirei farmi strappare le unghie a una a una piuttosto che lavorare con Joey in qualsiasi circostanza.

Mi giro lentamente verso di lui, dimenticando che tiene il braccio teso sopra la testa. Sembra che abbia una testa di troll che gli spunta dall'ascella. Ha anche un pezzetto di deodorante tra i peli, come se il suo troll avesse la forfora. «A te, intendi. Farà bene a *te*» replico al troll sotto la sua ascella. Joey non è per niente bravo nei lavori manuali, quindi presumo che dovrò svolgere io tutto il lavoro.

«Stevie.» Lascia cadere il braccio.

«Ho un cliente.» Lo supero e corro via, così da non rischiare di compiere qualcosa che mi possa causare un richiamo per violenze sul posto di lavoro.

Pattie e Jules passano da me prima di pranzo e mi portano via dalla sala riservata allo staff. «Dobbiamo parlarti» anuncia Jules, mentre usciamo nel caldo pomeriggio di settembre e sistemiamo la nostra roba sul tavolo da picnic più vicino.

«Joey mi ha già messo alle strette stamattina.»

«Ci dispiace tanto. Non arriva mai così presto. È successo solo oggi e vi ha iscritti proprio davanti a Loretta, perciò non abbiamo potuto evitarlo.» Pattie sembra angosciata, quasi quanto lo sono stata io quando Joey mi ha intrappolata vicino agli armadietti.

Le do un colpetto rassicurante sulla mano e inizio a tirare fuori il pranzo. «È tutto a posto. Apprezzo il tentativo di salvataggio.»

«Forse potremmo parlare con Loretta e spiegarle la situazione, così potrai tirartene fuori.»

Scarto l'idea. Lamentarmi con il capo perché lavoro con il mio ex ragazzo mi farebbe fare una brutta figura e comunque non sono particolarmente propensa a raccontare la mia vita personale alle persone che mi pagano lo stipendio. «Onestamente, penso sia meglio affrontare Joey. Se non altro, posso rendergli la vita difficile mentre lui mi obbliga a trascorrere del tempo insieme. E poi mi deve dei soldi. Magari riuscirò a recuperarli.» Spero di avere ragione a questo proposito. Joey non ha buone capacità di gestione del denaro, per questo ho dovuto anticipare tutto il primo mese di affitto. Più ci penso, più mi rendo conto dell'orrore che ho commesso scegliendolo come mio ragazzo.

Pattie fa una smorfia. «E se ci iscrivessimo anche noi? Potreste venire a casa nostra per lavorare tutti insieme. Ti immagini quanto si sentirebbe a disagio Joey, circondato dai nostri fratelli?»

Per quanto l'idea sia allettante, temo che nel lungo termine non sarebbe un bene. «Apprezzo la tua proposta. Se avrò bisogno di supporto, ve lo farò sapere. Comunque, cambiamo discorso. Passiamo da uno stronzo a un altro. Vi ricordate di quel ragazzo di cui vi ho parlato, quello che vive di fronte a me?»

«Intendi Mr Segnali Testicolari?» chiede Jules.

«Proprio lui.» Annuisco.

Pattie appoggia il mento sul pugno. «Questo è davvero il mio soprannome preferito di sempre. Che tipo di mutande indossava stamattina?»

«Nastro segnaletico. Ma c'è dell'altro.» Le aggiorno su quello che è successo ieri sera: di come sono stata talmente gentile da lasciarlo dormire sul mio divano, nonostante lui sia uno stronzo gigantesco, e di come stamattina ho scoperto che è un compagno di squadra di mio fratello, Bishop Winslow, il ragazzo che si è infortunato ieri sera durante la partita amichevole.

«Wow. Aspetta, mi stai dicendo che il tuo dirimpettaio è un giocatore di hockey professionista e che ha una frattura pelvica?» Gli occhi di Pattie si illuminano come una palla stroboscopica.

«Che è in squadra con RJ e che fino a stamattina credeva fossi l'amante di mio fratello, sì.»

Jules fa una smorfia. «È... bleah.»

«Molto bleah.» concorda Pattie. «Ma forse capisco perché si è fatto quest'idea.»

«Che fossi una coniglietta sfegata dell'hockey?»

«Sì. No. Voglio dire, altrimenti per quale motivo una donna così attraente dovrebbe trasferirsi nel cuore della notte e di punto in bianco in un attico vuoto che dovrebbe essere per tuo fratello? Tu non vai in giro a raccontare di essere la sorella di Rook. Non hai nessuna foto con lui sui social e questi ragazzi si conoscono da poco. Sto solo dicendo che è un errore comprensibile. E se ci pensi, forse è un bene che sia stato uno stronzo con te.»

«In che senso il fatto che sia uno stronzo è una cosa buona?» Mi infilo un chicco d'uva in bocca.

«Credeva che ti scopassi un uomo sposato e con famiglia. Almeno sai che ha dei sani principi morali.»

«Oooh, giusta osservazione.» Jules annuisce.

Non ci avevo pensato, ma immagino che abbia senso, soprattutto se ripenso ai suoi commenti tipo "senza morale" e "sfascia famiglie". «Mi ha chiamata "ammosciacazzi".»

Pattie fa una smorfia. «Tu non sei assolutamente un'ammosciacazzi. Secondo me l'ha detto perché pensava che fossi una coniglietta. A ogni modo, ho un'idea grandiosa.» Fa una pausa, forse per creare un po' di suspense.

«Cioè?» Jules inarca un sopracciglio.

«Dovresti offrirti di aiutarlo con la fisioterapia.» Pattie si lascia andare a un sorriso ampio, come se mi avesse appena consegnato il Sacro Graal.

«Perché dovrei farlo, quando lui non ha fatto altro che comportarsi come uno stronzo colossale?»

Patty sorride. «Se non altro, il suo essere uno stronzo colossale è in cima alla lista delle ragioni.»

«Non ha senso.» Prendo un altro acino d'uva dal mio contenitore. «E poi sicuramente la squadra ha già un fisioterapista che lavorerà con lui.»

«Sì, ma le fratture pelviche sono un inferno e ci vogliono settimane per guarire. È il primo campionato per Seattle. Ogni singolo giocatore di quella squadra, a parte tuo fratello, che ha rinunciato alla clausola di divieto di cessione, ha tutto da dimostrare. Sono tutti secondi. Non erano abbastanza bravi da restare nelle loro squadre, ma sono abbastanza bravi da essere convocati in una nuova squadra. Scommetto che hanno il cervello sottosopra.»

«Soprattutto se un giocatore si infortuna alla prima partita amichevole della stagione» aggiunge Jules.

«Esattamente.» Pattie mi punta contro la sua carota. «Vorrà tornare in campo il prima possibile.»

«Va bene, ho capito il tuo ragionamento.» Immagino che se fosse RJ quello infortunato, farebbe tutto il possibile per tornare in pista.

«Scommetto che basterebbe suggerire che è meglio fare quanta più fisioterapia possibile per convincerlo ad accettare. Se accetta farai un'esperienza lavorativa con un professionista della NHL, che è più di quanto possa dire chiunque altro nel nostro staff. E poi hai detto che è sexy. Potrai aiutarlo a distendere l'inguine, il che sarà molto imbarazzante per lui e una rivalsa per te. Hai solo da guadagnarci.»

«Non è detto che accetti il mio aiuto.»

Jules fa una risata nasale. «Vuoi sapere perché il settantacinque per cento dei tuoi attuali clienti sono donne sopra i cinquanta o ragazzine infortunate?»

«Perché sono nuova?»

«Perché i dirigenti non si fidano degli atleti, temono che ci provino con te.» Pattie beve un lungo sorso di tè freddo.

«O che fingano lesioni inguinali per farsi strofinare l'interno coscia da te.» Jules alza e abbassa le sopracciglia.

Alzo gli occhi al cielo. «Oh, ma dai!»

«È vero. Ieri abbiamo sentito per caso due dirigenti che ne parlavano, perché avevi cinquemila richieste, tutte di ragazzi.»

«Sono certa che state esagerando.»

«Sei sexy, Stevie. È una benedizione e una maledizione insieme.» Jules fa tintinnare il suo bicchiere di tè freddo contro quello di Pattie. «Potresti anche sfruttarlo a tuo vantaggio.»

Quando torno a casa sono le sette passate. Per fortuna non ho più incrociato Joey, anche se mi ha inviato un messaggio per chiedermi quando possiamo vederci per iniziare a organizzare il gala. Preferisco ignorare il messaggio piuttosto che rispondere con qualcosa tipo: "Quando si spalancherà l'undicesimo girone dell'inferno e i clown inizieranno a dirigere lo show."

Sono appena entrata in casa quando sento bussare alla porta. Premo l'occhio sullo spioncino e trovo la mascella cesellata del mio vicino davanti al foro. Non riesco a immaginare cosa possa volere, a meno che non abbia dimenticato qualcosa qui.

Sgancio la catenella, sblocco la serratura e imposto la mia espressione su una modalità che spero sembri indifferenza. Infine spalanco la porta. Indossa una maglietta grigia logora con un logo vagamente familiare e pantaloni della tuta blu scuro altrettanto consumati.

Vorrei poter dire che sta molto meglio in mutande che vestito, ma sarebbe una bugia.

La maglietta è tesa sul petto ampio, aderente ai muscoli. I pantaloni, che su un tipo di corporatura diverso potrebbero stare larghi, abbracciano le sue cosce muscolose.

«Oh, ma guarda, allora possiedi dei vestiti.» Opto per un atteggiamento sarcastico e bisbetico per compensare il fatto che l'ho palesemente occhieggiato.

«Ehm, sì. È solo che non mi piace indossarli, a meno che non devo uscire di casa.» Si sfiora la spalla con il pollice.

È interessante che lo confessi a una persona che conosce a malapena. «Quindi cosa sei? Un nudista domestico?»

Mi torna in mente la sua immagine, stamattina, con in mano il suo affare mentre fa la pipì sulla tavoletta del water. Ho un quadro abbastanza completo ormai – escluso il suo sedere, che era coperto

– e posso immaginarlo quasi perfettamente mentre fa ciondolare il suo *coso* in libertà.

«Potrei esserlo, se mio fratello non vivesse con me.» Si sfila le stampelle da sotto le braccia e le appoggia al muro. «Comunque, vengo con un'offerta di pace.» Appoggia una mano sullo stipite della porta e fa una smorfia quando si china in avanti.

Solo allora noto il cartone della Pizzeria Sammy's e la pianta in vaso ai suoi piedi, sul pavimento. Ho ordinato da lì un paio di volte la scorsa settimana, perché c'era un volantino attaccato al frigorifero con una calamita, che sponsorizzava una pizza gratis. «Perché non lasci che le prenda io?»

«Ce la faccio» grugnisce. È piegato in due, cerca di flettere le ginocchia e di chinarsi abbastanza da raccogliere la roba.

«Anche se ce la fai, mi permetto di dire che probabilmente *non dovresti.*»

Mi ignora. Riesce ad afferrare il bordo della pianta in vaso, poi si raddrizza e me la spinge addosso con un gemito. «Questa è per te.»

«Mi hai portato una pianta di aloe?»

«Ho notato che non ci sono piante nel tuo appartamento. Mio fratello ha il pollice verde e abbiamo circa quindici piante di aloe. Sono resistenti e utili.» I suoi occhi guizzano di qua e di là e le punte delle orecchie gli diventano rosse.

«Okay. Be', grazie?» Non riesco a capire se è un regalo premuroso o semplicemente conveniente. In ogni caso, è inconsueto. E forse è un po' strano che abbia notato l'assenza di piante in casa mia.

«Prego.» Fa per piegarsi di nuovo.

Mi accovaccio e prendo il cartone della pizza prima che si chini troppo e finisca per piantarmi la faccia nei piedi. «Ti serve aiuto per entrare in casa con questa?»

«È per te.» Adesso le sue guance sono dello stesso colore delle orecchie.

«Mi hai portato una pianta di aloe e una pizza?» Appoggio la pianta sul tavolino vicino alla porta, per riuscire a sbriciare dentro il cartone. È esattamente la stessa pizza che ho ordinato entrambe le volte da quando mi sono trasferita qui: salame, pancetta, prosciutto, ananas, olive verdi e peperoncino. È un abbinamento strano, ma il dolce dell'ananas con il salato delle olive e il piccante dei peperoncini è delizioso. Almeno credo. La domanda è: come diavolo fa il mio vicino a sapere *esattamente* come mi piace la pizza?

Deve leggermi la domanda in volto, perché il suo diventa se possibile ancora più rosso. «Ho visto un paio di cartoni di Sammy's nel tuo bidone della differenziata, così ho chiamato e ho ordinato la stessa pizza che ti avevano consegnato l'ultima volta.»

È molto meno inquietante e molto più ingegnoso di qualsiasi altro scenario potessi immaginare, per esempio lui che fruga nella mia immondizia ed esegue un test dell'olfatto. «Grazie per avermi portato la cena e una pianta.» Non so cos'altro dire. È un bel gesto, anche se strano.

«Ho ordinato la pizza circa un'ora fa, pensando che saresti tornata a casa prima, quindi mi sa che dovrai scaldarla.»

«Okay.» Non faccio alcun cenno per chiudere la porta e lui non muove un passo per andare via.

Si morde il labbro, come se stesse aspettando qualcosa. Forse si aspetta che lo inviti a mangiare la pizza insieme a me. O forse è il suo modo di ricominciare da zero.

«C'è altro?»

Sospira. «Io… Ehm… Forse potrei chiederti un favore?»

Bene, questo spiega la pianta e la pizza. «Un favore?»

«Sì. La mia macchina è ancora parcheggiata al palazzetto del ghiaccio e ci ho lasciato un sacco di roba che mi serve. Però io non posso guidare.» Si massaggia la nuca. «Se non hai da fare, magari posso chiederti di venire con me per recuperarla?»

Lo fisso per qualche secondo, cercando di capire se è serio. In realtà cade a fagiolo con l'idea proposta da Pattie, ma io sono ancora ragionevolmente diffidente. «Perché non lo chiedi a tuo fratello? O forse in realtà lui non esiste?»

«Esiste, però non può accompagnarmi.» Si agita, sposta il peso sulle stampelle. Il sudore gli cola sulla fronte. Mi chiedo se sia a causa del dolore o dell'imbarazzo o di qualcos'altro.

«Non puoi aspettare finché non torna a casa?» Sarebbe molto meno imbarazzante che restare chiuso in macchina con me.

«È a casa. Non ha la patente.»

«Ah.» Non mi dà altre spiegazioni e io non insisto per averne. «Sì, credo di poterti aiutare a riportare qui la tua macchina. Vuoi andare adesso?»

«Puoi mangiare la pizza prima.» Indica il cartone che ho ancora in mano.

«Sono a posto. Sono uscita con delle amiche dopo il lavoro e abbiamo mangiato degli stuzzichini, quindi non ho molta fame adesso. La metto in frigo e prendo la borsa. O magari ne vuoi un pezzo tu?»

«Ehm, no, grazie. È un accostamento di condimenti degno di nota.»

«Non giudicare finché non la provi.» Lo lascio lì sulla porta, metto la pizza in frigorifero e prendo in considerazione l'idea di fare una sosta in bagno per assicurarmi di avere un aspetto decente, ma decido di non sforzarmi, dato che mi ha chiesto aiuto solo perché gli conviene.

Quando torno all'ingresso è appoggiato al muro, con la testa china e il telefono in mano. «Il nostro Uber sarà qui tra un paio di minuti.»

«Perfetto.»

Il tragitto fino all'atrio è imbarazzante. Si appoggia al vetro a specchio con gli occhi chiusi e respira affannosamente dal naso.

«Stai bene?»

Solleva una palpebra. «Sì. Starò meglio quando potrò sedermi.» Non mi preoccupo di intrattenerlo in altre chiacchiere durante il breve tragitto fino all'ingresso. Il nostro Uber sta già aspettando. Bishop apre lo sportello e mi fa cenno di entrare. Conosce le buone maniere, a quanto pare.

«Perché non vai tu per primo?» suggerisco.

Sembra che voglia ribattere, ma decide di non farlo. Si abbassa lentamente sul sedile posteriore e grugnisce mentre solleva le gambe, piegandosi nella berlina. Lui è enorme e l'auto è una Civic, quindi non c'è molto spazio per le sue gambe lunghe né per il resto del suo corpo.

Gli metto le stampelle in grembo e salgo dall'altra parte, dietro l'autista. Lo stadio del ghiaccio non è molto lontano dall'appartamento e il traffico dell'ora di punta è passato da tempo. Durante il breve viaggio il nostro autista ci racconta del suo progetto di diventare un musicista famoso. Quando siamo fermi al semaforo mi porge persino una cartolina e ci spiega che è il cantante e chitarrista della sua band. «Devi assolutamente venire a sentire il gruppo questo fine settimana.» Il suo sguardo si sposta su Bishop nello specchietto retrovisore, ma Bishop ha gli occhi chiusi. «Puoi portare anche il tuo ragazzo.»

Faccio una risata nasale. «Non è il mio ragazzo.»

Bishop solleva una palpebra e mi guarda con la coda dell'occhio senza commentare. «Oh.» L'autista, che secondo la targhetta appesa allo specchietto retrovisore si chiama Jett, si rallegra. «Be', se le cose stanno così, allora puoi venire a sentirmi suonare e dopo beviamo qualcosa?»

Bishop sghignazza. «Stai seriamente cercando di rimorchiarla?»

«C'è qualcosa tra voi?» Gli occhi di Jett guizzano da me a Bishop.

«No, ma è un po' di cattivo gusto, non credi? Innanzitutto, non hai idea di cosa c'è tra noi. Solo perché ti ha detto che non sono il suo ragazzo non significa che non sono *qualcosa*. Non lo sono, ma non è questo il punto.» Lo sguardo irritato di Bishop si fissa sul mio viso. «E poi, cosa dovrebbe rispondere? È intrappolata in questa macchina con te finché non arriviamo a destinazione. La stai quasi costringendo a dire di sì, anche se non vuole.»

«È tutto a posto, davvero.» Inchiodo Bishop con uno sguardo che dice "Ma che cazzo!" e infilo la cartolina nella borsa.

«No, non è per niente a posto» commenta Bishop.

Per fortuna entriamo nel parcheggio dell'arena. Bishop gli dà indicazioni asciutte e stizzite per raggiungere la sua auto, ponendo fine alla discussione.

11

Spazi minuscoli

BISHOP

Non so perché mi sono comportato come uno stronzo con il ragazzino di Uber. È stato molto audace a chiedere alla sorella di Rook di uscire con lui. Sono tentato di complimentarmi con lui, ma potrebbe ricambiare con la stessa moneta. Potrebbe complimentarsi con me in ogni caso, ma sinceramente non me ne frega un cazzo.

Stevie non si offre di aiutarmi a scendere dall'auto, che è molto più difficile che salire. Il ragazzino di Uber riparte non appena chiudo lo sportello.

«Be', è stato divertente.» Stevie incrocia le braccia al petto e questo attira la mia attenzione sulle sue tette sode; i suoi capezzoli resteranno impressi nella mia memoria per l'eternità.

«Sei fuori dalla sua portata. E non è proprio il tuo tipo.»

«Non hai la minima idea di quale sia il mio tipo» scatta.

«Di certo non è un autista di Uber che fuma una sigaretta dopo l'altra e che probabilmente sniffa cocaina.» Frugo nella tasca della tuta finché non trovo le chiavi del mio SUV. Quando sblocco le portiere le luci si accendono. Poi consegno a lei le chiavi.

Dà un'occhiata alla mia macchina. Non è appariscente, né eccessivamente costosa. È pratica, ha un motore discreto e ci entra tutta l'attrezzatura da hockey. Mi piace avere dei risparmi sul conto in banca più di quanto mi piacciano le auto di lusso. Vorrei andare in giro con una bella macchina sportiva? Forse sì. Ma spendere mezzo milione di dollari per una macchina è un modo stupido per bruciare i soldi, considerando che non ho idea di quanto durerà la mia carriera. Sono pragmatico. Io non ho un contratto quinquennale con uno stipendio da 11 milioni di dollari l'anno, a differenza di suo fratello. Tutto quello che ho sono due stagioni da cinque milioni l'anno, e vorrei che i miei guadagni durassero per il resto della mia vita e di quella di Nolan, se necessario.

Metto le stampelle dietro mentre lei regola il sedile del conducente in modo da riuscire a premere i pedali.

Sto per salire in macchina, quando Kingston arriva correndo attraverso il parcheggio. Ha i capelli bagnati e con la riga di lato. Assomiglia molto a Capitan America e si veste come un golfista di professione. È molto nella sua personalità. «Ehi! Sono sorpreso di vederti. Credevo che non ti saresti mosso per almeno un altro paio di giorni.»

Mi appoggio alla fiancata del mio SUV. «Sono venuto solo a prendere la macchina.»

«Avrei potuto riportartela io.» Il suo SUV Volvo emette un segnale acustico dal parcheggio accanto. Il mio amico getta la sacca da hockey sul sedile posteriore, poi sbircia oltre la mia spalla. Solleva il mento quando chiede: «Chi guida?».

«Solo un'amica.» Mi sposto per coprire il finestrino del lato del passeggero. «Che ci fai qui a quest'ora?»

«Mi allenavo sul ghiaccio con alcuni dei ragazzi... Sai, per tenerci in forma per la partita di domani sera.» Cerca di sbirciare di nuovo dentro la macchina. «È una ragazza?»

«Ehm, sì.» King e io siamo amici, ma non posso assolutamente confidargli che alla guida della mia auto c'è la sorella minore del capitano della squadra.

«Da quando hai una ragazza?»

«Non ce l'ho. È un'amica e per caso è pure una ragazza.» In un certo senso.

«Se è solo un'amica perché sei terribilmente evasivo? Ho capito che stai cercando di nasconderla.» Apre lo sportello della sua auto e sale a bordo. «Mi manchi in campo. Chiamami se hai bisogno di qualcosa, altrimenti passo in settimana, okay?»

«Mi assicurerò di avere una scorta di latte.»

«Fa bene al fisico.» Risponde così solo perché lo dice nella pubblicità, non perché è pieno di sé. Aspetto che chiuda lo sportello prima di girarmi di nuovo verso il mio SUV. Devo aprire completamente la portiera per riuscire a entrare, ma il mio corpo blocca gran parte della visuale di King.

«Anche quel ragazzo gioca per il Seattle?» Stevie si sporge in avanti, come per cercare di vedere oltre il mio corpo.

«Sì. Quello è Ryan Kingston. Fa il portiere. Perché?»

Stevie scrolla le spalle. «Così.» Lo guarda allontanarsi dal parcheggio. Lui saluta mentre ci passa accanto e lei ricambia.

«È una persona super integerrima, non potrebbe mai essere interessato a te.»

Mi rivolge un'occhiataccia, il labbro superiore sollevato in un ghigno disgustato. «Potresti essere più offensivo?»

Alzo una mano. «Mi sono espresso male. Sei la sorella minore del capitano della squadra. King è uno ligio alle regole, quindi, anche se fosse interessato, non farebbe mai una mossa perché andrebbe contro il suo codice morale. Inoltre, ha una ragazza e stanno insieme da anni.»

«D'accordo. Va bene. E poi non dimentichiamoci che sono un'ammosciacazzi.»

Sospiro. Credo di dover imparare a come e quando non fare lo stronzo. «L'ho detto solo perché pensavo che ti scopassi tuo fratello.» Rabbrividisco. «Voglio dire, credevo che fossi la sua amante, non sua sorella.»

«Ah-ah.»

Di certo è consapevole di essere sexy. Non vedo come non potrebbe. Vede il suo viso allo specchio ogni giorno. È attraente, come anche il resto del suo corpo. «Non sei un'ammosciacazzi. Quel cavolo di autista di Uber ha cercato di abbordarti mentre stavo seduto proprio accanto a te. Questo ti farà capire qualcosa sul fascino che eserciti sul sesso opposto.»

«Quel ragazzo sembrava il fratello emo di Justin Bieber.» Digita l'indirizzo del nostro palazzo sul GPS mentre io mi sistemo sul sedile, cercando di mettermi comodo – impresa non facile, considerando il dolore acuto.

Sono passate sei ore dall'ultima volta che ho preso qualcosa per il dolore e il gonfiore, in parte perché voglio vedere quanto diventa forte il dolore.

Il farmaco prescritto dal medico è utile per allentare la tensione, tuttavia mi impedisce di capire esattamente quanto sia grave la frattura. A giudicare dalla vista annebbiata ogni volta che faccio un movimento brusco, penso che sia dannatamente grave. Gemo e allungo la gamba.

«Hai messo del ghiaccio sulla contusione oggi?» Stevie sfoglia le mie playlist musicali finché non trova qualcosa che potrebbe piacerle.

«Sì.»

«E che mi dici del calore e dello stretching?» Mette in moto il SUV.

«No.»

«Quando inizi la riabilitazione?»

«Tra un paio di giorni, probabilmente.»

«Dovresti fare stretching e massaggiare le aree meno molli attorno al sito della lesione, per far sciogliere i muscoli.»

«Seguirò il consiglio.» Non capisco perché all'improvviso abbia avviato un'indagine in stile mamma preoccupata. È frustrante non poter sfuggire alle domande perché sono intrappolato in auto con lei.

«Tornerai prima in pista, se inizi a prendertene cura subito.»

Ha detto di essere una professionista, ma non le ho mai chiesto di che tipo. «Cos'è che fai?»

«Sono una fisioterapista. Mi occupo di riabilitazione sportiva.»

«Ha senso, immagino, visto che Bowman è tuo fratello e tutto il resto.»

«Mio fratello non c'entra niente. Mi piacciono gli sport, sia giocare che guardare. E mi piace aiutare gli atleti che hanno bisogno di riabilitazione, anche quella è una sfida.»

Non dovrei trovare attraente questo tratto della sua personalità. Né dovrei scrutare il suo corpo o notare quanto siano toniche e definite le sue spalle e le sue braccia. Ha anche un buon profumo. Sa di torta ai frutti di bosco o qualcosa del genere. Apro il finestrino per non mettermi ad annusarla. «Che tipo di sport pratichi?»

«Tutti. Giocavo a hockey quando ero bambina. Al liceo, se c'era una squadra di qualcosa io ne facevo parte. Al college giocavo a calcio. Avevo una borsa di studio, ma ho subìto uno stiramento all'inguine al terzo anno. Mi sono ritrovata con uno strappo e un'ernia e ho dovuto sottopormi a un intervento chirurgico. Probabilmente avrei potuto continuare a giocare, ma per me è stato un fattore decisivo. La riabilitazione è stata dura, però avevo un ottimo fisioterapista e mi ha fatto venire voglia di aiutare gli atleti a riprendersi dagli infortuni.»

«Quindi ti occupi di questo? Atleti in riabilitazione?»

«Più o meno. Sì. Ho finito la scuola di specializzazione in primavera. Lavoro in una clinica affiliata al campus universitario, quindi la nostra clientela è costituita principalmente dagli atleti delle squadre scolastiche, dai professori e dalle loro famiglie. A volte vengono per il condizionamento e il rafforzamento, a volte per la riabilitazione. Sono nuova, perciò non posso ancora lavorare con il tipo di casi che mi piacerebbe trattare, ma spero che con il tempo le cose cambino.»

«Casi tipo?»

«Tipo il tuo.» Siamo fermi al semaforo rosso. Stringe il volante e mi guarda. Vedo saettare la sua lingua, si inumidisce il labbro inferiore. Non porta alcun tipo di trucco. Le sue labbra sono rosa e carnose e sembrano morbide. «Io potrei aiutarti» afferma.

Distolgo lo sguardo dalla sua bocca. «Aiutarmi?»

Qualcuno dietro di noi suona il clacson. Sussultiamo entrambi. È scattato il verde, perciò Stevie si concentra di nuovo sulla strada. Evidentemente non va abbastanza veloce, perché l'auto dietro di noi suona il clacson una seconda volta. Abbasso il finestrino e gli faccio il dito medio, nello stesso momento in cui lo fa lei.

«Con la riabilitazione dal tuo infortunio. So perfettamente cosa comporta riprendersi da una brutta frattura pelvica, richiede un lavoro enorme.» Mette la freccia a destra e svolta verso il parcheggio sotterraneo.

«Perché vorresti aiutarmi?» Sono stato uno stronzo con lei, a parte stasera con il mio debole tentativo di scusarmi. E comunque avevo dei secondi fini, visto che il mio obiettivo era chiederle un favore.

«Perché è l'unico modo che ho per lavorare con un vero atleta professionista. Adesso mi assegnano solo cheerleader del cavolo e donne anziane con stiramenti al collo o alle spalle perché stanno tutto il tempo chine sul telefono.»

«Sono sicuro che a tuo fratello basterebbe una telefonata per farti entrare in una clinica per atleti professionisti.»

«Si è già offerto di farlo, ma mi piacerebbe poter fare esperienza senza sfruttare la sua fama. Sai, realizzarmi per i miei meriti come la maggior parte della gente.» Fa retromarcia e parcheggia il mio SUV nel posto riservato – la manovra è impressionante. «Allora, siamo d'accordo? Se mi permetti di aiutarti con la riabilitazione, tu torni in pista prima del previsto e io faccio esperienza con un atleta professionista senza alcun tipo di nepotismo. Che te ne pare?»

È una buona idea chiedere alla bella sorella minore del capitano della mia squadra di aiutarmi con la riabilitazione? Probabilmente no. Ma ha ragione, per entrambi. Prima tornerò in pista, meglio sarà per me. Potrò inserirmi più facilmente nella squadra. Le mie abilità sociali non sono delle migliori, quindi devo fare affidamento sulla mia capacità di far valere il mio ruolo per dimostrare quanto valgo. «Resta tra me e te?»

«Sì. Però se ti aiuto a migliorare voglio una lettera di referenze. Abbiamo un accordo?» Tutto questo potrebbe ritorcersi contro di noi, ma ha anche il potenziale per rimettermi nel punto in cui dovrei essere. Al coach piacerà che raddoppi la riabilitazione? Probabilmente no. Che alternative ho, però? È una buona idea che sia la sorella di Rook a fare la riabilitazione? Non proprio, ma si sta proponendo lei e sarebbe comodo, dato che siamo vicini di casa. Inoltre, più a lungo resto in panchina, meno opportunità ho di dimostrare alla squadra il mio valore come giocatore. Questo sposta l'ago della bilancia a favore di Stevie.

Mi tende la mano, io la stringo nella mia e noto quanto sia morbida e calda la sua pelle. «Sì, abbiamo un accordo.»

12

Toccami tutto

BISHOP

A quanto pare Stevie è seriamente intenzionata a iniziare subito con la fisioterapia. Appena entriamo nell'ascensore, mi assale. «La prima cosa che faremo quando saliremo di sopra sarà sottoporti ad alcuni test di mobilità. Dopodiché farai un bagno caldo e a seconda di come ti senti proseguiremo con qualche altro test di mobilità e un impacco freddo. Che ne dici?»

«Ehm, va bene.»

«Ottimo.» Si tamburella le labbra. «Cosa ti hanno dato per gestire il dolore e il gonfiore?»

«Un antidolorifico a base antinfiammatoria.»

«Va bene, lo immaginavo. Ovviamente è non steroideo. Quando è stata l'ultima volta che lo hai preso?»

«Verso l'ora di pranzo.»

Aggrotta la fronte. «Sono passate sette ore. Come va il dolore adesso?»

«Elevato.»

«Su una scala da uno a dieci, che punteggio daresti?»

«Mah... Un undici.»

Fa una smorfia di disapprovazione. «Devi prendere i farmaci.»

«Non posso sapere quanto è grave l'infortunio se non riesco a sentire il dolore.»

«Ma se non prendi i farmaci non puoi nemmeno ridurre il gonfiore, né guarire, né giocare. Nuovo piano: terapia del calore leggera prima di ogni altra cosa.» Le porte dell'ascensore si aprono e mi fa segno di precederla. «A casa tua o a casa mia?»

Stasera non c'è nessun calzino sulla maniglia della mia porta. «Mia, magari?»

«Fai strada.»

È stranamente seria, come se avesse spostato l'interruttore sulla modalità professionale. Tiene la porta aperta per lasciarmi entrare per primo. Dal punto di vista del design e della disposizione, il mio appartamento è uguale al suo: la cucina è moderna, con mobili in legno scuro e ripiani in granito nero, però le somiglianze finiscono qui.

Casa mia ha l'aspetto di un posto in cui vivono due uomini. In soggiorno ci sono un divano in pelle nera, due poltrone reclinabili sempre in pelle e una TV a schermo piatto da settanta pollici. Accanto alla cucina, in quella che dovrebbe essere la sala da pranzo vera e propria, c'è un enorme tavolo che in realtà non usiamo mai.

Non mi sono ancora preoccupato di aggiungere delle opere d'arte, perché so che starò qui solo per un anno. Poi, probabilmente, mio fratello e io dovremo trovare un altro posto dove stare, a meno che non decidiamo di subentrare come affittuari o di acquistare la casa.

Sento un tonfo sordo provenire dal tira-graffi sulla parte opposta della stanza. Dicken si avvicina dondolando e si strofina sulla mia gamba, miagolando sonoramente.

«Oooh, guarda qui... Che bel gattino cicciottino!» Stevie si accovaccia. «È buono?»

«Buonissimo.»

Il gatto mi abbandona e si strofina sulle gambe di Stevie. Le gira attorno e fa le fusa quando lei lo gratta sotto il mento. «Quando ero piccola avevamo dei gatti alla fattoria. Come si chiama?»

«Dicken.»

«Come lo scrittore?»

«È una possibile interpretazione.» Non è affatto questo il motivo per cui lo abbiamo chiamato così. «Il suo secondo nome è Balls.»

Lei storce il naso. «Non è un nome molto carino da dare al gatto.» Lo guarda più da vicino, poi spalanca gli occhi. Indica la macchia bianca sul suo muso. «Oh mio Dio. Ha...»

«Un pene e dei testicoli sul muso. Ecco perché si chiama Dicken Balls.»

Si morde il labbro, come se si sforzasse di non ridere. Strofina il gatto in mezzo agli occhi, dove ha una macchia a forma di genitali. «È un nome orribile e perfetto per te, piccolo Dicken.» Gli dà un'altra grattata affettuosa sotto il mento e si alza. «Andiamo, devi prendere le medicine e fare il bagno.»

Mi segue lungo il corridoio fino alla mia camera da letto. Dicken ci imita, miagolando forte dietro di noi. Non mi sono preso la briga di rifare il letto, dato che ho trascorso la maggior parte della giornata sdraiato. Sparsi sulla trapunta ci sono tre confezioni di ghiaccio istantaneo e i vestiti di ieri sono ammucchiati sul pavimento, ma per il resto non è un porcile.

È strano avere una donna nella mia camera da letto per scopi non ricreativi. Ed è passato tantissimo tempo dall'ultima volta che è successo. Considerando lo stato del mio inguine, il mio essere inavvicinabile e la mia mancanza di finezza con le donne in generale, probabilmente passerà molto tempo prima che accada di nuovo. Per fortuna ho un bell'aspetto, altrimenti sarei veramente fottuto. O non fottuto. Per sempre.

«La disposizione è esattamente la stessa della mia camera da letto. Il bagno è di là?» Stevie indica la porta socchiusa.

«Sì. Lasciami solo dare un'occhiata per controllare che sia decente.» La supero zoppicando e infilo la testa dentro. Gli asciugamani sull'attaccapanni sono di traverso e ce ne sono un paio gettati sul pavimento, ma, come per la camera da letto, non è poi così male. «Okay, può andare.»

«Ottimo.» Batte le mani e le strofina. «È l'ora del bagno! Entra!»

Mi pungola e mi supera sgusciando alle mie spalle. Il bagno è abbastanza spazioso, molto più grande di quello in cui mi ha trovato lei stamattina. Abbasso il coperchio del water e mi siedo. Le medicine sono sul ripiano, quindi riempio il bicchiere appoggiato sul lavandino e apro la confezione. Dovrei prenderne due ogni quattro ore, perciò prendo tre pillole e le butto giù con un po' d'acqua, per compensare in parte la dose saltata.

«Hai i sali di Epsom?» chiede Stevie che apre gli armadietti e sbircia in giro.

Indico l'armadio della biancheria. «Dovrebbero essercene alcuni lì dentro.»

Fa scorrere l'acqua e mette il tappo allo scarico, poi apre l'armadietto. I sali di Epsom sono sullo scaffale più alto. Stevie non è particolarmente alta, un metro e settanta al massimo, quindi per raggiungerlo deve sollevarsi sulle punte dei piedi.

Riesce a prendere i sali e ne versa una buona dose nella vasca, facendo poi roteare l'acqua per farli sciogliere prima.

Quando la vasca è mezza piena, ordina: «Okay, è ora di spogliarsi».

Aspetto che mi conceda un po' di privacy, eppure resta lì con un sopracciglio inarcato e le mani sui fianchi.

«Vuoi che mi spogli davanti a te?»

«Hai sfilato in boxer davanti alla mia porta per settimane.»

Ha ragione. Mi sfilo la maglietta dalla testa e la lascio cadere per terra. Devo appoggiare il peso sul ripiano del lavandino per riuscire a sollevarmi abbastanza da abbassarmi la tuta sui fianchi, il che fa davvero male. Mi siedo con un gemito e lascio scivolare i pantaloni sotto le ginocchia. Chinarsi provoca più dolore, così Stevie si avvicina e mi aiuta a sfilarli completamente.

Non riesco nemmeno ad andare dalla tazza alla vasca senza le stampelle. Mi siedo sul bordo e faccio qualche respiro profondo, aspettando che il dolore, lancinante, diminuisca un po'.

Stevie posa i palmi delle mani sulle mie spalle. «Tutto okay?»

Sollevo la testa. Non è una buona idea, dato che il suo seno è proprio davanti al mio viso. È coperto da una T-shirt e un reggiseno, ma tant'è. Ha tutta l'aria di essere un posto comodo dove appoggiare la testa. Abbasso lo sguardo. Peccato che ora le stia fissando l'inguine. Di nuovo, coperto da un paio di pantaloni da yoga neri. Stevie è femminile e meravigliosa, e io sono pieno di testosterone. Testosterone represso, rabbia latente e un elevato livello di frustrazione per essere costretto in panchina per sei settimane. E per la prima volta in quelli che sembrano quattro milioni di anni, penso che questa donna potrebbe piacermi davvero, al di là del suo aspetto. Mi chiedo se sotto i pantaloni indossi un paio di quei pantaloncini che le piacciono tanto. Mi chiedo se li indosserà per le nostre sessioni di fisioterapia.

«Bishop, ci sei?» Schiocca le dita.

«Eh?» Alzo lo sguardo sul suo viso.

Ha un sopracciglio inarcato. «Eri nel mondo dei sogni.»

«Scusa.» Il mondo dei sogni della sua figa nascosta dai pantaloni sportivi. «Pensi di lasciarmi fare il bagno da solo?»

«Prima ti aiuto a entrare nella vasca.»

«Ce la faccio senza aiuto.»

Si appoggia un pugno sul fianco. «Ieri sera non riuscivi nemmeno a sollevare i piedi sul divano senza aiuto.»

«Faccio da solo.»

«Okay. Va bene. Allora forza, entra.» Fa un passo indietro e mi indica di entrare nella vasca.

«Con i boxer addosso?»

«Sì, Bishop. Con i boxer addosso. Non devi accendere le candele e sorseggiare vino mentre leggi il tuo libro-spazzatura preferito. Devi solo restare seduto nell'acqua calda per quindici minuti, poi valuteremo il danno e vedremo quanto sei rigido.»

«Fanculo. Okay.» Appoggio le mani al bordo della vasca e mi giro, credendo che sarà più facile mettere prima la gamba buona e poi sollevare quella infortunata.

In teoria è un'idea grandiosa. In pratica è un'idea terribile. Riesco a sollevare la gamba buona, ma il dolore è lancinante. Urlo e mi aggrappo a Stevie, perché è la cosa più vicina e più stabile a cui posso aggrapparmi. L'acqua nella vasca è calda, però non ha niente a che vedere con il fuoco che sento all'inguine.

«Cristo, mi sembra che le palle stiano per staccarsi dal corpo» gemo.

«Vuoi una mano a entrare nella vasca adesso?» Sento chiaro nel suono tono il "te l'avevo detto".

«Mi serve un minuto.» Ho il respiro spezzato, aspetto che la sensazione di malessere e il bruciore alle palle cessino.

È solo quando non sono più accecato dal dolore che mi rendo conto che sto abbracciando Stevie con tutte le mie forze e che le sto tenendo le braccia intrappolate lungo i fianchi. E che le sto premendo la guancia contro il seno. Avevo ragione sul fatto che è un posto morbido dove appoggiare la testa.

«Scusa.» La lascio andare.

«Magari la prossima volta ti risparmierai le stronzate da maschio alfa del "faccio da solo" e ti eviterai un po' di dolore inutile.»

Mi fa sollevare il braccio e se lo mette sulla spalla. È incredibilmente piccola rispetto a me. Mi aggancia un braccio sotto il ginocchio e con l'altro mi afferra delicatamente la parte posteriore del polpaccio. «Conto fino a tre» ordina. Quando arriva a tre mi irrigidisco. Mi solleva la gamba a circa quindici centimetri dal pavimento. Urlo come se mi stessero uccidendo e mi aggrappo a lei con entrambe le mani.

«Va bene. Non funzionerà. L'angolazione è troppo scomoda.» Si tocca il labbro e alza il dito. «Ho un'idea.»

Sguscia via da sotto il mio braccio e si infila le dita sotto l'elastico dei pantaloni.

«Che diavolo stai facendo?»

«Calmati. Alcuni costumi da bagno sono più succinti della mia biancheria intima. Inoltre, non c'è niente che tu non abbia già visto.»

Si toglie i pantaloni da yoga e resta in T-shirt e mutandine. Sono semplici pantaloncini da uomo in cotone; dovrebbe essere un bene, ma a quanto pare al mio corpo non importa che non indossi un perizoma di raso o pizzo. L'unica cosa che gli interessa è avere la sua figa così vicina.

La sorella di Rook è in mutande nel mio bagno. Se avessi una sorella che somiglia a Stevie e sapessi che si trova nel bagno di uno dei miei compagni di squadra mezza nuda, probabilmente lo prenderei a calci. Per fortuna ho solo un fratello.

Cerco di distogliere lo sguardo – più o meno – però colgo il suo riflesso nello specchio sopra il lavandino.

Ha delle gambe fantastiche. Atletiche. Forti. E quel culo. Dannazione. Sicuramente fa molti squat, a giudicare da quanto è rotondo e sodo. Il dolore all'inguine diventa di nuovo lancinante, perché mi sta venendo duro. Per contrastare l'effetto che mi fa vedere Stevie mezza nuda, penso a mia nonna in costume da bagno.

Lei entra nella vasca e io mi costringo a tenere gli occhi bassi, richiamando alla mente quella scena di *Shining* in cui una bella ragazza nella vasca da bagno si trasforma in una vecchia signora in putrefazione. L'immagine mi aiuta un po'. Almeno finché Stevie non entra nel mio spazio personale e ricomincia a toccarmi. Mormoro una serie di parolacce, soprattutto quando, per qualche secondo, sento il suo seno premuto contro il braccio. Non ho altra scelta che aggrapparmi alla sua spalla mentre solleviamo insieme la mia gamba oltre il bordo della vasca. Sto sudando, sono arrabbiato e odio il mio pene.

«Ti prego, smettila di toccarmi!» È stupido, perché sono io a tenerla stretta, non il contrario.

«Perché stai urlando?» urla lei.

«Perché sei mezza nuda nella mia vasca e io sono un uomo, e a quanto pare il mio pene è un maledetto sadico. Onestamente ho le palle in fiamme in questo momento. Non ho mai avuto un'erezione tanto dolorosa.»

«Be', chiudi gli occhi e pensa a qualcosa di morto.»

«Non serve a niente. L'immagine di te in mutande è impressa a fuoco dietro le mie palpebre, probabilmente per il resto della mia vita. Non riesco a pensare ad altro.»

«Sembra che tu non abbia mai visto un paio di gambe prima d'ora.» Mi aiuta a calarmi nella vasca e poi esce.

«È passato molto tempo dall'ultima volta che ne ho viste due da vicino» brontolo.

«Che sorpresa, con il carattere cordiale e gentile che ti ritrovi.»

Cerco di non guardarla mentre afferra violentemente un telo dal porta asciugamani e se lo passa lungo le gambe toniche e bagnate. Sembrano lisce e morbide. Ho usato quell'asciugamano ieri. Quindi, in un certo senso, si sta strusciando i miei genitali sulle gambe. Mi sento letteralmente come se avessi le palle piene di acido invece che di sperma, e ora vorrei scaricarlo sulle sue cosce nude.

Prende i pantaloni dal pavimento e si dirige verso la porta. «Ehi! Dove vai?»

«A preparare un impacco freddo. Ti concedo del tempo per calmarti.»

Resta via per un po'. Tanto che a un certo punto inizio a chiedermi se non mi abbia abbandonato qui. Probabilmente riuscirò a uscire dalla vasca da solo, ma non sarà facile e farà un male cane.

Devo essermi appisolato, perché quando Stevie torna in bagno Nolan è con lei. Sono troppo stordito per riuscire a mettere insieme una frase sensata. Un altro motivo per cui non mi piacciono i farmaci. Stevie e Nolan riescono a tirare fuori dalla vasca il mio culo intontito. Mi tolgo i boxer bagnati e li lascio sul pavimento del bagno, senza più preoccuparmi dello sguardo di Stevie.

«Cristo, sei pesante, Shippy» si lamenta Nolan.

«Shippy?»

«È il suo soprannome preferito» ridacchia Nolan.

«Odio quel soprannome.» Sembro ubriaco.

«Quanti farmaci hai preso, Bishop?» chiede Stevie mentre mi girano e mi fanno sedere.

«Tre pillole. Ho compensato per metà la dose dimenticata.» Tutte le S si fondono con le altre parole.

«Be', questo spiega molte cose. Mettiamolo in piedi.» Penso che Stevie stia parlando a mio fratello. Mi sento le palpebre pesanti, talmente pesanti che non riesco a tenere gli occhi aperti.

«Ora non mi sembra più di avere le palle in fiamme» le dico.

«È fantastico, Bishop.»

Una botta di freddo sull'interno coscia mi fa tornare vigile per qualche istante, così chiedo degli esercizi che dovrei fare.

«Che diavolo è il sesso immobiliare?» chiede Nolan.

Stevie ride. «Penso che intenda dire "esercizi di mobilità". Ci arriveremo domani.»

«Oh. Questo ha molto più senso, perché dubito che sarà abbastanza in forma da riuscire a fare sesso in un futuro prossimo.»

«Probabilmente no, se eccitarsi lo fa piangere.» Mi dà una pacca sulla spalla. So che è la sua mano, perché è morbida e calda e sembra avere una connessione diretta, semi-psichica, con il mio uccello, che si agita all'istante. «Ci vediamo domani, Shippy.»

«Odio quel dannato soprannome» brontolo. Dopodiché, le luci si spengono.

13

Piuttosto doloroso

BISHOP

«Ehi, Shippy, alzati e cammina.» Sento dei colpi ripetuti sulla spalla.

«Perché non vai a fare in culo?» Scaccio la mano di mio fratello con uno schiaffo. «E smettila di chiamarmi Shippy.» Sollevo una palpebra, lentamente. Non è per niente semplice. Il mio cervello e il mio corpo non hanno intenzione di fare cose tipo muoversi o tornare vigili.

«Hai compagnia.»

«Eh?» Guardo l'orologio sul comodino.

Sono le nove del mattino. Ho dormito profondamente per parecchie ore.

«Hai compagnia. Hai visite.» Nolan sorride come uno stronzo.

«Stevie?» Cerco di mettermi seduto in fretta, ma dimentico che non sono esattamente nelle condizioni di fare cose in fretta. Impreco a denti stretti e ricado sul materasso.

«Guarda che entusiasmo! Insomma, lo capisco. Quella ragazza è sexy.»

«Quella ragazza è vietata, perciò tieni le mani a posto. E non flirtare con lei» sbotto.

«Io non sono capace a *non* flirtare. È come se ordinassi a te di non comportarti da stronzo.»

Ha ragione. «Stai lontano da lei e piantala. Allora, chi c'è?»

«Ryan.»

«Chi?»

«King.»

«Ah.» Nessuno chiama mai Kingston con il suo nome, a parte i suoi genitori. Nemmeno i suoi fratelli. Da che ho memoria è sempre stato King o Kingston. «Che ci fa qui?»

«È venuto a prenderti per andare a una riunione della squadra o qualcosa del genere. O magari vuole andare di casa in casa a reclutare adepti per il suo Esercito delle polo.»

Ignoro la frecciatina rivolta a Kingston. È un bravo ragazzo. Super responsabile e concentrato. È la persona più coscienziosa che abbia mai conosciuto. Beve ancora il latte a cena, spesso anche nei locali. A dire il vero, lo beve ogni volta che può. Raramente si concede più di una birra, e se deve guidare non beve affatto. In effetti, con la sua uniforme composta da polo, pantaloni color cachi e scarpe eleganti lucide, sembra il presidente del club degli scacchi.

«Puoi dirgli che sarò pronto tra un minuto?»

«Certo. Ti serve aiuto?»

«Ce la faccio.»

Nolan mi lascia da solo a cercare di alzare il culo dal letto. Noto che il mio bagno sembra molto più pulito di ieri sera. Mi ci vogliono dieci minuti buoni per prepararmi. Kingston è seduto davanti all'isola della mia cucina e sta bevendo un bicchiere di latte.

«Scusa se ti ho fatto aspettare.»

«Nessun problema. Sono arrivato presto perché so che non ti muovi agilmente in questi giorni.» Finisce il latte, sciacqua il bicchiere e lo mette nella lavastoviglie. «Sei pronto per andare?»

«Sì.» Metto in tasca il portafoglio e il telefono. Dato che ho le stampelle, King prende il mio caffè da portare via e ci dirigiamo verso gli ascensori. Lancio un'occhiata alla porta di Stevie. Il giornale non c'è, il che significa che è già andata al lavoro. Mi chiedo se faremo ancora la nostra gara mattutina di biancheria intima, ora che mi sta aiutando con la fisioterapia. Dovrò aspettare domani per scoprirlo.

Una volta saliti in auto, chiedo a King: «Com'è andato l'allenamento ieri?». King guida rispettando il limite di velocità e tenendo le mani sul volante sulle dieci e dieci, come insegnano alla scuola guida. Anche se rispetta le regole, non si aspetta che gli altri facciano lo stesso, ma accetta le persone per quello che sono: trasgressori del codice della strada e tutto il resto.

«Bene. Però il tuo infortunio ha scosso la squadra. Sai com'è, alcuni sono superstiziosi. Tu come te la cavi?»

Vorrei non essere tra i superstiziosi, ma perdere il posto di capitano della squadra ed essere fuori per infortunio dopo la prima amichevole è una vera sfiga. «Ovviamente non sono contento. Non voglio perdermi l'inizio del campionato.»

«Lo capisco, però è una brutta frattura. Non vorrai essere frettoloso e infortunarti di nuovo, no?» King inserisce la freccia quando manca ancora un isolato intero alla svolta.

«Lo so. Fa un male cane. Non ho mai avuto un infortunio del genere prima d'ora. Vorrei che non mi avessero messo in difesa. Se avessi giocato in attacco non sarebbe successo.» Mi sollevo il berretto e mi passo una mano tra i capelli. «Non posso permettermi una brutta stagione, lo sai. Ho solo un contratto di due anni e se mi rovino questa stagione potrebbero mandarmi altrove, o peggio, in una squadra minore.»

«Sei troppo bravo per essere rimandato in una squadra minore» osserva Kingston.

«Sono bravo se gioco. Scaldare la panchina per cinque milioni l'anno non mi farà rinnovare il contratto. Mi serve ancora qualche anno per guadagnare soldi, soprattutto se Nolan continua a vivere ogni giorno come se fosse l'ultimo.»

Kingston è a conoscenza dei problemi di salute di mio fratello. «Non si prende cura di sé?»

«Non come dovrebbe.» Sospiro. «Sai, sono preoccupato per come andranno le cose a lungo termine.»

«Capisco. Ma sarai fermo solo per le prime settimane di campionato. Avrai tanto tempo per dimostrare il tuo valore alla squadra.»

«Lo spero proprio.»

Entriamo nel parcheggio e poniamo fine alle questioni personali. L'ordine del giorno della riunione è un mucchio di stronzate per rafforzare il morale. Il direttore generale Jake Masterson è molto rispettato, nonostante sia giovane per il ruolo, e lui e Waters danno la carica alla squadra. In poche parole, dobbiamo sorbirci un sacco di cazzate. Non sono dell'umore giusto, considerando che dovrò restare a guardare dalla panchina.

Waters darà una festa per la squadra prima dell'inizio ufficiale del campionato. Non sono un grande amante delle feste, non mi piace stare in mezzo a tanta gente né socializzare fuori dal campo, però non posso evitare completamente questo genere di eventi, soprattutto ora che è l'unico modo che ho per integrarmi nella squadra.

Dopo la riunione c'è un allenamento a cui non posso unirmi, perciò mi spediscono a lavorare con uno dei fisioterapisti della squadra. Devo dire che Stevie è molto più bella e profumata del tizio con cui ho a che fare. È professionale ed efficiente, ma questo è quanto di buono ho da dire sul suo conto.

Facciamo esercizi di mobilità, mi punzecchia e mi pungola per tre quarti d'ora. Quando termina la sua valutazione iniziale, il verdetto è che a partire da domani avrò bisogno di sessioni intensive.

Mi dirigo negli spogliatoi, dove il resto della squadra si sta preparando per scendere sul ghiaccio. Vorrei chiamare un Uber e portare il culo a casa, dato che mi sembra di avere di nuovo l'inguine in fiamme per via di tutte le sgradevoli attenzioni ricevute, ma mi rendo conto che devo restare. Anche se non posso giocare, devo osservare i miei compagni di squadra, farmi un'idea di come lavorano insieme.

Mi siedo in panchina mentre i ragazzi iniziano gli esercizi di riscaldamento. È proprio deprimente, cazzo.

Waters si siede accanto a me. Indossa un completo elegante – come sempre, a meno che non sia in palestra ad allenarsi con noi. È un allenatore che si sporca le mani e si interessa di tutto. Super amichevole e… gentile. È snervante, visto che sono di pessimo umore. «Come va?»

«Bene. Questa situazione non mi piace, però domani iniziamo la riabilitazione, perciò spero di riuscire a guarire in meno di sei settimane.»

Alex mi dà una pacca sulla spalla. «Cerca di non spingere troppo, e di non essere frettoloso. Ti capisco. Quando ho avuto il problema alla spalla volevo tornare sul ghiaccio per i playoff. Lesioni come queste rischiano di mandarti in pappa il cervello e il morale.»

«Ricordo quando hai preso quel colpo. È stato brutto.» Giocavo in una lega minore in attesa di essere convocato e nel mondo dell'hockey non si parlava d'altro. Il miglior giocatore del campionato era fuori per la fine della stagione perché un rivale si era imbestialito con lui e lo aveva messo fuori gioco. Da allora, Cockburn si è ritirato dal campionato, anche se forse "ritirato" non è il termine esatto. Alla fine della stagione successiva il suo contratto è scaduto e nessuno gli ha fatto una proposta.

Waters annuisce. «Se avessi spinto come volevo con la riabilitazione, mi sarei giocato gli ultimi anni della mia carriera. L'unica ragione per cui non l'ho fatto è perché il mio migliore amico era lì per impedirmi di comportarmi come un idiota. Perciò ascolta il tuo corpo e assicurati di non fare più danni che benefici quando spingi con i tempi di recupero.»

Non ho voglia di stare a sentire i mille modi in cui potrei rovinarmi la carriera, anche se capisco cosa vuole dire. «Seguirò il consiglio.»

Inarca un sopracciglio. «So che è stato un inizio difficile, ma un infortunio non decreta il resto del tuo campionato.»

Seguo Rook muoversi tranquillamente sul ghiaccio, dribbla tra i giocatori portando il disco verso la porta. In pista è impeccabile, veloce e agile. Riesce a spedire il disco alle spalle di Kingston. Pattina dietro la rete e si ferma davanti a lui. King va d'accordo con tutti e sembra che nulla possa innervosirlo. Siamo praticamente gli opposti, a parte il fatto che a entrambi piace la routine. Rook mette una mano sulla spalla di Kingston e parlano per qualche secondo. King annuisce, probabilmente divorando qualunque consiglio gli stia dando.

Il mio odio per Rook dovrebbe essere scemato, ora che so che la mia dirimpettaia non è la sua amante, invece scopro di detestarlo ancora di più. Si comporta come un ragazzo d'oro, quando in realtà all'inizio della sua carriera non lo era affatto.

Si avvicina alla panchina e prende la bottiglia d'acqua. «Come stai, Winslow?»

«Bene.»

«Hai fatto un bel salvataggio l'altra sera.» Inclina la testa all'indietro e si spruzza l'acqua in bocca, guardandomi con la coda dell'occhio.

«Grazie» rispondo. Non riesco a capire se sia sarcastico o se stia cercando di essere gentile perché Waters è qui che ascolta.

«Quando sarai pronto per tornare sul ghiaccio, dovresti lavorare con gli altri in difesa.»

Trattengo una risposta infame e mi costringo a replicare: «Sono certo che farà parte del piano di allenamento».

«In realtà, non sono convinto che la difesa sia la posizione migliore per Winslow.»

Io e Rook abbassiamo lo sguardo e rivolgiamo la nostra attenzione ad Alex.

«Cosa? Credevo fossi d'accordo sul fatto che Winslow starebbe meglio a difendere la rete piuttosto che provare a segnare» sbotta Rook.

Alex lo inchioda con uno sguardo di avvertimento. «Non mettermi in bocca parole che non ho detto, Bowman.» Si gira verso di me.

«Hai una presenza massiccia, Winslow. Pensavo che la difesa potesse essere una buona soluzione, anche perché ho visto che tu e Kingston siete molto in sintonia. Con il tempo e con l'allenamento potresti diventare un ottimo difensore. Magari potresti pensarci più in là, ma temo sia stato un errore da parte mia spostarti in difesa adesso. Ho studiato la tua prestazione in campo con Nashville. Sei molto veloce per la tua stazza, perciò per adesso ti inseriremo di nuovo in avanti, dove ti senti più sicuro di te.»

Annuisco e sorrido, perché riesco letteralmente a sentire Rook ribollire. «Chi prenderà il suo posto in difesa?»

«Lascia che me ne occupi io, Rook, dato che è il mio lavoro.» Alex sorride.

«Sì, certo. Tu sai cos'è meglio per la squadra» risponde Rook.

«A dire il vero, ho un'idea.» Alex intreccia le dita e guarda prima uno e poi l'altro.

«Cioè?» Rook si appoggia alle barriere, cercando di apparire disinvolto, ma la sua tensione è lampante.

«Quando Bishop tornerà sul ghiaccio, penso che sarebbe bello che voi due lavoraste insieme.»

«Sei serio?» Ed ecco che Rook sembra volermi prendere a pugni. O forse vorrebbe prendere a pugni Alex. Non so bene chi dei due.

«Serissimo.» Si gira verso di me. «Se ti alleni di più sulla velocità sarai in seconda linea. Rook è il migliore attaccante che abbiamo, quindi ha più senso che vi alleniate insieme quando sarai pronto a tornare in pista.»

Rook sorride e inarca un sopracciglio. «Io non sono il migliore, quello sei tu. Forse dovresti allacciarti i pattini e tornare sul ghiaccio, coach.»

«Ho perso quel titolo l'anno scorso, quando hai stracciato il mio record di gol.»

La discussione si è trasformata in un momento di tenerezza schifoso. Rook è un vero leccaculo. «Volete che vi lasci soli?»

Entrambi smettono di sorridere e mi fissano con lo stesso sguardo indifferente.

«Scherzo. Era una battuta.» Non scherzavo affatto, ma non mi sembra il caso di far incazzare il mio allenatore e il capitano della mia squadra con le mie battute da stronzo.

«Ti stiamo dando un'occasione d'oro, Winslow. Capisco che tu sia scontento della situazione, ma non rovinare tutto per orgoglio.» Waters si alza. Rook mi guarda con un sopracciglio inarcato, poi pattina via, come a dire che ha vinto lui questo round.

Vorrei riuscire a smettere di scavarmi la fossa da solo.

Penso a quanto si incazzerebbe Rook se sapesse che sua sorella si è offerta di aiutarmi con la fisioterapia. Non che mi importi. La voglia di tornare a giocare vince sulla voglia di piacergli.

«Tutto okay?» chiede Kingston mentre torniamo a casa.

«Waters vuole che mi alleni con Bowman quando sarò pronto a tornare in pista.»

«È positivo, no? Detiene il record del maggior numero di gol nella lega.»

«Non ti ci mettere pure tu.» Alzo gli occhi al cielo. «Perché gli stanno tutti attaccati al culo?»

Kingston si stringe nelle spalle. «È un gran giocatore. Inoltre ha rinunciato alla sua clausola di divieto di cessione per unirsi a una squadra nuova solo perché sua moglie potesse stare più vicina alla sua famiglia. È un bravo ragazzo.»

Anch'io ho scelto di venire in questa squadra, ma sembra che non importi a nessuno tranne che a me.

«Avresti dovuto sentirli, lui e Waters. Sono talmente pappa e ciccia che si rendono ridicoli. "Tu sei il migliore". "No, tu sei il migliore".» Li scimmiotto. «Mi sorprende che non si siano offerti di farsi un pompino a vicenda per coronare il loro momento di intimità.»

«Hanno entrambi moglie e figli.»

A volte Kingston prende le cose terribilmente alla lettera. «Lo so. Non dicevo sul serio. Voglio solo dire che è stato un momento di tenerezza fastidioso. È meglio se sto zitto. Sono di pessimo umore.»

«Vuoi pranzare?» Kingston cambia discorso e punta sul cibo.

«No. Sono stanco. Ho bisogno di dormire.»

Quando arrivo a casa prendo le medicine – all'orario stabilito – e mi addormento sul divano con un impacco freddo sulla coscia.

Oggi pomeriggio mio fratello è a casa, quindi mi faccio un favore e mi preparo un bagno per proseguire con questa cazzata della terapia del calore. Stevie mi ha lasciato un breve elenco di cose da fare oggi, tra cui un altro bagno con i sali di Epsom seguito da impacchi freddi. Devo anche tenere un registro dettagliato degli esercizi che eseguo con il fisioterapista della squadra.

Cerco di entrare nella vasca da solo, ma il dolore è tremendo, perciò chiedo a Nolan di aiutarmi. Non smette di blaterare e di ripetere che deve essere terribile avere una ragazza sexy che orbita intorno al mio bastone quando se mi diventa duro mi sembra che mi stiano pugnalando nelle palle con un attizzatoio infuocato.

Il momento clou della mia giornata di merda è quando Stevie si presenta alla mia porta alle sette. In una mano tiene un pezzo della pizza che le ho portato ieri e nell'altra un tappetino da yoga arrotolato. Oggi indossa un paio di pantaloncini sportivi e una canotta. C'è molta pelle in vista. Pelle abbronzata e tesa attorno ai muscoli tonici. Chiaramente lavora duro per mantenersi in forma, cosa che apprezzo, dato che devo farlo anch'io.

Mi osserva con le labbra increspate. «Vedo che siamo di nuovo senza vestiti.»

«Ho caldo.»

«Ne sono certa, Mr Segnali Testicolari.» Mi passa accanto e si sposta i capelli sopra la spalla. Adesso li porta azzurri.

«Come mi hai chiamato?»

«Le ragazze e io ti chiamiamo così al lavoro.»

«Parli di me al lavoro?»

«Parlo di quanto sei stronzo, quindi non lasciare che questo gonfi il tuo ego.» Mi lancia un'occhiataccia. «Hai fatto il bagno con i sali di Epsom? Hai fatto gli impacchi con il ghiaccio oggi pomeriggio, come ti avevo ordinato?»

«Sì.»

«Ottimo. Ora fammi un resoconto di quello che hai fatto con il terapista della squadra. Presumo che tu lo abbia visto. O vista.» Si lascia cadere sul mio divano e allunga le gambe. È scalza e alle unghie dei piedi ha uno smalto della stessa tonalità dei capelli.

«Visto. Accomodati pure, fa' come se fossi a casa tua» brontolo.

Mi rivolge un sorriso melenso. «Attento a come ti comporti, bello, a meno che tu non voglia che la sessione di oggi faccia più schifo di una prostituta il sabato sera.»

Mi siedo su una delle poltrone reclinabili. «Mi ha massaggiato le gambe e mi ha obbligato a eseguire talmente tanti esercizi di mobilità che ho rischiato di vomitare.»

Fa una smorfia. «Puoi non parlare di vomito mentre mangio?»

«Me lo hai chiesto tu.»

«Non ti ho chiesto di menzionare il tuo rigurgito.»

Dicken salta sul bordo del divano e le dà una testata. Poi salta sul cuscino accanto a lei, emette quei suoi versi di giocattolino rotto che cigola e le si avvicina al viso, annusando la pizza. Lei gli dà una grattata sotto il mento, ma lui si allontana. Salta giù dal divano e corre verso la sua ciotola per controllarne il contenuto.

Stevie sbircia il kit per l'insulina di mio fratello appoggiato sul tavolino e assume un'espressione preoccupata. «Sei diabetico?»

«No. Mio fratello.» Vorrei che avesse messo via quella roba, invece la lascia sempre in giro: sul tavolino, sul ripiano della cucina, in bagno. Alla fine ho comprato un kit di riserva che tengo nel mio armadietto dei medicinali, nella non così remota possibilità che non riesca a trovare il suo.

«Di tipo uno o due?»

«Uno.» Non amo parlare dei problemi di salute di mio fratello, soprattutto dal momento che sembrano stressare più me che lui.

«È per questo che non ha la patente?» Stevie stacca un'oliva dalla pizza e se la mette in bocca.

«Più o meno, sì.» Aveva la patente, ma nell'ultimo anno è finito troppo spesso in ospedale per problemi di insulina mal dosata e gliel'hanno ritirata. Deve restare pulito per un anno prima di riaverla indietro. Inoltre ha problemi di vista e questo è un altro fattore a suo sfavore.

«È successo anche a mio padre.»

«Tuo padre è diabetico?»

«Era. È morto tempo fa per delle complicazioni.»

«Cazzo. Mi dispiace.»

«Grazie. Anche a me.» Si infila in bocca l'ultimo morso di pizza.

Vorrei farle altre domande, per esempio che tipo di complicazioni e cosa gli è successo perché gli togliessero la patente, ma lei salta sul divano come se avesse le molle nel culo e si stampa in viso un sorriso enorme, terribilmente falso. «Basta parlare di questo. Diamo inizio alla festa.» Mi dà le spalle e srotola il tappetino da yoga.

Le fisso il sedere e rifletto sugli strati della sua personalità. È sarcastica e stronza, è dolce e disponibile, ma penso che abbia anche dei pezzi rotti che cerca di nascondere sotto tutto il resto. È la sorella minore di un giocatore della NHL, suo padre è morto e vive nell'attico inutilizzato di suo fratello per ragioni di cui non sono a conoscenza – a parte il fatto che non deve pagare l'affitto.

«Va bene, mutandone brontolone, vediamo quanto sei irrigidito oggi.»

Faccio fatica a sdraiarmi sul pavimento. Stevie promette di portare il suo lettino da massaggio portatile domani. Inizia come ha fatto stamattina il fisioterapista della squadra, controllando fino a che punto riesco a sollevare e piegare le gambe e quando il dolore passa da leggero a insopportabile.

È terribile, però anche se mi fa male non mi dispiace avere le sue mani addosso.

Gli esercizi di mobilità sono tremendi, e anche lo stretching, eppure non è niente in confronto a quando inizia a palpare i muscoli intorno al sito della lesione per capire dove sono contratti. È brava a trovare i punti peggiori e a lavorarci sopra finché non si sciolgono, ma io sono teso e ogni tocco mi provoca un dolore lancinante all'inguine.

Stevie si siede sul pavimento accanto a me e posiziona una gamba sotto la mia, quella infortunata. Serve ad alleggerire la pressione, in modo che nessuno dei miei muscoli faccia tutto lo sforzo.

Preme delicatamente i polpastrelli lungo i bordi del livido, iniziando dall'interno del ginocchio.

Non è una bella sensazione, eppure il mio corpo sembra reagire al contatto fisico. Se non riesco a controllarlo, potrebbe diventare doloroso. Richiamo alla mente le immagini di *Shining* e poi di Charlize Theron che interpreta l'assassina in *Monster*; spero che pensare ai cadaveri in decomposizione e alle serial killer impedisca al mio pene di reagire in modi che preferirei evitare.

Ma Stevie preme il seno sulla mia coscia, la sua lunga coda di cavallo azzurra mi fa il solletico e le sue dita si spostano sempre più in alto. Inizio a perdere l'autocontrollo.

«Devi fermarti.»

«Ti sto facendo molto male?» Stevie appoggia il palmo sull'interno coscia. Non aiuta per niente.

«Mi stai toccando troppo. Siamo troppo vicini. Mi distrae. Non puoi coprirti?» Ed ecco che ricomincio a fare lo stronzo. Non che abbia mai smesso, a dire il vero.

«Cosa?»

Faccio un cenno al suo outfit. «Stai cercando di provocarmi? Si tratta di questo?»

Aggrotta la fronte e arriccia il naso. È quasi carina, e questo non va bene. Non posso pensare a lei in termini come "carina".

«Che diavolo stai dicendo?»

Agito una mano verso di lei. «Tu. Questo. Mezza nuda.»

«Tu sei in mutande.»

Okay, ha ragione. «Sei arrivata senza avvisare.»

«Be', non ho il tuo numero di telefono, quindi come dovrei contattarti? Comunque avresti potuto coprirti. E poi che problema c'è? Che c'entra con il livello del dolore?»

«Me lo stai facendo diventare duro!» sbotto.

Sbatte le palpebre e abbassa la sguardo sul mio inguine. È dannatamente evidente che ho una mezza erezione. «E io che c'entro?»

«Sento il tuo seno schiacciato sulle gambe e hai le mani vicino al mio pene. Non posso mica controllarlo.»

«Be', forse la prossima volta dovresti masturbarti prima di fare terapia, così non ti metterai in imbarazzo.»

«Pensi che non ci abbia provato? Mi sembra che mi stiano pugnalando nelle palle con un coltello da bistecca arrugginito.»

Stevie sbuffa e alza le mani in aria. «Cosa vuoi che faccia? Devo smettere? Anche se non ti aiuto, a me non cambia nulla.»

Fa per allontanarsi, ma le afferro il polso. «Aspetta. È solo... Magari potresti mettere una felpa o qualcosa del genere? Ce ne sono sicuramente un paio pulite nella lavanderia. Ti dispiace?»

Alza gli occhi al cielo. «D'accordo. Ma non incazzarti con me se non riesci a controllare i tuoi gioiellini.»

Ritorna un minuto dopo con addosso una delle mie felpe del college. Neanche questo aiuta. C'è ancora molto contatto fisico e adesso il suo profumo dolce si mescola a quello del mio bucato, quindi è come vederla avvolta in me. «Puoi parlare, per favore?»

«Di cosa?»

«Di qualsiasi cosa. Perché ti sei trasferita a Seattle?»

«Il mio ex ragazzo ha trovato lavoro qui, e anch'io.»

Non ha molto senso. «Perché ti sei voluta trasferire nello stesso posto in cui vive il tuo ex?»

«Perché non era il mio ex finché non mi sono trasferita qui.» La sua voce è in qualche modo più morbida e più dura allo stesso tempo.

Sto cercando di mettere insieme il tutto facendo funzionare metà del cervello, dato che mi fa male l'inguine e che non riesco a smettere di concentrarmi su quanto sia bello lasciarmi toccare da una donna attraente, anche se solo a scopo professionale. «Ma sei qui solo da, quanto, qualche settimana?»

«Sì.» La sua espressione rimane volutamente impassibile.

«Non capisco.»

«Dovevamo trasferirci qui insieme. Lui è venuto un paio di mesi prima per sistemarsi nell'appartamento e iniziare a lavorare. Io sono arrivata un paio di giorni prima del previsto per poter stare insieme il giorno del mio compleanno. E lui stava già festeggiando.»

Sento che qui mi stanno sfuggendo dei dettagli importanti. «Che vuol dire che stava "già festeggiando"?»

«Significa che l'ho beccato mentre scopava con un'altra, il giorno del mio compleanno.»

Questo ragazzo è chiaramente un idiota cerebralmente morto. «Che testa di cazzo. Questo tipo deve essere particolarmente stupido per fare una cosa del genere.»

«E ora ho il piacere di lavorare con lui ogni giorno.»

Mentre la guardo in viso, una terribile sensazione si insinua nel mio stomaco. Stevie preme le labbra in una linea sottile, ha la mascella rigida, ma arrossisce e ha un leggero tremore al mento. «Perché non vai via? Non potresti trovare un lavoro da qualche altra parte?»

«Così l'avrebbe vinta lui e non posso assolutamente permetterlo. Inoltre, sono stata assunta per prima. Sono stata io a fargli avere quello stupido colloquio, quindi se c'è qualcuno che dovrebbe trovarsi un altro lavoro quello è lui. Adesso ho delle amiche e lavoro in un'ottima clinica. Peccato solo che ci lavori anche lui.» Fa scorrere il pollice poco sopra il mio ginocchio, provocandomi un dolore lancinante. «Comunque, ho telefonato a mio fratello e lui mi ha detto che potevo restare nel suo appartamento, quindi eccomi qui.»

«Aspetta. È successo tutto la notte in cui sei arrivata qui?» Era un disastro ferroviario in atto: viso arrossato, occhi gonfi, scoordinata, rumorosa.

«Già.»

«Nel giorno del tuo compleanno?»

«Esatto.»

Mi sollevo sui gomiti. Non è facile e mi provoca dolore in molte parti del corpo. «Mi dispiace di essere stato così stronzo con te.»

«Ho fatto un gran baccano e credevi che fossi l'amante di mio fratello. Non potevi saperlo.»

«Ma se lo avessi saputo...» Se non avessi già detestato fortemente Rook, forse non sarei saltato subito alle conclusioni con lei.

Resta il fatto che mi ha svegliato nel cuore della notte, ma forse sarei stato un po' meno stronzo.

Si tira su. «Direi che per stasera abbiamo finito. Dovresti metterci di nuovo il ghiaccio, così non si aggraverà dopo tutti i miei stimoli.»

Le afferro il polso. «Ehi.» Cerco di alzare il culo da terra, però senza le stampelle è maledettamente complicato.

«Scusa. Non ci ho pensato. Aspetta un secondo.» Stevie mi prende le stampelle e mi aiuta ad alzarmi. Arrotola velocemente il tappetino da yoga e si dirige verso la porta, come se avesse il culo in fiamme.

«Stevie.» Sento che dovrei dirle qualcosa di gentile. Per esempio, che il suo ex è un idiota, perché chiaramente lo è. Stevie è stupenda, esuberante, troppo carina per uno stronzo infedele. È talmente gentile che ha deciso di aiutarmi.

Si gira. È turbata e sembra sull'orlo delle lacrime.

Merda. Sarà meglio che non la faccia piangere. Non so gestire le lacrime.

«Non essere gentile con me adesso, Bishop.»

Dev'essere una sensitiva, oppure ho il terrore scritto in volto. «Ma...» Cerco di farmi venire in mente qualcosa da dire, un commento che non sia gentile ma nemmeno ridicolo. Mette la mano sulla maniglia. «Non ho ancora il tuo numero.»

Rovescia la testa in avanti, poi mi guarda da sopra una spalla e un sorriso mesto fa una breve apparizione sul suo volto. «Domani sera alla stessa ora. Io indosserò un abito monacale e tu indosserai dei vestiti veri, così riuscirai a controllarti.»

Va via. Io resto a lungo in piedi in mezzo al soggiorno, a cercare di capire cosa avrei potuto dire per impedirle di andarsene così turbata.

Mezz'ora dopo infilo sotto la sua porta un pezzo di carta con scritto il mio numero. Sembra una cosa da nulla, ma chinarsi anche solo per pochi secondi fa un male cane.

Un'ora dopo ricevo un messaggio da un numero sconosciuto.

Numero Sconosciuto: Hai messo il ghiaccio sulla gamba?

Replico immediatamente.

Bishop: Stevie?

Risponde quasi subito.

Numero Sconosciuto: No. Sono una persona a caso che ti chiede della tua gamba.
Stevie: Sì. Sono Stevie.
Bishop: Stai bene?
Stevie: Sì.
Bishop: Il tuo ex è un idiota del cazzo.

I puntini compaiono e scompaiono diverse volte prima che finalmente si decida a inviare la risposta.

Stevie: Metti il ghiaccio sulla gamba, Shippy.
Bishop: Non chiamarmi così. Sono a letto con il ghiaccio sulla gamba proprio in questo momento.
Stevie: Quindi sei capace di obbedire agli ordini. Buono a sapersi.
Bishop: Dipende da chi dà l'ordine.
Stevie: A domani.
Bishop: Okay.

Fisso a lungo la serie di brevi messaggi e mi chiedo che diavolo di problemi ha il suo ex e come ha fatto una persona forte ed esuberante come Stevie a finire con uno così.

La sera successiva Stevie si presenta da me alle sette. Si comporta come se non mi avesse raccontato di essere stata tradita di recente. Indossa un'enorme felpa con cappuccio e pantaloni da jogging oversize. Ha un aspetto ridicolo. Dovrebbe aiutare, eppure non è così.

Vorrei farle delle domande personali, sul suo ex e su suo padre, ma non ho modo di sollevare l'argomento senza creare imbarazzo, perciò lascio perdere.

La settimana successiva si rivela una strana forma di tortura. Le doppie sessioni di fisioterapia stanno sicuramente contribuendo in maniera positiva al processo di guarigione. I lividi hanno iniziato a sbiadire da un nero orribile a un verde violaceo con aloni giallastri sui bordi. Sono brutti a vedersi, però sto migliorando e il fisioterapista della squadra continua a lodarmi per il duro lavoro che ovviamente sto eseguendo al di fuori delle nostre sessioni.

È tutto merito di Stevie. Se sono di cattivo umore – e diciamocelo, io sono perennemente di cattivo umore – lei si intestardisce e mi dispensa lo stesso atteggiamento che le riservo io.

Ha indossato tute abbondanti per qualche giorno, ma questo sembrava non avere il benché minimo impatto sulla mia reazione fisica, quindi poi ha smesso con gli abiti oversize ed è tornata ai suoi soliti pantaloncini e alle canotte indossate sopra i reggiseni sportivi.

Per quanto mi riguarda, mi attengo alla mia solita uniforme: boxer o pantaloncini da basket, tranne quando siamo nella palestra privata riservata agli inquilini degli attici.

Stasera, quando Stevie tornerà a casa, ho deciso di proporle di ordinare la cena e poi fare fisioterapia. Mi sento in forma e domani ho un controllo dal medico, quindi voglio essere più rilassato. Potremmo concentrarci sullo stretching, Stevie potrebbe massaggiarmi la gamba e poi io concluderò la giornata con un bagno caldo e del ghiaccio.

La festa a casa di Alex è domani sera. Non voglio proprio andarci, perché:

Non mi piacciono queste cazzate per socializzare;

Non potrò fare fisioterapia con Stevie.

Il campionato di hockey inizierà tra una settimana e io perderò almeno le prime due o tre partite, a voler essere ottimisti, perciò devo impegnarmi e stare almeno con i miei compagni. Spero che la fisioterapia extra mi permetta di non perdere troppo tempo.

Sono in soggiorno, aspetto Stevie e faccio zapping in TV con l'audio disattivato per sentire l'ascensore. Sì, so che è al limite dell'inquietante, ma le ho inviato un messaggio più di mezz'ora fa e non ha ancora risposto.

Il suono dell'ascensore mi mette in allerta. Afferro le stampelle e mi tiro su, felice di constatare quanto il dolore sia diminuito negli ultimi giorni. Sento bussare in corridoio, però non alla mia porta. Arrivo allo spioncino in tempo per vedere un ragazzo entrare nell'appartamento di Stevie.

Un cazzo di *ragazzo*. Che non sono io.

Con l'occhio premuto contro lo spioncino, aspetto che il tipo esca.

«Ti sei mosso nell'ultima mezz'ora?» Nolan mi spaventa.

«Cosa?»

«Sono passato qui tre volte e non ti sei mai mosso. Che diavolo stai facendo?»

«Un ragazzo è entrato nell'appartamento di Stevie e non è più uscito.»

Nolan inarca le sopracciglia, fa un sorrisetto, poi torna serio.

«Ed è un problema perché...?»

«Perché abbiamo una seduta di fisioterapia, ecco perché. E non ha risposto ai miei messaggi. Domani devo vedere il medico della squadra. Devo andare lì e dimostrare di aver fatto progressi, così posso tornare a giocare. E ora lei mi sta facendo aspettare!»

«Quindi sei incazzato perché ha una vita al di fuori delle sessioni con te, per le quali non viene pagata. O il tuo andare in giro in mutande è diventato una forma di rimborso?»

«Io sto comodo così e a lei non importa. E poi si è offerta lei di aiutarmi. Anche Stevie trarrà beneficio da questa situazione.»

Nolan si appoggia al divano. Dicken salta su e si avvicina per strofinarsi su di lui. «Davvero? E che beneficio trarrebbe da questo piccolo accordo che hai orchestrato?»

«Fa esperienza lavorando con me.»

«Impara come gestire gli stronzi?»

Dicken miagola, come se fosse d'accordo. È fedele alla persona che gli dà da mangiare più spesso, tutto qui.

«Fottiti. Non sono sempre stronzo. Lei sta facendo riabilitazione a un giocatore della NHL. Impara cosa funziona e cosa no, cosa mi aiuta a fare progressi, quanto spingere. È un bene per lei, per la sua carriera.»

«Perché non sfrutta suo fratello per ottenere un posto in una clinica per professionisti?»

«Perché non le piace usare le conoscenze di suo fratello per ottenere favori.»

«Be', vive nel suo appartamento, no?»

«Solo perché quel testa di cazzo del suo ex l'ha tradita. Non aveva nessun altro posto dove andare. Spero che non sia lui quello che ho visto entrare nel suo appartamento. Lo prenderei a calci in culo.» Non mi importa se dovrò rompergli il naso con le stampelle. Farò a pezzi quel figlio di puttana.

Prendo il telefono e scrivo un messaggio a Stevie, ma sono agitato, quindi devo cancellarlo un sacco di volte e ricominciare da capo.

Alla fine vado con:

Bishop: Sei pronta? Devo venire io da te?

Non è aggressivo e non ci sono minacce di morte, quindi credo che possa andare bene. Cortese e indifferente.

«Sembri un po' territoriale per qualcuno che giura di non avere una cotta per la nostra vicina.»

«Non sono territoriale. Ho bisogno di lei per la riabilitazione.»

Nolan sbuffa. «Non fai che ripetertelo, Shippy.»

Non mi prendo la briga di rispondere, so che Nolan sta cercando di provocarmi. Vedo comparire i puntini di sospensione sullo schermo. Leggo il messaggio di Stevie e aggrotto la fronte.

Stevie: Nn è 1 buon momento. C sent dp.

«Non è un buon momento? Ci sentiamo dopo? Che significa?»

«Significa che è occupata e che ti risponderà quando sarà libera. Te l'ho già detto, smettila di fare la femminuccia e vai a prenderti quella donna.»

Faccio cenno al mio inguine. Oggi indosso dei boxer con su scritto "PERICOLO: CONTENUTO ESPLOSIVO". Ho pensato che Stevie li avrebbe trovati divertenti (perché è vero). Perlomeno adesso non mi sembra di immergere le palle nell'acido ogni volta che mi viene duro. «Non posso andare a prendermi quella donna.»

«Ma non ti sei fratturato la lingua o le dita.» Nolan scuote la testa. «Sei un idiota. Se ha un appuntamento con un altro, puoi incolpare solo te stesso.»

Nolan si allontana lamentandosi di come sto sprecando i miei anni migliori.

Resto con l'occhio attaccato allo spioncino e aspetto. E aspetto ancora. Sono quasi le otto quando finalmente la porta si apre. Esco all'istante, pronto a fare esattamente quello che mi ha detto mio fratello, prima che lo faccia qualcun altro: vado a prendermi la mia donna.

14

Sul serio?

STEVIE

Non appena esco in corridoio, la porta di Bishop si spalanca. Si appoggia a una stampella, gli occhi ridotti a due fessure puntati su di me. «Siamo ancora d'accordo per stasera o hai altri impegni?»

Riesco a sentire RJ dietro di me. «Winslow, questo non è un cazzo di spogliatoio. Che cazzo ci fai in mutande?»

Mio fratello mi copre gli occhi con la sua mano gigante e per poco non mi infila il mignolo su per il naso.

Scaccio la sua mano e sguscio via dalla sua presa. «Come se non avessi mai visto un ragazzo in mutande prima d'ora.»

«Rook?» L'espressione corrucciata di Bishop si addolcisce quando il suo sguardo si sposta su di me. «Perché non mi hai detto che c'era tuo fratello? Sono due ore che aspetto.»

«Non sapevo di doverti fare la telecronaca minuto per minuto dei miei impegni.»

«Che diavolo sta succedendo qui?» Gli occhi infuriati di RJ sono fissi su Bishop.

Dal modo in cui si osservano, ho l'impressione che non si piacciano molto. Questo potrebbe spiegare perché quando parlo di hockey con Bishop discutiamo sempre e solo della sua fisioterapia e del suo amico Kingston. In realtà Bishop sembra un tipo un po' solitario. O un pantofolaio. O entrambi.

Le labbra di RJ si contraggono. «Stai *uscendo* con questo qua?»

«Aiuto Shippy con la fisioterapia.» Uso il soprannome apposta, per far capire a Bishop che non apprezzo il cazzo di melodramma che sta per causarmi.

«*Shippy?*» Sembra che a RJ stiano per schizzare gli occhi fuori dalle orbite.

«Kody deve andare a letto e Lainey ti sta aspettando.» Afferro mio fratello per il gomito, lo spingo verso l'ascensore e schiaccio il pulsante quattrocentomila volte in meno di tre secondi. Per fortuna si apre subito. Approfitto del suo shock per spingere Rook nell'ascensore, ma lui mi trascina dentro con sé.

Premo ripetutamente il pulsante per il parcheggio con il pollice e lancio un'occhiataccia a Bishop, che è ancora in piedi nel corridoio con indosso un paio di mutande rosse e l'aria seriamente incazzata. Come se ne avesse il diritto. Cristo.

Mentre le porte si chiudono, mio fratello punta un dito in direzione di Bishop. «Che diavolo sta succedendo? Mi auguro che tu non stia uscendo con lui.»

«Scusa?»

RJ incrocia le braccia. «Non puoi uscire con un giocatore di hockey.»

«Stai scherzando?»

«Ti hanno appena spezzato il cuore, Stevie. Pensi davvero che sia il caso di avere una relazione con qualcuno in questo momento? Soprattutto con una persona che viaggia per più della metà dell'anno? Per non parlare del fatto che quel tipo è un pagliaccio del cazzo.»

Mi strofino le tempie e cerco di tenere a freno la rabbia, ma non credo di poter vincere questa battaglia. «Okay. Prima di tutto, Rook, non sei tu a decidere come passo il mio tempo o con chi lo trascorro. Non sono una bambina. Sono un'adulta e sono in grado di prendere decisioni da adulta senza consultare te né nessun altro. Secondo, non esco con Bishop.»

RJ sghignazza. «Avanti, Stevie. Pensi che sia un idiota? Era sulla porta in mutande e ha detto che ti stava aspettando da due ore.» Si passa una mano tra i capelli e cammina su e giù nello spazio ristretto. Non serve a molto, dato che arriva da una parte all'altra in due passi. «Vai a letto con lui?»

«Ha una frattura pelvica, RJ. Non può fare sesso.»

«Grazie a Dio, cazzo» sbotta.

Le porte dell'ascensore si aprono. Lo spingo fuori, nel parcheggio interno dell'edificio. «Lo sto aiutando con la fisioterapia, non sto cercando di cavalcare il suo bastone rotto. E anche se fosse non sono affari tuoi.» Però ci ho pensato. Durante le nostre sedute di fisioterapia ho conosciuto un po' Bishop e sotto quell'aria scontrosa e i commenti poco ponderati, che spesso si traducono in insulti maleducati, c'è quello che comincio a pensare sia un ragazzo veramente gentile.

Inoltre è incredibilmente attraente, dovrei essere asessuale per non avere pensieri sconci su di lui. Quei pensieri che uso come benzina per le mie festicciole private, tra me e la mia mano, dopo le sessioni serali di fisioterapia. Negli ultimi tempi il mio vibratore ha lavorato a pieno ritmo. Ma di certo questo non lo dirò al mio fratellone irragionevolmente arrabbiato.

«C'è già il terapista della squadra che si occupa di lui. Anzi, in realtà ha uno staff intero che lavora alla sua riabilitazione, quindi perché dovrebbe avere bisogno di te?» RJ stringe gli occhi con sospetto.

Sono abbastanza sicura che non intenda suonare sprezzante come sembra, eppure mi irrita lo stesso. Questo è esattamente il motivo per cui essere la sorella minore di Rook Bowman è sempre stata una maledizione. Come se quello che faccio fosse talmente insignificante e irrilevante da non poter essere d'aiuto in alcun modo. «Lo sto aiutando perché vuole guarire più velocemente ed è una buona opportunità per la mia carriera. Posso lavorare con un giocatore della NHL infortunato.»

«Ti ho già detto che posso trovarti un lavoro con i giocatori della NHL, se è questo che vuoi. Non devo fare altro che parlare con il direttore generale e sei dentro, Stevie. I miei contatti possono procurarti un posto di lavoro con la squadra femminile, potrai riabilitare e preparare giocatrici di hockey in un ambiente professionale, e non nell'appartamento di Winslow.» RJ continua a passarsi le mani tra i capelli, tirandoli alle radici.

«Te l'ho già spiegato, non voglio che tu mi trovi un lavoro. Voglio fare carriera per i miei meriti, non perché ho un fratello di alto profilo che può chiamare qualcuno e raccomandarmi. Sono maledettamente brava nel mio lavoro e non ho bisogno che tu ti intrometta per farmi fare carriera. Io sono migliore di così.» Cerco di non alzare la voce, ma tutta questa faccenda mi dà parecchio fastidio.

«Secondo te perché Winslow ti permette di riabilitarlo?»

«Perché mi sono offerta io di farlo, e lui vuole tornare in pista.»

RJ sospira e si strofina il dorso del naso. «Avanti, Stevie, non puoi essere così ingenua.»

«Di cosa stai parlando? Ingenua riguardo a cosa?»

«Ti sta *usando*, Stevie.»

«Sono stata io a suggerirgli questa soluzione. È un accordo vantaggioso per entrambi, quindi non vedo come potrebbe usarmi» sbotto.

«Lo sta facendo per vendicarsi di me.»

«È una scemenza. Vendicarsi di cosa? Perché tu non sei infortunato?»

«Perché ce l'ha con me da anni. E perché quando ho scelto di venire a Seattle sono diventato il capitano della squadra. Quel posto doveva essere suo.»

Alzo le mani in aria. «Certo, deve per forza trattarsi di te.»

«Da quando è iniziato l'allenamento pre-campionato si è comportato come uno stronzo ed è stato ostile nei miei confronti. È geloso e non gli piace che io sia in confidenza con i dirigenti e con l'allenatore. Cazzo!» Cammina su e giù come un lottatore di arti marziali in gabbia in attesa del gong. «Scommetto che lo ha fatto apposta. Scommetto che sapeva che mi sarei incazzato quando lo avrei scoperto. Ecco perché ti permette di curarlo. Dubito che il fatto che sia uscito in corridoio vestito in quel modo e chiedendo se eravate ancora d'accordo per stasera sia stato un incidente.»

«Sei serio?» Non riesco a credere alle mie orecchie. Anzi, non voglio crederci, perché onestamente mi sembra che – atteggiamento di merda a parte – Bishop stia effettivamente traendo beneficio dal mio aiuto.

«Ti faccio preparare la casetta in piscina. Ti trasferirai lì. Non posso assolutamente permettere che tu viva vicino a Winslow se ha intenzione di fare queste merdate.»

La rabbia che cerco sempre di tenere a freno esplode. «Ma ti senti almeno? Non ruota tutto intorno a te, RJ! Le prime settimane Bishop pensava che fossi la tua *amante*. Non aveva idea che fossi tua sorella. Quindi, qualunque complotto pensi che stia ordendo contro di te, è solo nella tua testa.»

«Tu non capisci, Stevie…»

Getto le mani per aria. «No. *Tu* non capisci. Non hai idea di cosa significhi essere tua sorella. Si è sempre trattato solo di te. Tu sei migliore in tutto, tu ricevi sempre tutte le attenzioni. È così difficile credere che Bishop mi permetta di aiutarlo perché ne sono effettivamente capace?»

«Io non penso che tu non sia capace, Stevie. So che lo sei, e non voglio che credi che io stia cercando di fare questo per me…»

«Allora smettila, perché non ti riguarda.»

Mio fratello sbatte le palpebre, probabilmente scioccato dal mio sfogo, poi la sua espressione si addolcisce. «Non voglio che qualcuno ti ferisca.» Il suo telefono squilla. A giudicare dalla suoneria, il ritornello di una canzone sdolcinata, deve essere Lainey.

Sono sul punto di perdere davvero la pazienza con lui, quindi questa interruzione arriva con un tempismo perfetto. «Devi andare a casa.»

«Stevie.»

Sfuggo alla sua presa. «Io ti voglio bene, RJ, davvero, ma questa è la mia vita, non la tua. A te nessuno ha impedito di prendere le tue scelte, giuste o sbagliate che fossero, quindi devi lasciare che io prenda le mie.» Stavolta non cerca di fermarmi.

Quando le porte dell'ascensore si chiudono, mi strofino i palmi sul viso e sospiro, frustrata. Non voglio dubitare delle ragioni per cui Bishop ha accettato di lasciarsi aiutare da me, ma ora è esattamente quello che sto facendo. E se mi stesse usando? Appoggio la testa contro il vetro e fisso il mio riflesso nel soffitto a specchio, infastidita dal fatto che una sola conversazione con mio fratello possa farmi mettere in discussione tutto.

Quando le porte dell'ascensore si aprono, Bishop è ancora lì che mi aspetta, in tutta la sua stupida gloria di uomo in mutande.

In questo momento non ho le forze mentali o emotive per affrontarlo. «Sessione annullata.» Lo sfioro passandogli accanto.

«Cosa? Non puoi farlo. Domani ho appuntamento con il medico della squadra.»

«Fai un bagno caldo, un po' di stretching e poi un impacco con il ghiaccio. Starai benissimo. Non hai bisogno di me per questo.»

Mi sta letteralmente alle calcagna. Per poco non mi pianta la stampella sul piede. «Che diavolo succede? Che ti ha detto Rook su di me?»

«Niente. Non ha detto niente.» Apro la porta. Naturalmente, dato che Bishop è un gigante, si mette in mezzo prima che possa sbattergliela in faccia.

«Cazzate. Se non ti ha detto niente allora perché mi stai dando buca?»

«Perché non sono dell'umore giusto per avere a che fare con uno stronzo del tuo livello.»

«Ti ha raccontato qualcosa. Perché non sputi il rospo?»

Mi afferra il polso, ma io tiro via la mano. «Perché le mie conversazioni con mio fratello non sono affari tuoi, maledizione.»

Colpisce il pavimento con l'estremità della stampella, come se stesse pestando i piedi senza usare i piedi. «Se la conversazione riguarda me, allora sono anche affari miei, maledizione.»

Getto le mani in aria. «Che problema avete voi giocatori di hockey con il vostro ego fragile e sovralimentato?» Non aspetto una risposta, perché non mi interessa. «Sai cosa? Ho chiuso con queste stronzate. Vai a casa.» Gli giro attorno, spalanco la porta e gli faccio cenno di andarsene.

«Quindi mi molli quando ho più bisogno di te?»

«Come ti ho già detto, non hai bisogno di me. Fai un bagno, fai stretching, se vuoi. Ma lasciami un po' di spazio, per favore. Grazie.» Fisso il pavimento, perché sono sull'orlo delle lacrime e non mi va che Bishop sia qui quando scoppierò a piangere.

La sua stampella compare nel mio campo visivo, poi tocca ai suoi piedi nudi e al suo pacco. Sui boxer di stasera c'è scritto "PERICOLO: CONTENUTO ESPLOSIVO". Ha degli addominali fantastici, sono proprio davanti ai miei occhi. Vorrei accarezzare quei muscoli definiti e tracciare tutti gli avvallamenti e le creste del suo corpo.

Mi sto rendendo conto ora, dopo lo scontro con mio fratello e la sfilza di domande di Bishop, che questo ragazzo potrebbe davvero iniziare a piacermi. Non c'è niente di positivo in questo, per molte ragioni, non ultimo il fatto che mio fratello lo odi; inoltre è un giocatore di alto profilo della NHL, persone che generalmente cerco di evitare.

«Stevie?» La voce di Bishop è bassa.

Con la coda dell'occhio vedo la sua mano che si alza. Per un momento credo che mi solleverà il mento e mi costringerà a guardarlo. In tal caso, perderò definitivamente il controllo di fronte a lui.

Cazzo. Mi piace davvero.

Le sue dita ruvide sfiorano appena la mia guancia, poi lascia cadere la mano lungo il fianco. «Vado via. Non perché lo voglio, ma perché non so cosa fare o dire per farti stare meglio e non voglio peggiorare la situazione.»

Quando esce, io lascio che la porta si chiuda alle sue spalle. Poi chiudo a chiave e aggancio la catenella. Resto in ascolto per sentire il rumore della sua serratura, ma dopo qualche secondo di silenzio cedo alla voglia di controllare dallo spioncino. È ancora in piedi davanti alla mia porta, con la fronte corrugata e l'aria molto confusa.

Mi fa venire voglia di invitarlo di nuovo dentro, e non per una sessione di fisioterapia.

15

L'ora della festa

BISHOP

Dopo ieri sera non ho più visto né sentito Stevie. Sono abbastanza sicuro che fosse sull'orlo delle lacrime quando ho lasciato il suo appartamento. Avrei voluto fare qualcosa per migliorare il suo umore, ma non avevo idea di cosa fare, perciò sono rimasto con le mani in mano.

Forse avrei dovuto abbracciarla. Sarebbe stato già qualcosa. Ma sembrava molto incazzata e non volevo aggravare la situazione. Adesso non mi resta che aspettare che mi scriva, visto che ha chiesto di concederle un po' di spazio. Non so cosa significhi. L'idea di andare a prendere la mia donna, come ha suggerito mio fratello, è in sospeso finché non avrò trovato una soluzione. Oltretutto, la reazione di Rook all'intera faccenda non è stata per niente positiva. Spero davvero che non rovini tutto facendole passare la voglia di lavorare con me.

Stasera devo andare a casa di Waters, che ha organizzato una festa con la squadra con lo scopo di rafforzare il nostro morale. Non ne ho voglia perché andare a una festa significa dover essere socievole e amichevole per molte ore, ma devo farmi vedere visto che in questo momento mi è impossibile costruire un rapporto con i miei compagni in pista. Almeno per un paio d'ore.

Kingston viene a prendermi alle sette e mezza. Waters vive in periferia, in una casa enorme che sembra quasi una villa. Molti dei migliori giocatori della squadra vivono nella stessa zona. Rook potrebbe essere tra questi. Avrebbe senso, dato che sta sempre attaccato al culo di Waters.

Kingston svolta nel vialetto e parcheggia l'auto accanto a quelle dei nostri compagni di squadra. La casa di Waters è dotata di finiture ed elettrodomestici di prima qualità e mobili moderni.

La moglie di Waters, Violet, ci accoglie in cucina. È una donna minuta, con i capelli castani e un davanzale enorme. Indossa un paio di legging neri e una T-shirt di Seattle con il logo teso sul petto. Mi sa che è incinta. Se non è incinta nasconde un pallone da basket sotto la T-shirt.

«Tu devi essere Winslow.» Fa un cenno alle mie stampelle. «C'ero quando è successo. La mia castorina ha pianto per compassione.» Si indica l'inguine, come se servissero ulteriori spiegazioni. «Non riesco a immaginare quanto faccia male. Sai, Alex ha avuto la sua bella dose di infortuni sul ghiaccio nel corso degli anni, ma mai uno stiramento all'inguine, grazie a Dio. Non so cosa farei se finisse fuori uso per sei settimane. Quando giocava per Chicago ha preso un brutto colpo e si è fratturato la spalla, però gli attrezzi essenziali funzionavano comunque, capisci?» Si dà una pacca sul pancione. «Ed è evidente che funzionano alla perfezione.»

Mi avevano avvisato sulla moglie di Waters. Siamo stati avvisati tutti. Da Waters stesso. Ci ha spiegato che Violet non ha filtri e che dice praticamente qualunque cosa le passi per la testa. Pensavo esagerasse, ma evidentemente mi sbagliavo.

«Immagino sia una cosa positiva?» La mia suona più come una domanda.

«Alex la pensa così, e di solito anche io, però continuo a rimanere incinta, quindi ora non sono più certa di concordare con lui. Anche perché non potrò bere neanche un bicchiere di vino per un anno. Un altro anno. A proposito di alcolici, posso offrirvi qualcosa da bere, ragazzi?»

Ho smesso di prendere gli antidolorifici, perciò accetto una birra. Kingston rifiuta.

«Vino? Cocktail?» Indica il grosso approvvigionamento di alcol. «Oh! Ho degli shottini di gelatina alla frutta! Dovete provarne uno, ragazzi!»

Rook compare dal nulla accanto a lei, con in mano una birra. «Kingston. Winslow. Felice che siate riusciti a venire.» Fa un cenno a entrambi, ma il suo sguardo indugia su di me per un paio di secondi di troppo. «Sei sicura di voler già iniziare a distribuire gli shottini di gelatina, Vi? Se ricordo bene, l'ultima volta che li hai preparati la festa è finita in un karaoke improvvisato. Ho un video della tua interpretazione di *I Like Big Butts* salvato da qualche parte sul telefono.»

Violet gli punta contro un'unghia ben curata e decorata con minuscoli brillantini. «Avevo appena finito di allattare e non bevevo niente da quasi due anni. Inoltre avresti dovuto eliminarlo. A questi ragazzi uno shottino di gelatina non farà alcun male.» Ne passa uno a Kingston.

«Cosa c'è dentro?» Lo annusa.

«Gelatina alla frutta» risponde Violet.

«E vodka» chiarisce Rook.

«Oh. Grazie, signora, ma io devo guidare.» Kingston lo passa a me. Non voglio essere scortese, perciò lo accetto. Brindo all'inizio del campionato e butto giù il bicchierino di gelatina al limone.

Tossisco quando lo sento bruciare in gola.

«È davvero così forte?» domanda Violet.

Devo schiarirmi la gola prima di rispondere. «Un po'.»

«Forse non ho dosato bene le parti.» Si dà una pacca sulla pancia. «Non posso provarli, quindi è possibile che abbia esagerato con la vodka.» Riporta la sua attenzione su Kingston. «Complimenti, sei molto responsabile. Posso offrirti acqua, acqua frizzante, soda, succo d'arancia? Puoi chiedere praticamente tutto quello che vuoi, ce l'abbiamo.»

Kingston ispeziona il tavolo. «Vorrei un bicchiere di latte, se non è troppo disturbo, per favore, signora.»

«Oh Dio, che spasso!» Violet rovescia la testa all'indietro e ride, ma visto che nessuno di noi si unisce, si blocca. «Aspetta. Dici sul serio?»

Le orecchie di Kingston diventano rosse. Fa scivolare le mani nelle tasche dei pantaloni color cachi. «Sì, signora, ma se non è possibile va bene anche dell'acqua.»

«Abbiamo anche il latte. Però devi smetterla di chiamarmi signora, mi fai sentire vecchia.»

«Mi dispiace, signora. Intendo, signora Waters. È un'abitudine, non era assolutamente un insulto.»

Violet si rivolge a Rook. «Questo ragazzo è reale?»

«Kingston viene dal Tennessee. Gli insegnano le buone maniere, laggiù» spiega Rook. Il suo sguardo scivola su di me. «Almeno, di solito.»

«Dovresti presentarlo a tua sorella. Evie, giusto?»

«Stevie» diciamo Rook e io contemporaneamente.

Violet mi rivolge uno sguardo interrogativo e Rook mi inchioda con un'occhiata torva. «Lei non frequenta i giocatori di hockey.» Il commento è rivolto a me. Quindi, ovviamente, ribatto. «Stevie sa che sei tu a decidere con chi può o non può uscire?»

Rook sogghigna. «Io non decido nulla per Stevie. È una sua scelta. Non le piace l'attenzione che comporta frequentare chi sta sotto i riflettori dei media, compresi i miei compagni di squadra.»

«Non tutti viviamo sotto i riflettori» ribatto. Onestamente lo trovo un ragionamento stupido.

Rook alza le spalle. «È appena uscita da una relazione lunga. È stata una brutta rottura e non è pronta per un'altra storia.»

«Okay, be', allora niente presentazioni per te, mi sa.» Violet indica Kingston. «È un peccato, perché da quello che mi dice Lainey, Stevie è meravigliosa ed è brava con i bambini. E tu mi sembri il tipo di ragazzo che vuole almeno una dozzina di figli.»

«Ho una ragazza, ma non è ancora pronta ad avere figli.» Kingston si strofina una mano sul petto e abbassa lo sguardo. «Però dodici sarebbero tanti.»

«Certo, però concepirli è divertente.» Violet prende il latte dal frigorifero. «Scremato va bene?»

«Sì, signora… Signora Waters, volevo dire.»

«Per favore, chiamami Violet.» Gli versa un bicchiere e poi poggia la bottiglia sul tavolo.

Alex si avvicina alle spalle della moglie e la bacia sulla guancia. «Kingston, Winslow, sono felice che siate venuti. È bello vederti in piedi! Ho sentito che stai recuperando in fretta.»

Sicuramente ha parlato con il mio fisioterapista dopo la seduta di oggi.

«Certo, perché sta facendo il doppio della fisioterapia.» Rook beve un sorso di birra.

«Doppia fisioterapia? Con il medico della squadra?» Alex aggrotta le sopracciglia. «Non me ne ha parlato.»

Merda. Bene, adesso so esattamente cosa si sono detti Rook e Stevie ieri sera.

«Con mia sorella» spiega Rook in tono piatto.

«Pensavo lavorasse alla clinica del college. Ha cambiato idea e ha deciso di lasciarti fare quella raccomandazione? Avrei messo una buona parola per lei, se lo avessi saputo.»

«Lavora ancora alla clinica del college.» Punta il mento nella mia direzione. «Bishop ha pensato bene di assumersi la responsabilità di costringerla ad aiutarlo, per tornare prima in campo.»

«Si è offerta lei di aiutarmi. Non l'ho costretta, perché come ben sai lei pensa con la sua testa.»

Alex guarda prima me, poi lui e alla fine dà una pacca sulla spalla a Rook. «Che ne dite se noi tre continuiamo questa conversazione nel mio ufficio?»

Rook gira intorno al tavolo senza aggiungere altro e io seguo entrambi fuori dalla cucina e lungo il corridoio. Sento arrivare le voci acute dei bambini da qualche parte nelle vicinanze. Superiamo una vera e propria sala cinema, con tanto di poltroncine disposte su più file; sembrano molto più comode di quelle dei cinema in cui sono stato.

Sullo schermo stanno proiettando un film Disney e i bambini saltano da un posto all'altro senza prestare attenzione alla storia.

L'ufficio di Alex è più simile a una biblioteca con scrivania. Ci sono delle poltrone e un divano. Cuscini, coperte, una lampada da tavolo e una pila di libri che occupa un'estremità del divano. A giudicare dalle copertine, suppongo che siano i libri di Violet.

Alex ci fa segno di sederci. «Scotch?»

«Sì, grazie.» Rook butta giù il resto della sua birra in un unico sorso.

Io sollevo la bottiglia ancora piena. «Sono a posto così, grazie.»

Alex si volta e versa dello scotch in dei bicchieri bassi e tondi. Ne passa uno a Rook e uno a me, anche se ho rifiutato. Non voglio dire di no due volte, quindi lo prendo.

Alex si sistema sulla sedia di fronte a noi e sorseggia il suo scotch, pensieroso. Poi ci fissa per quella che sembra un'eternità, finché, finalmente, inizia a parlare. «Il fratello di Violet era nella mia squadra quando lei e io abbiamo iniziato a frequentarci.»

«Io e Stevie non ci frequentiamo. Lei mi sta aiutando con la fisioterapia.» Continuo a ripeterlo, anche se nessuno mi ascolta. Vorrei che mi aiutasse anche in altre cose? Per esempio, a liberarmi della perpetua erezione che devo trattenere ogni volta che sono con lei? Certamente. Lei è sexy e io sono pieno di testosterone. Ma a conti fatti non sto mentendo.

«Con che frequenza ti aiuta?»

«Ogni giorno. Tranne ieri sera e stasera.» Lancio un'occhiataccia a Rook, perché è colpa sua se ieri sera mi ha dato buca.

Alex tamburella le dita sul bracciolo della sedia e mi fissa. Di solito è un tipo amichevole, quindi la situazione è un po' snervante. «Come stavo dicendo, quando Violet e io abbiamo iniziato a frequentarci, suo fratello, Miller, era nella mia squadra. Non andavamo per niente d'accordo, e poi quando ha iniziato a uscire con mia sorella... Be', la situazione non è di certo migliorata.»

«Dovrebbe essere un discorso di incoraggiamento?» Sorseggio lo scotch. Non mi piace il sapore, ma se devo sorbirmi tutta la storia d'amore del mio allenatore e la sua attuale moglie, potrebbe servirmi una dose extra di alcol.

Rook incrocia le braccia al petto. «No, sta dicendo una cosa importante. Alla fine lui ha sposato la sorella di Butterson, e Butterson ha sposato sua sorella. Quello che Alex non capisce è che non è la stessa cosa, dal momento che tu stai usando Stevie per vendicarti di me.»

«La sto usando per vendicarmi di cosa?»

«Del fatto che io sono il capitano della squadra e tu no.»

«Oh, per l'amor di Dio. Io non sto usando Stevie!» sbotto. «Non mi sto vendicando perché sei diventato tu il capitano della squadra. Sono incazzato per questo? Certo, ma lo saresti anche tu se fossi stato io a diventare capitano al posto tuo. Ha proposto lei di aiutarmi. Non gliel'ho chiesto io. Voleva un'opportunità per lavorare con un giocatore della NHL senza dover passare da te. Onestamente? La capisco, e dovresti capirla anche tu. Ma non c'è altro. Anche perché non sono nelle condizioni di farle delle avance.» Mi indico l'inguine. «Non riesco nemmeno a masturbarmi, figuriamoci se riesco a scoparmi una donna.»

Alex tossisce e sorseggia il suo scotch. «Ha ragione, Rookie.»

«E allora perché tenerlo segreto, se non c'è nient'altro dietro?»

Inarco un sopracciglio. «Non posso parlare per Stevie, ma in genere io e te non ci parliamo a cuore aperto.»

Alex mi interrompe. «Ecco cosa penso. Il medico della squadra ha dato un'occhiata alle tue radiografie. Sia lui che il fisioterapista ti hanno autorizzato a iniziare degli allenamenti leggeri.»

«Davvero?»

Alex annuisce e accenna un sorriso. «Dicono che sei in anticipo di almeno una settimana rispetto a quanto si aspettavano. Pare che la doppia fisioterapia stia funzionando, anche se avresti dovuto prima discuterne con me e con i medici del team.»

«Quindi potrei ricominciare a giocare nelle prossime settimane?» Questa è davvero una buona notizia. Il tipo di notizia che vorrei condividere con Stevie. Peccato che non sono sicuro che lei abbia voglia di parlarmi.

«È una possibilità.» Fa roteare il bicchiere di scotch sul bracciolo della sedia. «Dato che sei stato autorizzato agli allenamenti leggeri, Rook si allenerà con te.»

E addio al mio ottimo umore.

«Ehi, cosa? Pensavo che mi sarei allenato con Bishop quando fosse tornato in pista.» Rook sembra felice quanto me di questo nuovo sviluppo.

Alex indica entrambi. «È chiaro che c'è una certa ostilità tra voi. L'unico modo per risolverla è farvi lavorare insieme.»

«Ma...»

Alex interrompe Rook. «Niente "ma". Bishop continuerà a lavorare con Stevie perché sono io ad autorizzarlo.»

«Ma che cavolo, Alex?»

Alex inarca un sopracciglio. «È evidente che qualunque cosa lei stia facendo sta funzionando. E, correggimi se sbaglio, se Stevie vuole lavorare con lui è una decisione sua, non tua.» Riporta l'attenzione su di me. «E tu darai retta a Stevie. D'ora in avanti voglio vedere i piani di trattamento messi per iscritto. Puoi inviarmeli via e-mail e inserire in copia il fisioterapista della squadra, in modo che possa darti dei pareri e adattarsi di conseguenza.»

«Lo farò presente a Stevie quando la sentirò più tardi.»

«Penso che dovremmo discuterne, Alex. In privato» dice Rook a denti stretti.

«Ne sono certo.» L'attenzione di Alex resta fissa su di me. «So che hai giurato che tra voi non c'è niente oltre alla fisioterapia, ma mi chiedo se le cose cambieranno.»

«Cazzo!» Rook sembra stravolto.

Anche se ieri avrei voluto chiedere a Stevie di massaggiarmi qualcos'altro a parte la coscia, apro la bocca per difendermi.

Alex alza la mano. «Loro due trascorrono molte ore insieme. Stevie si è offerta volontaria per aiutarlo nel tempo libero. Questo cosa ti fa pensare?»

«È una mossa intelligente per la sua carriera» ribatto, perché è vero.

«Continui a metterla in questa prospettiva, Bishop. Ma sappiamo entrambi che non sei bravo a obbedire agli ordini che non ti piacciono. Eppure stai eseguendo quelli di mia sorella» scatta Rook.

«Perché mi serve. Nel caso non fosse chiaro, ve lo ripeto: anche se lo volessi, fisicamente non potrei darci dentro con lei.» Mi indico l'inguine.

«Questo non significa che non vorresti.» Rook inarca un sopracciglio.

«Io non desidero guadagnarmi lo stipendio scaldando la panchina.»

Alex alza una mano. «Calmatevi, tutti e due. Sto solo dicendo che forse Rook è tanto contrario alla fisioterapia, se di questo si tratta, perché pensa che tu stia cercando di giocargli un brutto tiro.»

«Non c'è nient'altro. E anche se fosse non sarebbero affari suoi. Non gli devo nulla. Non siamo al liceo.» Cerco di non sembrare un coglione come al solito, tuttavia questa conversazione è frustrante. «Stevie e io abbiamo un accordo ed è vantaggioso per entrambi. Fine della storia. Il mio obiettivo è tornare a giocare, il suo è aiutarmi a riuscirci nel minor tempo possibile.»

Rook agita una mano nella mia direzione. «Come puoi essere sicuro che non ti sta dicendo quello che *vuoi* sentire?»

«Perché sta facendo progressi, e questo dimostra che si sta impegnando. E poi Stevie era la prima della sua classe» spiega Alex, senza mezzi termini. Si volta di nuovo verso di me. «Mi aspetto che finché lavorate insieme tu e Stevie non andiate oltre. Questo vale per qualsiasi membro del nostro staff. Siate professionali. Hai la prossima seduta con il fisioterapista della squadra lunedì, prima dell'allenamento, okay?»

«Sì.»

«Avrà un piano di allenamento per te. Rook, tu dovrai assicurarti che non spinga troppo, che non sia frettoloso e che non mandi all'aria i progressi fatti finora. Prima guarisce, prima tornerà in campo, prima terminerà la fisioterapia. Rook, sii il capitano che so che puoi essere. Non portare le questioni personali agli allenamenti. Se Bishop ha una battuta d'arresto ti riterrò personalmente responsabile.» Si scola il resto dello scotch. «Okay, di là c'è una festa e devo assicurarmi che mia moglie non abbia già distribuito tutti gli shottini alla gelatina, altrimenti i vostri compagni di squadra saranno sbronzi. Grazie per la bella chiacchierata. Godetevi la festa.»

La discussione è finita.

Alex ci lascia seduti nel suo ufficio. Porto ancora le stampelle, anche se non sono più strettamente necessarie. Se riuscissi a muovermi più velocemente, potrei scappare prima che Rook abbia la possibilità di mettermi alle strette, ma non sono così fortunato.

«Faresti meglio a non scherzare con mia sorella» scatta Rook.

«Stevie è una donna adulta. È in grado di fare le sue scelte.» È una risposta evasiva e so che lo farà incazzare, ma è la verità.

«È un momento difficile per lei, quindi non approfittare della sua gentilezza per prenderla in giro, altrimenti dovrai vedertela con me.»

«Ricevuto. Non scherzare con tua sorella. C'è qualcos'altro?» Mi sistemo le stampelle sotto le braccia. So che il mio atteggiamento non mi farà vincere alcun premio.

«Dico sul serio, Winslow. Ha subìto molte perdite negli ultimi anni. L'ultima cosa di cui ha bisogno è un'altra persona che la prenda per il culo.»

«Ti ho sentito forte e chiaro, Bowman. Non ho intenzione di prenderla in giro, quindi cerca di rilassarti.»

Dopo questa riunione improvvisata, non ho nessuna voglia di socializzare o cazzate simili, perciò non torno subito alla festa. Faccio una sosta in bagno, più che altro per sfuggire a Rook ed evitare le persone ancora per un po'.

Kingston non fa mai tardi la sera, quindi conto sul fatto che tra non molto vorrà andare via. Devo cercare di essere gentile con i miei compagni di squadra, soprattutto ora che sono sulla lista nera del capitano. Mentre torno in soggiorno incrocio Stevie. Non mi aspettavo di vederla qui stasera.

Quando mi vede si ferma di colpo. A dire il vero occupo gran parte del corridoio, quindi anche volendo non potrebbe sorpassarmi.

«Ehi.»

Mi esamina dalla testa ai piedi. Indosso pantaloni neri eleganti e una polo. «Non credevo che possedessi altri vestiti, a parte tute e T-shirt.» Il suo sarcasmo non mi sorprende. In effetti, penso sia la sua reazione standard per quando è a disagio, come lo è per me comportarmi come un coglione.

«Ho anche un paio di completi eleganti, pensa un po'.»

«Ah.»

Ci fissiamo per alcuni secondi, poi dico: «Non pensavo che saresti venuta stasera».

«Sono qui per prendere Kody.»

«Chi?» Nella mia testa passo in rassegna i nomi di tutti i miei compagni di squadra. Non c'è nessuno che si chiama Kody. Karl, sì, ma non Kody. Inoltre, Rook mi ha appena detto che a Stevie non interessa uscire con i giocatori di hockey.

«Mio nipote. Il figlio di mio fratello.»

«Oh.» Be', è un sollievo. «Quindi non rimani?»

«No. Queste feste non fanno proprio per me.»

«Nemmeno per me.»

«È per questo che ti nascondi in corridoio?»

«Non mi sto nascondendo. Ho avuto una riunione con Rook e il coach.»

Spalanca gli occhi. «Che tipo di riunione?»

«Per parlare dei miei progressi.»

«Cazzate. Non me la bevo nemmeno per un secondo. Mio fratello ti ha messo nei guai perché lavoriamo insieme? Io lo uccido.» Gira sui tacchi come se avesse intenzione di andare a dargli la caccia e pestarlo.

La afferro per il polso per impedirle di scappare in maniera avventata. «Non mi ha messo nei guai.» Anche se ci ha provato. Però non ha senso mettere Stevie sul piede di guerra. «Sono in anticipo di una settimana rispetto a quanto previsto per la guarigione, quindi inizierò gli allenamenti la prossima settimana.»

«Sul serio?» La sua rabbia lascia il posto all'entusiasmo. «È fantastico, Bishop!» Mi getta le braccia al collo in un abbraccio impulsivo.

La sensazione del suo corpo a contatto con il mio è inaspettata e sembra mandare in corto circuito la connessione tra il mio cervello e tutto il resto. Le avvolgo un braccio intorno alla vita quando inizia ad allentare la presa attorno al mio collo. Ogni muscolo del suo corpo si tende brevemente prima di ammorbidirsi contro il mio. Abbasso la testa e inspiro il profumo fruttato del suo shampoo.

Stevie mi sfiora la nuca, facendomi venire la pelle d'oca e rizzare i peli sulle braccia. Poi fa un passo indietro, i palmi delle mani che mi sfiorano le spalle e i bicipiti finché non le lascia cadere lungo i fianchi.

«Questo significa che non avrai più bisogno del mio aiuto?» Dalla sua espressione, non riesco a capire se la cosa la rende felice o meno.

«A dire il vero, il coach vuole che continui a lavorare con te.»

«Oh.» Sembra sorpresa. «Gli hai detto che lavori con me, oltre che con il fisioterapista della squadra?»

«Glielo ha spifferato Rook.» Mi strofino la nuca. «Il coach vuole che Rook e io ci alleniamo insieme.»

«Voi due vi odiate.»

Mi stringo nelle spalle. Non so se lo odio, sicuramente non mi piace. «Secondo lui ci aiuterà ad andare d'accordo.»

«Ma vi ha visti?» Fa un mezzo sorriso.

«Forse vuole vedermi fallire.» Sospiro e mi preparo a scusarmi. «Mi dispiace per ieri sera. Non volevo farti incazzare più di quanto lo fossi già. Non avrei dovuto essere così stronzo.»

«Ormai ci sono abituata.»

«Significa che mi aiuterai ancora con la riabilitazione?» Spero che risponda di sì. Penserò al resto in un secondo momento, per esempio a come evitare di essere sempre così stronzo con lei.

Sospira e si massaggia la fronte. «RJ pensa che mi permetti di lavorare con te solo perché stai cercando di vendicarti di lui o una cosa del genere.»

Crede che io abbia dei secondi fini, è stato molto chiaro su questo. «E tu che pensi?»

«Penso di non essere bravissima a giudicare il carattere delle persone, e il mio ex ragazzo ne è la prova lampante.»

«Il mio obiettivo è sempre stato quello di tornare in pista il più velocemente possibile. Devo prendermi cura di mio fratello e non posso commettere troppi errori. Questo infortunio è stato un incidente che non mi potevo permettere. Usarti per vendicarmi di Rook mi sembra uno di quei passi falsi che rischierebbero di rovinarmi la carriera.»

Inclina la testa di lato. «Mi ha raccontato che avresti dovuto essere tu il capitano, ma quando lui ha deciso di venire a Seattle ha ottenuto il tuo posto.»

«È vero.» È inutile mentire.

«Sarebbe molto più semplice se voi due non vi odiaste così tanto.»

«Sarebbe molto più semplice anche se tuo fratello non pensasse che lo faccio solo per riuscire a entrarti nei pantaloni.»

Stevie serra le labbra e distoglie lo sguardo. Volevo essere spiritoso, ma a quanto pare non ha funzionato. Prima che possa rispondere, una donna dall'aspetto vagamente familiare appare nel corridoio con un bambino appollaiato sul fianco.

«Eccoti! Kody è pronto ad andare, vero, ometto?» Bacia il bambino sulla guancia. Lui ridacchia e abbassa la testa contro il suo seno, strofinandoci il naso.

«Scusa, Lainey. Stavo parlando con… un amico.» Mi indica con il pollice da sopra la spalla. Il suo viso si illumina quando la donna, Lainey, si avvicina. Stevie tende le braccia.

«Come sta il mio nipotino preferito? Sei pronto per uscire con zia Stevie? Io non vedo l'ora di uscire con te! Berremo latte e mangeremo biscotti alla maranta fino a svenire. Che te ne pare?»

Il piccoletto lancia uno strillo acuto quando lei lo prende e gli fa una pernacchia sulla guancia.

Non sono mai stato a mio agio con i bambini. Non perché non mi piacciano, più perché non ho alcuna esperienza con loro e non so come trattarli.

Lainey mi ispeziona lentamente, poi sposta lo sguardo da me a Stevie. Infine un sorriso ironico le solleva un angolo della bocca. «Tu devi essere Bishop.»

«Ehm, sì, e tu sei la moglie di Rook, giusto?» Tendo una mano, cercando di essere educato.

«Sì. Hai preso un brutto colpo. Ma ho sentito che sei in via di guarigione grazie a Stevie.»

«È stata di grande aiuto.»

«Okay, be', ora devo proprio portare Kody a casa, visto che dovrebbe già essere a letto.» La voce di Stevie è acuta e irritata.

«Grazie ancora per esserti offerta di tenerlo.» Lainey le dà un mezzo abbraccio.

«So che per RJ è importante essere presente a questo genere di eventi. Onestamente non so come fai.»

«La mia salvezza sono l'alcol e la moglie di Alex, Violet. Non necessariamente in quest'ordine.» Kody sbadiglia sonoramente e Lainey si china per baciarlo sulla guancia. «Fai il bravo con la zia. Ci vediamo a casa, Stevie. Non so quando torneremo, ma sai come va a finire quando RJ inizia a bere scotch con Alex. È molto probabile che io torni prima.»

Stevie si sistema Kody sul fianco e si gira verso di me. «Divertiti stasera.»

«Ci vediamo domani?» Ho bisogno di sapere che non mi mollerà come ieri sera.

«Ehm...»

«Per la fisioterapia?»

«Oh, giusto. Ehm, domani è un po' un casino...» Fa una smorfia. «Ho un impegno nel pomeriggio da cui non credo di riuscire a liberarmi. Ti mando un messaggio, okay?»

«Certo. D'accordo.» È una risposta vaga e non mi piace.

Stevie e Lainey si avviano insieme lungo il corridoio, sussurrando tra loro. Sua cognata si gira a guardarmi da sopra una spalla, poi spariscono dietro l'angolo.

Decido che è ora di tornare alla festa, ma quando passo davanti alla sala che poco fa era piena di bambini mi blocco. Adesso è occupata dalle mogli e fidanzate dei miei compagni. Violet è al centro della stanza e sta mandando avanti una presentazione PowerPoint... di quelle che sembrano celebrità maschili a torso nudo.

Mi punta un dito contro. «Non sono ammessi peni. Nemmeno se sono sexy, giovani e introversi.»

Tutta la sala si gira a guardarmi.

«Sparisci, Winslow. La tua ragazza non è qui, e anche se lo fosse ti manderei via lo stesso.»

«Io non ho una ragazza.»

Violet sorride. «Continui a ripetertelo.» Poi si rivolge alle donne sedute in prima fila. «Vi presento il reperto A. Il giocatore di hockey infortunato, introverso e asociale che ha tutto da dimostrare. Gli concedo un mese, due al massimo, poi avrà una ragazza nei nostri ranghi.»

Tra le presenti si diffonde un mormorio di consenso.

Violet imita il gesto di uno sparo. «Sparisci, così possiamo iniziare a piazzare le scommesse.»

Non so se sia seria a proposito delle scommesse, però faccio come dice. Mentre torno alla festa incrocio Lainey.

«Stevie è andata via?»

Lei inclina la testa di lato. I capelli lunghi e scuri raccolti in una treccia le pendono sulla spalla sinistra. Mi guarda con profondi occhi color cioccolato. È esattamente l'opposto di Stevie. Scura rispetto alla sua lucentezza. Magra e asciutta rispetto al suo fisico atletico. «Sì.»

«Sarà sicuro lasciarla andare via da sola?» Onestamente sto cercando un motivo per tagliare la corda da questa festa, e Stevie è una buona ragione per fuggire.

«Viviamo a tre case di distanza. Se la caverà.»

«Oh. Okay.» Figuriamoci. Rook sta sempre attaccato al culo di Waters.

«RJ si preoccupa per lei. Da fuori sembra una dura, però ha un cuore tenero e ne ha passate tante negli ultimi anni. Non è facile vivere all'ombra di qualcuno a cui vuoi bene, soprattutto quando non hai scelta. Tienilo a mente.» Mi dà una pacca sulla spalla e prosegue lungo il corridoio per raggiungere le altre.

16

Tutti hanno un parere

STEVIE

Lainey ha orchestrato tutto a dovere chiedendomi di passare a prendere Kody, così che io dovessi presentarmi da Alex. Ho cercato di entrare e uscire di nascosto il più velocemente possibile, soprattutto per evitare mio fratello, come ho fatto per tutto il giorno visto che sono ancora incazzata con lui. I miei sforzi, però, sono stati inutili: mia cognata è riuscita comunque a incastrarmi.

Ovviamente RJ mi è saltato addosso non appena ho messo piede in casa. E non ha fatto altro che alimentare la mia irritazione e il mio imbarazzo perché mi ha presentata ai suoi compagni di squadra come la sua *sorellina* con un braccio intorno alle spalle mentre lanciava occhiate torve alla maggior parte di loro. È stato tremendamente imbarazzante. Certo, le *sorelline* non hanno né le tette né un master, tante grazie.

Per fortuna avevo un valido motivo per squagliarmela. Poi ho incrociato Bishop, che indossava dei pantaloni eleganti e una polo. Non credevo che vederlo vestito così potesse eccitarmi tanto. Aveva anche un buon odore. Molto buono. Incontrarlo ha solo alimentato la mia irritazione nei confronti di mio fratello perché è riuscito a piantare i maledetti semi del dubbio nella mia testa.

E secondo me Bishop non se lo merita. Non mi sembra il tipo da ficcarsi in un casino simile solo per vendetta nei confronti di qualcuno.

«Perché i maschi sono così complicati?» domando a Kody. Siamo a casa di RJ e gli sto infilando il pigiama.

Mi risponde balbettando parole a caso e facendo qualche vagito, l'espressione seria, come se mi stesse veramente dando un consiglio. Dopo averlo cambiato gli do lo spuntino e gli leggo una favola, poi lo metto a letto. Avrebbe dovuto essere a nanna già da un po', perciò si addormenta senza fare capricci.

Accendo il baby-monitor e torno di sotto per rilassarmi. Il frigorifero è pieno di roba che mi piace, accompagnata da un bigliettino che mi invita a servirmi di tutto quello che voglio, scritto in fretta e furia da RJ. Mi verso un bicchiere del suo costoso succo di pompelmo biologico appena spremuto, prendo uno spuntino e mi sdraio davanti alla TV. Trascorro venti minuti buoni a fare zapping distrattamente. La mia mente continua a vagare su Bishop e sul fatto che in questo momento è a poche case di distanza da me, a cazzeggiare con i suoi compagni di squadra e le loro mogli e fidanzate. Mi chiedo se sia afflitto. Non gli piace la gente, non gli piace chiacchierare e non ha tatto. Sorrido pensando a quante gaffe potrebbe fare con i suoi commenti troppo schietti.

Joey non è mai stato bravo in certe situazioni. Le poche volte in cui ha incontrato i compagni di squadra di mio fratello si è comportato da tifoso esaltato, al punto da essere quasi mortificante.

Come se da una parte all'altra della città Joey percepisse che sto pensando a lui, il suo nome lampeggia sullo schermo del mio telefono. Domani dovrò affrontarlo e la cosa non mi entusiasma affatto. Prima che possa controllare il messaggio, il sistema di allarme emette un segnale acustico e sento la porta d'ingresso che si apre e poi si richiude.

«Sono io!» Lainey grida a bassa voce dal fondo del corridoio. Un attimo dopo entra in cucina. «Kody sta dormendo?»

«Eccome.»

«Ti ha dato problemi?» Lainey si toglie la giacca e la appoggia su una sedia al tavolo della cucina.

«Tantissimi. Ha bevuto il biberon, mi ha costretta a leggergli una favola, poi mi ha detto che era stanco e mi ha obbligata a coccolarlo finché non si è addormentato.»

Sorride, apre il frigorifero e tira fuori alcune cose. «Mi chiedo se il prossimo bambino sarà facile la metà di quanto lo è lui.»

«Incrocerò le dita per te.»

«Lo apprezzo molto.» Lainey apre una lattina di birra e la divide in due bicchieri, poi aggiunge del succo di pompelmo. Mi passa un bicchiere e si lascia cadere sull'altra estremità del divano. «RJ pensa che tu sia ancora arrabbiata con lui.»

Mi stringo nelle spalle. «RJ crede di essere il centro dell'universo.»

Lainey annuisce e sorride dietro l'orlo del bicchiere. «Spesso lo è.»

Alzo gli occhi al cielo. «Non ti ci mettere anche tu. Bishop non mi sta usando per vendicarsi di RJ. È un accordo vantaggioso per entrambi ed entrambi ne ricaviamo qualcosa.»

«Mmm.» Lainey inarca le sopracciglia.

«Il suo bastone è praticamente fuori uso. Non ci sto giocando, se è questo che credi.»

Il sorriso di Lainey si allarga. «Be' questo è ciò che tuo fratello teme che accada.»

«Non sono affari suoi con chi mi frequento, maledizione.»

«Sono d'accordo. Tuttavia, tra lui e Bishop c'è una certa rivalità e tu sei appena uscita da una brutta relazione, quindi la sua preoccupazione non è del tutto infondata.»

Sospiro e inclino la testa all'indietro, fissando il ventilatore a soffitto che ronza. «Odio quando fai così.»

«Quando sono ragionevole?»

Giro la testa nella sua direzione, per poterla fulminare bene con lo sguardo. «Quando mi fai sentire in colpa per essere arrabbiata con RJ. Tu non c'eri ieri sera. Mi ha letteralmente ordinato di non uscire con Bishop. È ridicolo. E comunque le cose non stanno così, quindi le sue sceneggiate sono totalmente inutili.»

Inarca un sopracciglio perfetto, i suoi occhi color cioccolato si accendono, ilari. «Oh, Stevie, ma chi pensi di prendere in giro? Me no di certo.»

«Di cosa stai parlando?» La mia voce è acuta.

«Bishop è un bel ragazzo e voi due avete trascorso molto tempo insieme. Inoltre, ho visto come ti guardava.»

«E come mi guardava?» Cerco di sembrare disinvolta, ma in realtà sono curiosa di sapere cos'ha visto, perché ormai mi sono convinta che i flirt siano solo nella mia testa, o tuttalpiù il risultato del testosterone di Bishop e della sua incapacità di gestire la situazione.

«Come se volesse prenderti la mano.» Fa una pausa, il suo sorriso si allarga quando alzo gli occhi al cielo. «E infilarsela nei pantaloni.»

Scoppio a ridere. «Lainey!»

Si stringe nelle spalle. «È vero. Sono certa che vuole fare entrambe le cose.»

«Be', in questo momento è fuori uso.» Mi indico l'inguine.

«Non lo sarà per sempre.»

«Non c'è niente, comunque.»

«Per ora.»

Il mio telefono vibra sul tavolo e vediamo lo schermo illuminarsi. Mi aspetto quasi che sia Bishop, che mi manda un messaggio per chiedermi di nuovo se lavorerò ancora con lui, dal momento che non gli ho dato una risposta chiara. Però non è Bishop, è Joey. Di nuovo.

Lainey fa un cenno verso il telefono che continua a vibrare. «Che succede?»

«Niente.»

«Sembra che tu voglia far saltare in aria il telefono usando le palle degli occhi, quindi mi spiace ma non ti credo.»

«È ancora convinto che torneremo insieme.»

«È una possibilità che stai prendendo in considerazione?»

«Assolutamente no. Non tornerò mai con lui.»

«E lui lo sa?»

A questo punto mi blocco. Be', credo sia ovvio. Ma non ho ancora avuto questa conversazione con lui. Finora l'ho solo evitato.

Come se vedesse il mio disagio, Lainey va avanti. «Non deve essere facile lavorare con lui.»

«Me la cavo. Non lo vedo molto spesso.» In genere riesco a evitarlo.

«Va bene anche se non te la cavi. Hai rinunciato a molto per venire qui, e le cose non sono andate esattamente come previsto.»

Sorseggio il mio drink, cercando di scacciare il ricordo della scena a cui ho assistito. «Almeno non ho scoperto che mi tradiva dopo aver iniziato la convivenza.»

Lainey mi fa un sorriso dolce. «Questo non rende necessariamente più facile superare quello che è successo tra voi, no?»

Il mio telefono si illumina ancora, c'è un altro messaggio da parte sua. Lo capovolgo per non essere costretta a vederli. «No. Non proprio.»

«Be', per quello che vale, penso sia positivo che tu trascorra del tempo con Bishop, anche se è solo per la riabilitazione.»

«Puoi convincere RJ a vederla allo stesso modo?»

Lainey ride. «Posso provarci, però dubito che ci riuscirò.» Fissa il bicchiere per alcuni istanti, poi alza lo sguardo su di me, l'espressione dolce e scaltra. «Tuo fratello si porta dietro molti sensi di colpa. Fa fatica a dimenticare i suoi errori passati e questo si traduce in preoccupazione e atteggiamento iperprotettivo. So che deve imparare a lasciare andare il passato, ma penso che potresti averne bisogno pure tu. RJ continua a punirsi per i suoi errori, anche se oggi non è più la stessa persona di quando è stato convocato nella NHL.»

Ciò che dice ha senso. RJ non insiste mai per vedermi alle partite e si assicura sempre di proteggermi dalle scemenze dei media, perché è stato molto difficile per me da adolescente. E noto come si comporta con Lainey, è affettuoso e perdutamente innamorato di lei. Cerca costantemente di recuperare il tempo che hanno sprecato dopo che avevano perso i contatti al termine della loro estate in Alaska.

Vedo come tutto questo si estende anche su di me.

Il rumore di Kody che si rigira nel suo lettino attira la nostra attenzione sul monitor. Restiamo entrambe in silenzio per qualche istante, aspettando di vedere se si calmerà. «Pa-aaa» chiama, intontito.

Lainey mi fa un sorriso ironico. «È come se sapesse che suo padre non c'è. Vado a controllare il mio ometto.»

«Va bene. Io vado a dormire.»

Quando mi passa accanto mi dà una stretta alla spalla. «Io ci sono sempre, Stevie, di qualunque cosa tu abbia bisogno. Una sorella, una confidente, una mediatrice tra te e RJ. Entrambi ti vogliamo molto bene.»

«Grazie.» Un nodo alla gola fa uscire il resto in un sussurro. «Anch'io vi voglio bene.»

Il mattino dopo mi sveglio presto con Kody. RJ scende alle undici passate. Lui e Lainey preparano una colazione molto unta a base di bacon, uova e frittelle di patate. Mentre loro cucinano io mi tengo alla larga, perché sono super sdolcinati e non ho voglia di stare a guardare.

Finita la colazione, io e mio fratello portiamo Kody in giardino e sistemiamo la rete da hockey. RJ si mette in porta mentre io e Kody tiriamo. È divertente e, onestamente, è anche catartico. Dopo un po' Lainey esce a prendere Kody e lo porta a fare il pisolino. RJ e io continuiamo a passarci il disco. È trascorso molto tempo dall'ultima volta che abbiamo giocato insieme.

Lui resta in rete, invece io continuo a lanciargli dei tiri. Mi diverte vederlo schivare un disco dopo l'altro quando gli arrivano quasi in mezzo alle gambe. Alla fine un crampo alla coscia lo manda K.O.

Mio fratello si rannicchia per terra in posizione fetale e borbotta una litania di succose imprecazioni.

«Scusa. Tutto bene?»

«Ho come l'impressione che stessi mirando di proposito alle mie palle.» Geme e si mette seduto.

Poi afferra la mia mano tesa, e io lo aiuto a tirarsi su. «Perché è quello che sto facendo.»

«Mi dispiace.»

«Per cosa?»

«Per aver spostato la questione di Winslow su di me, per aver cercato di dirti cosa fare, per averti fatto pensare che non do valore alla tua carriera, o che non ti reputo straordinaria. È solo che... Winslow e io non vediamo le cose allo stesso modo, come al solito, e sono preoccupato per te.»

«Lo so, e lo capisco, però si è concentrato tantissimo sulla riabilitazione e sul ritorno in pista, non c'è stato alcun tentativo da parte sua di infilarsi nei miei pantaloni.»

«Non voglio vederti soffrire, tutto qui.»

«Lo apprezzo. Ma devo decidere io per me stessa.»

«Lo so. Quindi mi perdoni?» Mi rivolge il famoso sorrisetto alla Bowman, quello che gli fa spuntare la fossetta.

Alzo gli occhi al cielo. «Sì, sei perdonato.»

Mi stringe in un grande abbraccio da orso che mi fa temere che possa rompermi le costole.

«Però se ti ferisce, lo prendo a calci in culo.»

Provo a dargli un colpo alle costole, ma lui mi abbraccia più forte. «Ti voglio bene, ragazzina.»

«Anche io ti voglio bene, anche se sei un rompi palle.»

RJ mi riaccompagna a casa nel tardo pomeriggio. Non ho nessuna voglia di incontrare Joey e per questo motivo sono rimasta da mio fratello quanto più tempo possibile. Speravo che il mio ex fosse disposto ad arrendersi, ma a quanto pare mi sbagliavo. Ha detto che sarebbe arrivato alle quattro e mezza. Ho accettato solo perché la mia valigia è stata spedita a casa sua e lui ha promesso di portarmela. È lì da più di due settimane ormai.

Sono sudata per aver giocato a hockey e non lavo i capelli da qualche giorno, quindi sono tutti unti. Indosso una felpa oversize e una tuta sporca. Raccolgo i capelli in uno chignon estremamente disordinato che mette in risalto la stoppa unta. Lavo via ogni residuo di trucco dal viso – non ce n'era molto, comunque – e mi annuso le ascelle: sono decisamente puzzolente. Voglio essere quanto più disgustosa possibile per Joey.

Alle quattro e un quarto bussano alla porta. È in anticipo. Faccio qualche respiro per concentrarmi, imposto la mia espressione in modo da sembrare infastidita e non nervosa, e apro la porta. Peccato che non è Joey. È Bishop.

Anche lui indossa una tuta e una T-shirt. La tuta gli stringe le cosce e la T-shirt, che ha dei buchi – non di quelli strategici – gli aderisce al petto. Possibile che qualunque cosa indossi gli stia bene?

Lancio un'occhiata alle sue spalle, verso l'ascensore, quasi aspettandomi che Joey arrivi proprio in questo preciso istante.

Mi scruta, si sofferma sulla scritta che ho sul petto: "FANC*** TUTTO". Poi sposta lo sguardo sui miei capelli. «Ti senti bene?»

«Eh?» Non mi aspettavo che dicesse una cosa del genere o che sembrasse così preoccupato.

«Sei malata?» Indica il mio outfit. «Di solito ti vesti diversamente.»

Guardo il mio outfit. «Oh. Ehm... È studiato apposta.»

«Oh. Okay.» Sposta il peso da un piede all'altro, come se per qualche motivo fosse nervoso. «Ho... Ehm... Ti ho ordinato una pizza. Ho pensato che forse saresti stata meno arrabbiata con me.»

«Non sono arrabbiata con te. Sono infastidita dalle circostanze e dal modo in cui tutti continuano a reagire in modo eccessivo.»

«Mi dispiace.» Si morde il labbro. «Se non sei più arrabbiata, significa che possiamo ancora lavorare insieme per la mia riabilitazione?»

«Possiamo ancora lavorare insieme per la tua riabilitazione.» Ieri sera non sono stata chiara con lui a questo proposito, più che altro perché ero concentrata su quanto stesse bene con i pantaloni eleganti e anche perché avevo bisogno prima di chiudere con tutte le stronzate di Joey.

«Ottimo.» Fa un passo avanti, come per entrare, ma io resto dove sono, ben piantata al centro della porta.

«Adesso però non è un buon momento.»

«Oh. Sei impegnata?» Il suo sguardo si sposta di nuovo su di me, palesemente confuso.

È comprensibile: sono vestita come una senzatetto, non come se avessi qualcosa di importante da fare. «Ho una cosa da fare e non riesco a liberarmi.»

«Che genere di cosa?»

«Mi hanno incastrata a partecipare a un'attività di volontariato per il lavoro.»

«Magari potrei aiutarti?» Sembra a metà tra lo speranzoso e l'insicuro. È quasi carino.

«Vorrei che potessi, ma quel deficiente del mio ex ci ha iscritto e poi si è auto-invitato qui per lavorarci insieme. Ho cercato di rimandare, ma mi tocca assecondarlo.»

La sua espressione speranzosa diventa subito cupa. «Aspetta un secondo. Lo stronzo che ti ha tradito verrà qui?»

«Già. La sera in cui sono arrivata in aereo una delle mie valigie è stata spedita per sbaglio in Alaska e ora è a casa sua, perché quello era l'indirizzo che avevo segnalato. Quindi, anche se preferirei che non mettesse piede nel mio spazio personale, sarebbe molto utile riavere il resto del mio guardaroba.» Mi massaggio il dorso del naso, il mal di testa minaccia di peggiorare ulteriormente il mio pomeriggio. «Devo chiudere questa storia una volta per tutte. Quando se ne sarà andato potremo iniziare la seduta.»

«Quanto tempo si ferma?» Adesso sembra frustrato. Siamo in due.

Alzo una spalla. «Non troppo, spero. Anche se sono certa che troverà una scusa per tirarla per le lunghe.»

A meno che non riesca a trovare un modo per sbarazzarmi di lui. Noto l'espressione un po' stizzita di Bishop. Non riesco a capire se sia arrabbiato perché sta arrivando il mio ex cretino o solo perché questo incontro interferisce con la sua fisioterapia. Non importa, ho intenzione di trarne vantaggio in ogni caso. «Ho un'idea… Se ti va di aiutarmi ad abbreviare la sua visita.»

«Sicuro. Sì. Cosa devo fare?» Mi fa un cenno rapido, quasi spasmodico.

«Dovrebbe arrivare da un momento all'altro. Quindi magari tra, diciamo, mezz'ora, potresti tornare con la pizza e io potrei fingere di aver dimenticato che avevamo una sessione di fisioterapia. In questo modo non dovrò restare sola con lui per troppo tempo. Sono certa che cercherà di perorare la sua causa per tornare insieme.»

«Scusa, cosa?» Adesso sembra seriamente incazzato. E io sono in ansia, perché Joey sarà qui da un momento all'altro e non ho ancora un piano di fuga.

«Non importa. Troverò una scusa. Dirò a Pattie di chiamare e fare finta che ci sia un'emergenza o qualcosa del genere.»

«Non è necessario. Non riesco a credere che Faccia di culo pensi di avere qualche possibilità con te dopo quello che ha combinato. Comunque, posso mandarti un messaggio tra venti minuti per controllare a che punto sei o verificare se hai bisogno che arrivi prima.»

«Sei sicuro?» Sembra arrabbiato, più che altro.

«Sì. Metterò la pizza in forno per tenerla calda, anche se poi il mio appartamento puzzerà di ananas e olive.»

«Non ha un sapore così cattivo come pensi.»

«Ti credo sulla parola.» Si gira e torna al suo appartamento.

«Grazie, Bishop. Apprezzo che tu mi faccia questo favore.»

Si blocca e si gira a guardarmi da sopra una spalla. «Figurati. Te ne dovevo comunque uno. Un favore per un favore, no?»

«Sì, certo. Un favore per un favore.»

17

Ex rompi palle

STEVIE

Joey si presenta meno di due minuti dopo che Bishop è andato via. Odio il fatto che abbia il potere di rientrare così prepotentemente nella mia vita. È come bava: appiccicoso, ripugnante e impossibile da eliminare.

«Ehi, piccola.» Cerca di avvicinarsi per un abbraccio, ma io allungo le mani per bloccarlo.

«Non usare questi vezzeggiativi.»

«Scusa. Le vecchie abitudini sono dure a morire.» Mi rivolge quello che immagino dovrebbe essere un sorriso dispiaciuto, ma è credibile quanto un trucco di magia eseguito da un bambino di tre anni. Cosa avrò mai visto in questo idiota?

«Dov'è la mia valigia?» chiedo, mentre lui mi passa accanto per entrare nel mio appartamento. Prima di chiudere la porta lancio un'occhiata all'appartamento di Bishop. Per fortuna ha accettato di aiutarmi, anche se il mio è uno stupido dramma che non interessa a nessuno.

«Oh, merda, scusa. Mi sembrava di aver dimenticato qualcosa.» Emette un fischio basso. «Oh. Che bell'appartamentino. Come mai non abbiamo affittato un posto come questo?»

«Non potevamo permettercelo.»

«Rook ti paga l'affitto o qualcosa del genere?»

«Qualcosa del genere.»

Annuisce. «Figo. Mi mostri la casa? Scommetto che le camere da letto sono enormi. Hai un letto king-size?»

«Non ho intenzione di farti vedere la mia camera da letto, Joey.»

Alza le mani. «Wow. Non c'è bisogno di mettersi sulla difensiva. Sto solo cercando di rompere il ghiaccio. So che mi porti ancora rancore, però possiamo superare la cosa.»

Mi passo un palmo sul viso. Mi piacerebbe tanto dirgli di andare a farsi fottere, ma questo renderebbe la questione del gala ancora più difficile. Prometto a me stessa che quando tutto questo sarà finito e avrò riavuto la mia valigia gli dirò che il mio rancore durerà fino alla fine dei tempi, e forse anche oltre, e che quindi sarebbe meglio voltare pagina. «Possiamo occuparci di queste decorazioni per la raccolta fondi?»

«Sì. Certo. Togliamoci di mezzo il lavoro, così poi possiamo chiacchierare.»

Joey vuole sedersi sul divano, io invece insisto sul fatto che sarà più facile fare le ricerche online se stiamo seduti al tavolo della sala da pranzo. Dovrei conoscerlo abbastanza bene da sapere che questo non lo farà demordere. Accosta una sedia accanto alla mia e continua a stendere il braccio sullo schienale, commentando il buon profumo dei miei capelli. È una stronzata bella e buona, visto che non li lavo da giorni.

Ho bisogno di allontanarmi dal suo fiato sul collo, letteralmente, così mi alzo per versare due bicchieri d'acqua. A lui prendo quella tiepida del rubinetto perché non voglio farlo sentire il benvenuto.

Credo siano passati meno di venti minuti, ma invio un messaggio a Bishop per chiedergli di tenersi pronto visto che potrebbe servirmi presto il suo intervento. Non ho nemmeno finito di riempirmi il bicchiere quando sento bussare forte. Fingo di essere sorpresa e giro intorno al bancone per andare ad aprire la porta. Joey sembra molto sorpreso da questa interruzione.

«Oh! Ciao, Bishop! Che succede?» lo accolgo ad alta voce.

Prima, quando è passato, indossava una tuta e una T-shirt. Ora è a torso nudo, con i muscoli perfettamente definiti in bella mostra. Indossa un paio di pantaloncini che sembrano usciti dagli anni Ottanta e si vedono i lividi che gli colorano l'interno della coscia.

Non sono più neri, blu e viola. Sono sbiaditi in un giallo verdognolo attorno ai bordi mentre al centro sono di un rosa violaceo screziato.

Se la vista non mi gioca brutti scherzi, c'è un velo lucido sulla sua pelle. Ma forse è solo a causa della luce.

Bishop inarca un sopracciglio. «Wow. Avresti dovuto fare l'attrice». Mi passa accanto usando solo una stampella, il cartone della pizza nell'altra mano. «Sono qui per il mio massaggio» annuncia. Getta la scatola della pizza sul bancone e poi finge di essere sorpreso di vedere Joey, seduto al tavolo con la bocca aperta.

«Oh, cavolo. Ho sbagliato orario?» Bishop si tocca la tempia. «Ero convinto che avessimo appuntamento per cena.»

«Bishop Winslow?» La sedia di Joey stride sul pavimento. Si avvicina al punto in cui Bishop è appoggiato al bancone. La loro differenza di stazza è quasi comica. Joey sarà un metro e settantasette o settantotto, anche se giura di essere alto un metro e ottanta. A confronto, Bishop è mastodontico.

«Joey Smuck. Sono un grande fan.» Joey si asciuga le mani sui jeans e gliene porge una.

Bishop gli guarda la mano senza afferrarla. «Il tuo cognome è Smuck?»

«Già. Come vi conoscete?» Joey mi guarda e lascia cadere la mano. «Non pensavo che frequentassi i compagni di squadra di tuo fratello.»

«Stevie è la mia vicina. Mi ha svegliato nel cuore della notte quando si è trasferita qui.» Bishop rivolge la sua attenzione su di me. «Quanto tempo è passato?»

Non mi dà il tempo di rispondere. Meglio così, perché non ho idea di dove voglia andare a parare.

«Comunque, il suo arrivo è stato un meraviglioso disastro. Io mi sono comportato da stronzo con lei perché ha fatto un gran baccano e adesso lei mi provoca regolarmente una buona dose di dolore fisico per vendicarsi. Mi sta aiutando con la riabilitazione. È un castigo senza fine. Non è vero, dolcezza?»

Quasi mi soffoco con la saliva quando pronuncia la parola "dolcezza". Tossisco per schiarirmi la gola e scelgo di ignorare il vezzeggiativo. «Ehm, sì. È un buon riassunto.»

«Fai riabilitazione a un giocatore della NHL? Perché non mi hai raccontato niente?» chiede Joey.

«Perché non sono cavoli tuoi, no?» replica Bishop con un sorriso. Poi si dà una manata sulla fronte. «Oh, cavolo! Sono venuto un'ora prima, vero? Avevo dimenticato che avevi quell'impegno da cui proprio non riuscivi a liberarti. Posso iniziare con lo stretching mentre voi fate... qualunque cosa stiate facendo. Non è un problema, vero?»

Attraversa impettito il soggiorno e afferra il tappetino da yoga, facendomi l'occhiolino quando mi passa davanti.

«Non vi accorgerete nemmeno che sono qui.» Srotola il tappetino al centro del soggiorno, così noi potremo vederlo perfettamente dal tavolo della sala da pranzo.

Sembra che Joey voglia replicare, oppure che voglia dare una mano a Bishop per sorreggergli le palle. Non saprei dire quale delle due opzioni sia la più plausibile. Alla fine io e Joey ci sistemiamo di nuovo al tavolo per lavorare, anche se adesso non riesco a concentrarmi, e non ci riesce nemmeno lui.

Il fatto che Bishop si sia materializzato all'improvviso nel mio appartamento spinge Joey a credere di dover avanzare dei diritti su di me. Allunga il braccio sullo schienale della mia sedia e si avvicina ancora di più. Io mi allontano.

Nel frattempo Bishop si sta riscaldando a meno di un metro di distanza da noi. Non sta facendo dei normali esercizi di stretching. Sono quasi osceni, come se si stesse preparando per una performance in stile *Magic Mike*. Inoltre, continua a gemere forte. Mi distrae.

Alla fine si alza dal tappetino da yoga e si avvicina, gli addominali che si flettono insieme agli altri muscoli del suo corpo. «Scusate se vi interrompo. Dolcezza, puoi aiutarmi un secondo?» Ci sta andando giù pesante.

Joey si avvicina ancora di più. Riesco a sentire il suo respiro sulla guancia. Deve aver mangiato qualcosa con cipolle o aglio. Gli do una gomitata nelle costole per cercare di avere un po' di spazio. «Certo.»

Faccio per spingere indietro la sedia quando Bishop solleva una mano. «Puoi restare dove sei. Ho bisogno che tu mi sciolga una contrattura. Sai perfettamente come lavorare sul mio corpo.»

Riesco a sentire il rossore sulle mie guance. È ovvio che Bishop sta provocando di proposito il mio ex, ma questo suo comportamento mi rende altamente consapevole del fatto che si è trattenuto con me fino ad ora, nonostante la nostra ostilità.

Bishop spinge via il braccio di Joey e allontana la mia sedia dal tavolo. La lascia dondolare sulle gambe posteriori, poi la fa girare con me ancora seduta sopra. Non sono sicura che sia un'operazione consigliata a una persona con una frattura pelvica. Aggancia una mano al ginocchio e solleva la gamba, dopodiché pianta un piede nudo sulla sedia e incastra le dita sotto il mio sedere così da mantenere la posizione.

Il suo pacco finisce all'altezza degli occhi. Il tessuto dei pantaloncini è lucido, teso sul davanti, e mette bene in evidenza il tutto.

Spio Joey con la coda dell'occhio. Sembra che stia per esplodergli il cervello. Mi sforzo di restare seria. «Dove senti la contrattura?»

Indosso ancora la tuta vecchia e sporca e la felpa gigante e ripugnante che ho dal primo anno di college. L'ho usata persino per imbiancare. Bishop tocca la stoffa sulla manica e fa una smorfia. «Indossi una canotta sotto la felpa? Puoi toglierla? Sai che ho la pelle sensibile, e questo affare sembra di carta vetrata. Se ti servono delle felpe nuove, posso procurartene qualcuna della squadra.»

«Grazie, ma non è necessario.» È incredibile quanto sia eccessivo.

Entrambi ci apprestiamo ad afferrare l'orlo della felpa, ma Bishop arriva per primo. Lo solleva di un paio di centimetri, il tessuto si attacca alla T-shirt che indosso sotto, scoprendomi l'ombelico. Bishop mi tira giù la T-shirt, sfiorando la mia pelle nuda con i polpastrelli caldi. Il contatto mi fa ribollire il sangue nelle vene; ho la pelle d'oca dappertutto.

Tengo ferma la canotta mentre lui mi tira su la felpa. A un certo punto sono costretta a mollare la T-shirt, in modo che lui possa sfilarmi l'indumento dalla testa. Poi lo getta sul pavimento. Io rimango con indosso solo una canotta molto scollata, ed è proprio lì che finiscono gli occhi di Bishop.

«Così va molto meglio» dice alle mie tette.

«Mi fa piacere che tu sia più a tuo agio.» Il sarcasmo che vorrei incanalare in questa affermazione risulta fiacchissimo.

«Molto più a mio agio, ora che non indossi quella stupida felpa.» Mi afferra la mano e preme le mie dita su un punto a circa cinque centimetri dal suo inguine. «La contrattura è proprio qui.»

Devo ricordare a me stessa che Bishop non sta flirtando con me. Mi sta facendo un favore, lasciando credere a Joey che tra noi ci sia più di quanto non ci sia realmente. «Qui?» Premo il punto con la mano e lui trattiene il respiro.

«Sì. Ma non troppo forte. Mi fa ancora male.» Sposta leggermente l'inguine in avanti, più vicino al mio viso.

Tengo gli occhi sui lividi della coscia. Tutto questo ha uno scopo ben preciso, ed è mettere Joey a disagio.

Mentre massaggio la zona, Bishop geme forte. «Ah. Sì, lì, brava. Caaazzo, Stevie. Sì, è proprio quello il punto. Dio santo. Ah, cazzo. Oh, Diiio. Piano, piano. Sì, così. Uuuh.»

Vorrei avere i capelli sciolti, per potermici nascondere dietro e ridere. Piego la testa in avanti e mi giro, perciò adesso il mio viso è praticamente premuto contro il ginocchio di Bishop. Come se potesse leggermi nel pensiero, lui tira via l'elastico che mi tiene i capelli raccolti in uno chignon terribilmente disordinato. Mi scioglie i capelli, che mi scivolano attorno al viso e sulle spalle in una cascata azzurro pallido. Ho un disperato bisogno di lavarli, ma almeno adesso posso nascondermi.

Bishop geme di nuovo e afferra lo schienale della sedia. Appoggia leggermente gli avambracci sulle mie spalle e si china verso di me. La sua guancia ispida sfiora la mia, il suo naso è vicinissimo al mio orecchio. «Secondo te lo sto mettendo in imbarazzo o lo sto facendo arrapare?»

«Credo entrambe le cose.» Le mie labbra quasi sfiorano la sua gamba.

La posizione in cui ci troviamo è molto intima. Percepisco l'odore del sesso, del sudore e forse del borotalco, ed è... strano. Sento l'impulso di schiudere le labbra e scoprire che sapore ha la sua pelle. È davvero un guaio, dato che il mio ex infedele è seduto a pochi centimetri di distanza e osserva tutto. Ma forse è proprio questo il punto. Bishop sa cos'è successo, gliel'ho raccontato, perciò credo che questo spettacolino intimo sia studiato per aiutarmi a vendicarmi di quello in cui mi sono imbattuta la sera in cui sono diventata la sua vicina.

Accidentalmente gli sfioro il pene. Le sue dita si stringono sulla mia nuca. Ce l'ha molto, molto duro. Da quando abbiamo iniziato le sessioni di riabilitazione, mi sono abituata alle sue mezze erezioni. Lo tocco costantemente nelle aree prossimali al pene quando indosso solo pantaloncini da corsa, reggiseni sportivi e canotte, perché lavorare con un uomo della sua stazza mi fa venire caldo. D'altronde lui vive in mutande, quindi perché dovrei sentirmi a disagio? La sua reazione non è inaspettata. Eppure il verso che gli esce fuori, a metà tra l'agonia e il desiderio, mi provoca un brivido lungo la schiena e un formicolio in mezzo alle gambe. Non posso fare a meno di immaginare i suoi versi durante il sesso.

«Forse è meglio che vada.» La sedia di Joey stride sul legno del pavimento.

La mia mano è ancora aperta sulla coscia di Bishop. Quando sto per spostarla, lui intreccia le dita alle mie e la blocca lì dov'è. Resta rannicchiato su di me. «Sei sicuro, bello? Stevie ha quasi sciolto la mia contrattura.» La sua voce è bassa e roca.

«È tutto apposto. So che vuoi tornare in pista. Ci vediamo domani al lavoro, Stevie.» Joey potrebbe aver inalato dell'elio.

«Okay, ci vediamo.» La mia voce è un sussurro spento.

Bishop tiene la mia mano bloccata contro la sua coscia e le dita premute sulla mia nuca finché la porta non si chiude con uno scatto.

Entrambi abbiamo il fiatone; il mio palmo è sudato contro la sua pelle. Di solito, durante le sedute di fisioterapia, mentre ci prendiamo una pausa per permettergli di riprendere il controllo della situazione, lui fa commenti sul suo disagio e io gli suggerisco di pensare a cose morte. Di tanto in tanto, capita che mi dica di avere una contrattura proprio sotto i testicoli e, in genere, quello è il momento in cui gli faccio male e poi torniamo a essere professionali. Ma ora è diverso.

Bishop tiene lo schienale della mia sedia con una mano e usa l'altra per abbassare lentamente la gamba sul pavimento. Io lo aiuto. Mi aspetto che faccia un passo indietro e dia a entrambi lo spazio di cui avremmo disperatamente bisogno, invece si mette a cavalcioni della sedia e si poggia sulle mie gambe, con le braccia appoggiate allo schienale.

«Ehm, Bishop?»

«Mi serve un minuto» borbotta. Lascia cadere la fronte sulla mia spalla.

Non appoggia tutto il peso sulle mie cosce, ma ne sento comunque parecchio addosso. La sua posizione mi ricorda un po' la lap-dance in qualche strip-club, o quella che immagino debba essere la lap-dance, dal momento che non sono mai stata in uno strip-club.

Nelle ultime settimane ho passato molto tempo con le mani vicino al suo inguine e a massaggiargli le gambe. Me le sono persino agganciate sulle spalle – una alla volta, ovviamente. Comunque sia, sono entrata a stretto contatto con molte parti del suo corpo.

Tuttavia, mai così come adesso. Bishop è un uomo grosso. È come avere tanti uomini mezzi nudi a cavalcioni sulle ginocchia. Averlo così vicino, in questa posizione, è travolgente. Non so davvero cosa stia succedendo. Joey è andato via, quindi non c'è più bisogno che stia nel mio spazio personale. Eppure è ancora qui.

Gli afferro delicatamente gli avambracci e i muscoli sussultano sotto le mie dita. «Stai bene?» sussurro.

Bishop fa un verso; è più un grugnito che una parola intelligibile.

Inspiro lentamente, cerco di calmarmi e aggrotto la fronte quando il mio cervello registra l'odore che emana la sua pelle. È ovvio che non me lo sono immaginato. «Perché profumi di borotalco?»

Lui ridacchia, il respiro caldo mi sfiora la clavicola. «Mi sono massaggiato con l'olio per bambini prima di venire.»

Faccio una risata nasale che sembra spazzare via la strana tensione sessuale che ha invaso lo spazio intorno a noi e risucchia l'aria dalla stanza.

Bishop si stacca dalle mie ginocchia con un gemito e compie un vacillante passo indietro. Lo afferro per i fianchi per aiutarlo a stare in equilibrio. Dato che io sono seduta e lui è in piedi, ho di nuovo il suo inguine all'altezza del viso. La sua erezione è ancora più evidente. Quando non sembra più in pericolo di cadere, o di ricadere sulle mie ginocchia, lo lascio andare. Lui esce dal mio spazio personale e io mi sento come se finalmente potessi riprendere a respirare.

«Credo che la missione "mettere Joey talmente a disagio da farlo andare via" sia stata un successo. Anche se ho la sensazione che domani dovrò rispondere a molte domande, dopo la tua performance.» Cerco il mio elastico e lo trovo sul pavimento. Raccolgo i capelli e li lego di nuovo sopra la testa. «Ti ringrazio.»

«È stato un vero piacere, te lo garantisco. Quel tipo è un idiota e un coglione.»

«Mmm. Penso di meritare anche io il titolo di "idiota", visto che sono rimasta con lui per un anno intero.» Mi muovo per superarlo, desiderando più e meno spazio allo stesso tempo.

«Ehi.» Le dita di Bishop mi avvolgono il polso. «Non farti questo. Non incolparti per le scelte sbagliate degli altri.»

«Avrei dovuto prevederlo.»

«A volte capita di non riuscire a vedere quello che abbiamo davanti agli occhi, no?»

Sollevo il mento per incrociare il suo sguardo. Ci sono un sacco di cose non dette tra noi. Cose che devono rimanere tali, dal momento che ora devo riferire i nostri progressi a un team di professionisti della NHL. Tuttavia è dura ignorare la chimica che c'è tra noi. Mi sono sforzata per metterla a tacere, per molte ragioni, una delle quali è appena uscita dal mio appartamento.

Per non parlare del fatto che Bishop è un giocatore professionista, e che sicuramente quando tornerà sul ghiaccio attirerà l'attenzione dei media. Non voglio essere coinvolta.

Il mio telefono vibra sul tavolo, facendoci sussultare. Lancio un'occhiata e leggo il nome di Pattie che lampeggia sullo schermo. Sono sicura che vuole sapere come sono andate le cose con Joey.

«Vuoi iniziare la seduta ora?» Rivolgo un cenno all'inguine ancora gonfio di Bishop.

«Sì, ma vacci piano con me stasera. Quella piccola acrobazia è stata notevole, ma ora mi fa male tutto.»

«Lo immaginavo.»

«Ne è valsa la pena. Avresti dovuto vedere la sua faccia. Sembrava che volesse mutilarmi.»

Trascorro i quarantacinque minuti successivi con le mani addosso a Bishop. Aveva ragione a pensare che quella mossa non fosse una grande idea; non ha mai smesso di gemere e lamentarsi per tutta la terapia.

Una volta finito, mi aspetto che se ne vada subito, invece Bishop tira fuori i piatti e serve a entrambi la pizza fredda. Metà è come piace a me, l'altra metà ha gli stessi condimenti tranne ananas e olive verdi. Stappa anche due birre che ha portato. Per qualche strano motivo ho una sete assurda, quindi mi scolo velocemente la prima birra e ne prendo un'altra. Bishop si allunga sul mio divano, prende il telecomando e cambia canale finché non trova quello sportivo. Toglie un'oliva dalla sua metà di pizza e la lancia nel mio piatto. «I tuoi condimenti disgustosi si sono mescolati con i miei.»

«Non sono disgustosi. Sono deliziosi.» Prendo un grosso morso e mugugno, deliziata. La pizza è fredda ma è comunque buonissima. Tra l'altro, non mangiavo da oggi a pranzo. Mi copro la bocca con la mano. «La tua è noiosa.»

«Tre tipi di condimenti non sono noiosi.»

«Di certo non sono audaci.»

«La frutta sulla pizza non è audace, Stevie. È disgustosa e sbagliata.»

«Tecnicamente il pomodoro è un frutto ed è spalmato su tutta la pizza» gli faccio notare.

«Sì, ma non è dolce. È salato e al supermercato sta nel reparto verdura, quindi non è la stessa cosa. Metteresti delle fette di pesca sulla pizza? No. Allora non dovresti metterci nemmeno l'ananas. Soprattutto con una cosa così ripugnante come le olive.»

«Sfogati, Shippy. Dimmi come ti senti veramente.»

«*Non* chiamarmi così.»

«Così come, *Shippy*?»

Si tocca l'angolo della bocca e mi guarda torvo. «Smettila.»

«Altrimenti?»

«Altrimenti ti spalmo quella pizza su tutta la faccia.»

«Fallo e ti assicuro che te ne pentirai domani durante la fisioterapia.»

«Cosa farai, indosserai un perizoma e un pennacchio e userai la mia gamba per ballare la pole dance?»

«Questa ha tutta l'aria di essere una tua fantasia, *Shippy*.»

Cerca di afferrare il mio spicchio di pizza, ma non sono io quella infortunata. Rotolo giù dal divano e balzo in piedi. «Sei lento, *Shippy*. Devi lavorare sui tempi di reazione.»

«Non hai idea di quanto odio quel soprannome.»

«D'accordo, la smetto… Se tu assaggi la mia pizza disgustosa.»

«No.»

Do un'alzata di spalle. «Fa' come vuoi, *Shippy*.» Ogni volta che lo uso, questo soprannome mi piace un po' di più. È davvero orribile e non gli si adatta affatto; forse è per questo che mi piace così tanto.

Inoltre è divertente vederlo innervosirsi.

Mi siedo dall'altra parte del divano e prendo un altro morso di pizza, gemendo di piacere.

«Sul serio?» Bishop inarca un sopracciglio.

«Che c'è che non va, *Shippy*?»

«A parte il fatto che mi hai chiamato Shippy cinquemila volte negli ultimi due minuti, sembra che tu stia pomiciando con la tua pizza.»

«È buonissima. Dai solo un morso e io non userò mai più quel soprannome.» Mi sporgo in avanti.

«Okay, cazzo. Un morso. Poi basta con questa merda di Shippy.»

«Scommetto che la adorerai e che inizierai a ordinarla di nascosto.» È stravaccato sul divano, le gambe divaricate, i lividi in bella mostra. Mi avvicino fino a toccargli la coscia con le ginocchia e gli tengo la fetta davanti al viso.

Stringe le labbra e gira la testa, come un bambino a cui non piace la cena. «Se non mi piace la sputo.»

«No. Non sei un bambino. Devi ingoiare.» Entro nel suo spazio personale, un po' come ha fatto lui con me quando voleva mettere Joey a disagio.

«Non mi piace nemmeno l'odore. Sicuro non mi piacerà il sapore.»

«Se le donne riescono a sopportare lo sperma, tu puoi ingoiare un boccone di questa pizza.»

Inarca la sopracciglia. «Quindi sei una che ingoia?»

«Non ha senso sentire il sapore due volte. Tutte le papille gustative del salato sono davanti. Se ce l'ho già dritto in gola, ha più senso ingoiare piuttosto che far scorrere tutta quella schifezza gelatinosa sulle papille gustative e sentire l'amaro, l'acido e il salato.»

Bishop rimane a bocca aperta per un secondo, poi la richiude altrettanto velocemente. Serra la mascella e i suoi occhi si incupiscono. «Il tuo ex è davvero un idiota. Chi tradisce una donna che ingoia volentieri?»

«*Io* sono un idiota, per essere rimasta con lui per tutto quel tempo.» Lo colpisco sul labbro con la punta dello spicchio di pizza.

«Dai un bel morso, così mangerai anche un'oliva e un pezzetto di ananas.»

«Se ti vomito addosso non mi scuserò.»

«Smettila di fare il bambino e mordi.»

«Okay.» Prende un boccone e per poco non mi mangia anche un dito.

La sua espressione è impagabile. Se avessi il telefono vicino gli scatterei una foto da aggiungere al suo contatto. Fa questa smorfia che mi ricorda un gatto sul punto di vomitare.

«Ingoia, Shippy.»

Serra gli occhi e mastica più velocemente. Non riesce a mandare giù il boccone, quindi si allunga dietro di me per prendere la sua birra. Poi tracanna tutto ciò che è rimasto nella bottiglia. «Disgustosa.»

«Calda è più buona.»

«Preferirei leccare una vagina sporca e sudata piuttosto che dare un altro morso a quella disgustosa combinazione di condimenti.» Si infila in bocca mezza fetta della sua pizza per coprire il sapore di olive e ananas che non gli piace.

«Non faccio la doccia da ieri, quindi ne ho una se hai voglia del dessert.» Mi copro la bocca con il palmo della mano. «Oh mio Dio. Fingi che non lo abbia mai detto.»

Un sorrisetto si allarga lentamente sul viso di Bishop. «Prima mi dici che ingoi e poi mi offri la tua vagina per dessert? Quando avrò novant'anni e sarò rimbambito, ricorderò ancora questa conversazione.»

Alzo gli occhi al cielo per nascondere l'imbarazzo e il fatto che ora sto immaginando di avere la testa di Bishop in mezzo alle cosce. «Ovviamente ero sarcastica riguardo alle mie parti intime sporche. Non ho fatto la doccia come deterrente per Joey.» Faccio cenno al mio chignon arruffato. «Sembra che mi sia pettinata i capelli con grasso di pancetta.»

Bishop mi coglie di sorpresa quando mi avvolge il palmo ampio e caldo sulla nuca e mi attira a sé. Abbassa la testa e io sento le sue labbra sulla tempia e il suo naso sopra l'orecchio.

Inspira profondamente. «Per me hai un profumo fruttato.» La sua barba ruvida mi graffia la guancia, sono quasi certa che siano le sue labbra a sfiorarmi la gola mentre mi inclina la testa di lato.

«Che stai...» Trattengo il fiato quando sento il tocco caldo e umido della sua lingua sulla mascella.

«Anche il tuo sapore è maledettamente buono» sussurra.

Non capisco cosa sta succedendo. Non riesco a respirare, a muovermi o a pensare. Sento solo il palmo di Bishop avvolto intorno alla mia nuca e il suo respiro caldo sulla mia pelle.

È una pessima idea, per molte ragioni. Non ultimo il fatto che dobbiamo mantenere un rapporto professionale. È una complicazione che prima non esisteva.

Appoggio un palmo sulla parte più vicina del suo corpo per mantenermi in equilibrio. Guarda caso si tratta della sua coscia; la sua coscia molto muscolosa e tonica.

«Bishop.» Il mio mezzo lamento dice a entrambi più di quanto volessi. So quanti problemi potrebbe causare tutto questo, ma le mie parti intime non lavate sono parecchio eccitate.

Bishop mi morde la mascella e geme. Io sistemo meglio la mano sulla sua coscia per non cadere in avanti e gli sfioro l'orlo dei pantaloncini esageratamente corti. Le sue labbra continuano a muoversi, ha i denti serrati mentre si avvicina al mio mento.

Poi borbotta qualcosa sulla mia pelle e all'improvviso le sue mani sono sui miei fianchi. Il secondo successivo mi ritrovo a cavalcioni sulle sue cosce. Sono profondamente felice di aver tolto la tuta quando abbiamo iniziato la sessione di riabilitazione, dopo la fuga di Joey. Lo afferro per le spalle per sorreggermi e per evitare che debba sopportare tutto il mio peso, ma Bishop sembra avere altri programmi.

Nonostante le mie proteste, mi tira giù in modo da farmi appoggiare il sedere sulle sue cosce. Emette un verso che somiglia molto a un ringhio misto a un grugnito. Mi tira in avanti e solleva i fianchi.

E lo sento. *Tutto*, duro, grosso e *perfetto*. L'istinto naturale è quello di roteare il bacino, perché voglio creare un attrito meraviglioso, per una volta non con le mie dita, né con il mio fidato vibratore. Ho tra le gambe un uomo enorme, benfatto, incredibilmente sexy e chiaramente arrapato. Tutti i miei pensieri sul fatto che questa fosse una pessima idea evaporano alla prima strusciata, lenta e decisa.

Bishop emette un verso soffocato e mi morde la mascella, molto più forte di quanto mi aspettassi.

Sussulto, poi gemo e ruoto di nuovo i fianchi. «Dio, quanto è bello.» Gli infilo le dita tra i capelli, godendomi la sensazione di accarezzare quei ciuffi morbidi come seta. Gli inclino la testa all'indietro per scoprire cosa proverò a sentire la sua bocca sulla mia mentre ci strusciamo.

Le dita di Bishop si flettono sulla mia vita e il suo gemito è seguito da una serie di parolacce.

Mi blocco. Lui abbassa la testa e preme il viso contro il mio collo. «Cazzo» ringhia sottovoce contro la mia pelle. Per quanto voglia concedermi un'altra rotazione dei fianchi – perché mi sto godendo appieno la sensazione del suo pene che si strofina su di me, anche attraverso gli strati di cotone e lycra – mi ricordo che non è una buona idea.

Bishop solleva il bacino di un paio di centimetri e stavolta il verso che gli esce è familiare. Se ci sono dei versi che riconosco, sono i suoi quando soffre. «Porca troia, maledetta figlia di puttana.» Schiude le labbra e io sento il tocco umido della sua lingua e la pressione dei suoi denti. Un attimo dopo lui mi succhia la pelle, forte.

«Ah!» Gli stringo i capelli e spingo il suo viso sul mio collo, un po' come ho visto fare a Lainey con Kody quando era neonato e aveva deciso di usare il suo capezzolo come un giocattolo da masticare. Sembra che abbia l'effetto desiderato perché Bishop mi libera dalla sua morsa. Poi devo staccargli le dita dai miei fianchi con la forza per liberarmi.

«No, non farlo!» Cerca di impedirmi di alzarmi dalle sue ginocchia, ma il suo viso è contorto in una smorfia di dolore.

Mi divincolo e mi arrampico sulla parte opposta del divano. Non appena smetto di strofinare le mie parti intime sul suo pacco, Bishop si piega su sé stesso e sbatte la testa contro i cuscini del divano, continuando a lamentarsi e imprecare. «Voglio solo un po' di sfregamento, cazzo! Sto chiedendo troppo?»

«Non credo che tu sia pronto per certi sfregamenti.» Sono agitata e senza fiato.

Lui gira la testa e posa lo sguardo su di me, rovente e infuriato. «Ieri sono riuscito a masturbarmi sotto la doccia. Non è stato il massimo, ma almeno ho trovato un po' di sollievo.» Irritato, si punzecchia l'evidente rigonfiamento in mezzo alle gambe. «È una maledetta tortura.» Continua a tenersi il pacco a coppa tra le mani, con fare protettivo, come se fosse preoccupato che io possa scoparmelo spontaneamente. È stato lui a prendermi in grembo, non il contrario.

«Probabilmente è un intervento divino o qualcosa del genere.» Distolgo lo sguardo prima che possa fare qualcosa di ancora più stupido che cercare di pomiciare con lui. Tipo proporgli una sega o un pompino per allentare la tensione.

Apre la bocca per rispondere, ma il suo telefono vibra sul tavolino e il nome di suo fratello lampeggia sullo schermo. Nello stesso istante, anche il mio telefono segnala l'arrivo di un nuovo messaggio. Grazie, Dio, per le interruzioni dal tempismo pessimo. Il messaggio è di Joey e non mi interessa minimamente leggerlo, però prendo comunque il telefono per avere una scusa per smettere di fissare l'erezione di Bishop. Sento i suoi occhi su di me mentre lui prende il telefono.

«Ah, merda» borbotta.

«Va tutto bene?» Lo guardo di traverso.

«Mio fratello non riesce a trovare la sua dannata insulina.»

«È a casa?»

«Sì.» Preme il pulsante di chiamata e si porta il telefono all'orecchio. Riesco a sentire la voce smorzata di Nolan. «Controlla sul tavolino… Sul frigorifero… Nella cassettiera? Fanculo. Se ti dico dove la tengo dovrò trovare un altro posto dove nasconderla, altrimenti la perderai di nuovo. Che hai fatto? Cristo, Nolan. Come diavolo sei riuscito a trovarla?» Si passa una mano tra i capelli, esasperato. «Sto arrivando. Poi però parliamo delle cazzate che combini. Mi hai interrotto.» Termina la chiamata. «Devo andare. Ha scovato la mia scorta di insulina oggi e ora non riesce a trovare nessuno dei due kit, e sta cercando già da un'ora.»

«Oh, Dio. Questo non va affatto bene.» Lo seguo fino alla porta.

«No. Per niente. Vorrei che prendesse le sue cure più seriamente. Un giorno o l'altro non sarò qui per salvargli il culo.»

«Sai, puoi tenere qui un paio di dosi se vuoi. Per ogni evenienza.»

«Potrebbe essere una buona idea.» Esce in corridoio con la stampella sotto il braccio. «Oh, e questa discussione non è finita.» Fa un cenno ai nostri inguini.

Alzo gli occhi al cielo. «Penso che sarebbe meglio dare la colpa agli ormoni e fingere che non sia mai successo.»

Nolan apre la porta prima che Bishop possa ribattere. Guarda prima suo fratello e poi me, senza stabilire un contatto visivo, poi fa una smorfia. «Mi dispiace se vi ho interrotti.»

«Fai bene a dispiacerti, coglione. Mi hai rovinato la serata.»

«Fammi sapere se avete bisogno di aiuto» dico.

Bishop mi fa segno di andare, poi scompare con il fratello nel suo appartamento. Chiudo la porta e mi ci appoggio contro. Mi accarezzo la mascella, nel punto in cui Bishop mi ha morso e giù fino al collo, dove mi ha succhiato. Corro in bagno e accendo la luce. La zona è arrossata e ci sono piccole mezzelune nel punto in cui ha affondato i denti.

Quando vado a letto non riesco a pensare ad altro che al fatto che ci siamo quasi baciati. E il pensiero mi segue nei sogni. Non è il caso di complicarmi la vita lasciandomi coinvolgere con Bishop ma, se mi ritrovassi di nuovo in una situazione del genere, non so se sarei in grado di impedire alla mia vagina di gravitare intorno al suo pene.

18

È inutile resistere

STEVIE

Il giorno dopo, al lavoro, Joey mi mette all'angolo e mi tempesta di domande su Bishop e quello che sta succedendo tra noi.

«Lo sto aiutando con la riabilitazione. E apprezzerei che tenessi la tua grossa boccaccia chiusa al riguardo.»

Joey incrocia le braccia al petto e si appoggia all'armadietto accanto al mio. Un ciuffo di peli gli spunta da sotto il braccio e immagino il troll sotto la sua ascella soffocare. «Ho l'impressione che ci sia ben altro. Sa che stavamo insieme? Stevie, capisco che ti serva un ripiego, ma questo non mi sembra un buon modo per vendicarti con me. Chi credi che si farà male alla fine?»

Ha dato subito per scontato che frequento Bishop solo per superare la rottura con la sua faccia di culo. Tutto questo è terribilmente frustrante.

«Cosa stai cercando di fare, Joey? Vuoi darmi consigli sugli uomini?»

«Non voglio che tu faccia qualcosa di cui finirai per pentirti.»

Chiudo l'armadietto con un colpo secco. Vorrei tanto avergli chiuso le dita dentro. Ricordo a me stessa che sono al lavoro e che il suo obiettivo è irritarmi e ottenere una reazione da parte mia. Non gli darò mai questa soddisfazione. «Ho già fatto qualcosa di cui mi pento. Sono stata con te per un anno. Credo che questo errore rimarrà in cima alla mia lista per un bel po'.»

Mi sposto a destra e Joey mi imita, bloccandomi il passaggio. Vorrei dargli un calcio nelle palle. Poi lui alza le mani in segno di resa, o come se volesse rabbonirmi. «Senti, so che sei capace di portare rancore come nessun altro, Stevie. Ma conosci la sua reputazione? Hai visto il tipo di donne che frequenta?»

«Io non porto rancore.»

«Sei ancora arrabbiata con me perché ho commesso un piccolo errore.»

«Scoparsi un'altra il giorno del mio compleanno non è un piccolo errore.»

Mi ignora e mi pianta il telefono davanti al viso. A quanto pare, si è dato da fare per stalkerare Bishop sui social. Nella cronologia di ricerca c'è l'hashtag #BishopWinslowAvvistamenti. «Guarda qua.»

«Perché cerchi le foto di Bishop in mutande su internet?»

«Non ho cercato le sue foto in mutande!» Joey si guarda alle spalle per assicurarsi che siamo ancora soli. Sfortunatamente lo siamo. «Ci sono tonnellate di queste immagini e molte sono recenti. Ce ne sono almeno una mezza dozzina solo negli ultimi due mesi. Davvero vuoi frequentare uno così?»

Se fossi una persona qualunque, guardando le immagini che mi sta mostrando Joey salterei alle conclusioni e penserei che Bishop è un donnaiolo. Ma si dà il caso che io sia a conoscenza del fatto che le donne che entrano ed escono dal suo appartamento sono le conquiste di suo fratello. In una foto, riconosco persino la donna che Nolan ha portato a casa la settimana scorsa. Tutte le immagini sono state scattate nel loro appartamento. Metà sono sfocate, come se fossero state scattate di soppiatto. In alcuni casi Bishop non sembra nemmeno accorgersi di essere inquadrato dalla fotocamera, mentre in altri mostra il dito medio di nascosto fingendo di grattarsi il mento o la tempia.

Potrei facilmente spiegargli tutto, ma il fatto che Joey pensi che sia un idiota donnaiolo è ancora meglio. Mi sento persino appagata, sapendo che lui crede sia vero. «Non sono affari tuoi, o sbaglio?»

«D'accordo. Lascio perdere.»

«Oh, ma guardati, finalmente hai capito. Ce ne hai messo di tempo.» Provo ad aggirarlo ancora una volta, però lui mi blocca il passaggio.

«Aspetta. Dobbiamo comunque vederci per parlare delle decorazioni per la raccolta fondi. Perché non vieni a casa mia stasera?»

Incredibile. Non è possibile che sia tanto inetto. «Sono impegnata.»

«Potresti riprenderti la valigia. E dopo ti riaccompagno a casa in macchina. Dobbiamo portare a termine il lavoro. Si aspettano che ci diamo da fare e che presentiamo una proposta di budget entro la fine della settimana.»

Sospiro, infastidita e sconfitta. Quando questo stupido progetto sarà concluso, gli dirò di andare a farsi fottere una volta per tutte. «Va bene. Vengo, ma solo perché rivoglio la mia maledetta valigia e così possiamo toglierci di mezzo queste cazzate per il gala. Ho un cliente tra quindici minuti. Devo andare.»

«Va bene, ci vediamo nell'atrio alle cinque.» Ha un sorriso così compiaciuto che vorrei staccarglielo dalla faccia a suon di schiaffi.

«Ho clienti fino alle sei. Ci vediamo a casa tua.»

«Va bene. Posso aspettarti qui.»

«Grandioso.» Lo mollo nella sala del personale. Brontolo, seccata per essermi lasciata incastrare di nuovo da lui.

Bishop mi invia un messaggio nel primo pomeriggio, per confermare che verrà a casa mia verso le sette. Gli faccio sapere che potrei arrivare in ritardo perché devo occuparmi di un paio di cose. Sono nervosa all'idea di rivederlo dopo ieri sera e quello che è (quasi) successo. Meno di un minuto dopo ricevo un altro messaggio da parte sua, con un mucchio di emoji con la faccina arrabbiata, come se gli stessi rendendo una sorta di disservizio non essendo disponibile ogni volta che desidera.

Gli mando una serie di GIF per dirgli, in sostanza, di ficcarsi la corona su per il culo. Immagino che non abbia senso nascondergli che farò tardi perché devo prendere della roba da casa di Joey e dobbiamo ancora occuparci di quelle maledette decorazioni per il gala. Inoltre, è bene che sappia che probabilmente sarò di pessimo umore. Quindi, se crede che replicheremo quello che è successo ieri sera, si sbaglia di grosso. Credo fermamente che negare sia la strategia migliore. Lascio il telefono nello zaino per il resto del pomeriggio. Non ho voglia di sorbirmi la presunzione di Bishop, né i suoi pensieri sulla nostra pomiciata, né Joey e la sua imbecillità.

Alla fine mi annullano l'ultimo appuntamento della giornata, perciò finisco prima del previsto.

«Vuoi venire al pub con me e Jules? Mangiucchiamo qualcosa e prendiamo da bere?» Pattie infila il braccio sotto il mio. Non sono riuscita a parlarle per tutto il giorno perché eravamo entrambe piene di appuntamenti.

«Mi piacerebbe, ma devo andare da Joey.» Percorriamo il corridoio verso l'atrio. Il mio umore era decente fino a poco fa.

«Non dovevate vedervi ieri sera?»

«Ci hanno interrotti.»

Inarca le sopracciglia. «Siete stati interrotti da qualcuno del vicinato?»

«Esatto.» Mi fermo di colpo mentre ci avviciniamo alla reception. Anche Pattie si blocca bruscamente, dato che siamo abbracciate. «Che diavolo...»

Bishop è appoggiato al bancone della reception e parla con la receptionist, Bernice, la quale sembra abbia la testa sul punto di esplodere.

«Wow. Chi è quella bomba sexy?» chiede Patty.

«Quello è Bishop.»

La mia amica emette un fischio basso. «Oh. Sono abituata a vederlo con l'espressione corrucciata e un sacco di protezioni da hockey addosso.»

«Io sono abituata a vederlo in mutande.»

«Finora non mi ero resa conto di quanto sei fortunata. Quell'uomo è incredibilmente sexy.»

«Già.» E ieri sera mi sono strusciata addosso a lui mentre lui quasi piangeva dal dolore. Sgancio il braccio da quello di Pattie e mi dirigo verso Bishop, fermandomi poi a pochi metri di distanza. «Ehm, ehi.»

Bernice è a metà frase e a giudicare dallo sguardo vacuo sul viso di Bishop, gli starà raccontando del suo barboncino, Duchessa. Quando lui sente la mia voce, la sua testa scatta nella mia direzione. Abbassa lo sguardo fino alle mie scarpe, poi lo riporta lentamente sul mio viso. «Immagino che tu non abbia visto il mio messaggio.»

«Immagino di no. Pattie, lui è Bishop. Bishop, lei è la mia amica e collega Pattie. Anche lei è una fisioterapista.»

Si stringono la mano. Devo riconoscere che Pattie si comporta in modo impeccabile. D'altronde i suoi fratelli giocano a football nella squadra del college, che è quasi come avere una celebrità in famiglia.

Frugo nello zaino in cerca del telefono. Ovviamente è sul fondo della borsa e questo rende tutto più complicato, soprattutto perché sento Bishop che mi fissa mentre lui e Pattie chiacchierano del più e del meno. «Vuoi darmi la versione riassunta?»

«Ti porto da quello stronzo del tuo ex a prendere la valigia.»

Pattie si strozza.

Do uno schiaffo sul braccio a Bishop e mi guardo intorno in cerca di Joey, dato che dovrei andare in macchina con lui a casa sua. In quella che doveva essere casa *nostra*. Sarà molto divertente e allo stesso tempo imbarazzante.

«L'ho già spedito a casa» mi spiega Bishop.

Non ho nemmeno bisogno di guardarlo in faccia per sapere che sta sorridendo.

«Come arriviamo a casa sua, allora? Io non prendo l'autobus con te.» Non appena queste parole mi escono di bocca, mi rendo conto di quanto siano ridicole. Bishop non ha bisogno di contenere i costi di viaggio prendendo i mezzi pubblici. Per qualche secondo, immagino come sarebbe per lui dover incastrare il suo corpo mastodontico in uno di quei sedili minuscoli.

Solleva un mazzo di chiavi. «Ho guidato fino a qui.»

Glielo strappo di mano. «Tu *non* dovresti guidare.»

«Sono arrivato senza problemi.»

Appoggio un pugno sul fianco. «Sei stato autorizzato a guidare?»

«Sono stato autorizzato a fare allenamenti leggeri. Guidare mi sembra un'attività praticabile, no?»

«Ma sei serio? Le due cose non sono correlate in alcun modo. Per niente. E se ti trovassi nelle condizioni di dover reagire rapidamente? O frenare di colpo? Non riesci nemmeno a muovere i fianchi senza piangere.»

«Non è vero. Sono perfettamente in grado di muovere i fianchi, ma se ho un peso sulle cosce è chiaro che non ci riesco.»

Sento il mio viso avvampare. Gli lancio uno sguardo di avvertimento. «Non guiderai finché non sarai autorizzato. E lo voglio per iscritto, non mi basta sentirlo dalla tua bocca. Non ti permetterò di vanificare tutto il lavoro che ho fatto. L'ultima cosa che mi serve è che torni a essere un super stronzo.»

«È meglio di una soap opera in fascia protetta» dice Pattie, il che mi ricorda che sto strigliando Bishop in mezzo alla reception. Lui sorride come se gli avessi detto che lo porterò a mangiare un gelato.

«Non mi sei di aiuto» accuso la mia amica. Poi riporto l'attenzione su Bishop. «Dobbiamo andarcene, prima che qualcuno ti riconosca.»

«Da queste parti non sono così popolare da essere riconosciuto.» sostiene Bishop.

Ma l'universo è dalla mia parte ed chiaramente d'accordo con me. Proprio in quel momento, infatti, due clienti si avvicinano a lui e gli chiedono autografi e foto. Mi offro di scattare le foto e lo faccio posare per almeno venti scatti, poi restituisco i telefoni. Prima di uscire, infilo una felpa e mi tiro il cappuccio sopra la testa per nascondermi. Metto anche i miei giganteschi occhiali da aviatore.

«Che stai facendo?» domanda Bishop.

«Mi nascondo, nel caso in cui le persone ti riconoscano di nuovo e vogliano scattare altre foto.»

Mi sposta una ciocca di capelli celesti. «Così dai nell'occhio molto più di me.»

«Vabbè, andiamo e basta.»

Bishop porta ancora le stampelle e sembra che gli piaccia camminare a passo di lumaca. «Puoi andare più veloce?» bofonchio da dietro il cappuccio.

«Pensavo che non volessi che mi facessi male di nuovo.»

«Hai uno stiramento all'inguine. Non è che all'improvviso sei un novantacinquenne con le ossa fragili e una doppia protesi d'anca.»

Mi tira la parte posteriore del cappuccio. «Se c'è qualcuno che attira l'attenzione, qui, sei tu, con questa dannata felpa addosso quando ci sono più di venti gradi e metà delle ragazze in giro sono vestite per andare in spiaggia.»

«Questo perché sono studentesse universitarie. È un prerequisito vestirsi per un clima dieci gradi più caldo di quanto non sia in realtà. Io sono ragionevole con la mia felpa.»

«Per niente.»

Riusciamo ad arrivare alla sua macchina senza che nessuno lo avvicini – grazie a Dio non guida un'auto appariscente e costosa come mio fratello. Dato che ho io le chiavi, corro dal lato del conducente e mi chiudo dentro mentre lui armeggia con le stampelle e si accomoda sul sedile del passeggero.

«Grazie per l'aiuto.»

«Sei riuscito tranquillamente a venire qui.»

Non sono mai andata in auto fino a quello che avrebbe dovuto essere il mio appartamento, quindi devo inserire l'indirizzo sul navigatore. Andare da Joey insieme a Bishop mi mette in agitazione. Inoltre, il pensiero di quello che è successo ieri sera mi manda fuori di testa. Mi aspetto che lui sollevi l'argomento, ma non lo fa. Se ne sta seduto e tamburella le dita sul bracciolo.

«Sai cosa trovo interessante?» dice.

«Illuminami.»

Allunga il braccio sullo schienale del mio sedile e mi sfiora una ciocca di capelli. Sento la sua mano appoggiata sulla spalla e a un certo punto mi tira un po' i capelli. «Che ti tingi i capelli di un colore appariscente, ma ti nascondi dietro un cappuccio nell'eventualità che degli estranei mi riconoscano. Non ha molto senso. Lo sai, vero?»

«Le due cose non sono collegate.»

«I tuoi capelli urlano "guardatemi".»

«Nessuno vuole fotografarmi e avere il mio autografo per questo. La gente sa solo che ho dei capelli interessanti. Non sanno che sono parente di Rook, o che… faccio riabilitazione con te. Ma se mi vedono con te o con mio fratello, all'improvviso smetto di essere la ragazza con i capelli interessanti e divento la sorella di Rook Bowman, o la tipa che era con Bishop Winslow.»

Rimane in silenzio e continua ad attorcigliarsi i miei capelli sul dito. Sento che mi sta ancora guardando e questo mi distrae. Per fortuna arriviamo davanti a quello che doveva essere il mio condominio. Parcheggio in fondo alla strada. Cerco di costringermi a scendere dall'auto, ma non riesco a fare altro che starmene seduta qui a stringere il volante e fissare l'edificio.

«Stai bene?» chiede Bishop, dopo Dio solo sa quanto tempo. Mi abbassa il cappuccio e mi infila le dita tra i capelli. Il suo palmo calloso si chiude attorno alla mia nuca, proprio come ieri sera. Il suo pollice si muove avanti e indietro, lento e rassicurante.

Sono veramente fregata. Mi piace questo ragazzo. Non dovrebbe piacermi per un sacco di ragioni, che ho elencato nella mia testa proprio ieri sera. E anche per altre ragioni che non ho espresso e che sono quelle che mi affliggono di più. Credo davvero alle ragioni di Bishop, al fatto che voglia recuperare più in fretta possibile. Ma se mi sbagliassi?

Avrebbe ordito un piano piuttosto complicato, che lo renderebbe un sociopatico. D'altra parte, solo adesso mi sono resa conto di essere stata con un sociopatico per un anno intero, finché non l'ho beccato con un'altra. E lui non è nemmeno dispiaciuto di avermi ferita. È dispiaciuto solo di essere stato beccato in flagrante.

Inoltre, non voglio che Joey abbia ragione nel dire che sto usando Bishop per qualcosa di più di una semplice opportunità per lavorare con un giocatore della NHL. Preferirei non trasformarlo in un ripiego.

A pensarci bene, sono un po' un disastro emotivo. Non voglio trascinare Bishop in questa faccenda, anche se ho già iniziato ad affezionarmi a lui – e a contare su di lui. Ma non dico niente di tutto questo. Sarò anche un disastro emotivo, però non sono stupida.

«Non sono più tornata qui dalla sera in cui sono arrivata.»

«Vuoi dire da quando...»

«Ho beccato Joey che scopava con un'altra.»

«Il giorno del tuo compleanno.»

«Il giorno del mio compleanno.» Cazzo. Potrei mettermi a piangere. È stupido. Sono passate settimane da quando è successo, eppure venire qui riporta di nuovo tutto a galla.

«Qual è il numero dell'appartamento? Vado io a prendere la valigia.»

Finalmente lascio andare il volante e lo guardo. «Non puoi. La valigia è pesante, ti farai male.»

«Ce la faccio. E quando torneremo a casa mi aiuterai a sgranchirmi.»

Mi massaggio le tempie. «Devo ancora occuparmi delle decorazioni insieme a lui.»

«Quando torneremo a casa penseremo anche a questo.»

«Ma Joey ci ha iscritti per lavorare insieme su questo progetto.» Evitarlo del tutto non è un'ottima strategia, e di certo non potrò attuarla per sempre. Forse, però, in questo caso, è meglio che Bishop si occupi di Joey, finché non sarò veramente pronta ad affrontarlo da sola.

«Joey è un testa di cazzo, non merita di passare cinque secondi in tua presenza. Non preoccuparti. Risolveremo tutto. Nolan lavora in uno di quei magazzini di articoli per feste, quindi avrà un sacco di agganci per noi.»

«È uno strano posto in cui lavorare.»

«Gli orari sono flessibili e lui fa il manager part-time. Potremmo anche approfittarne, visto che ha i contatti giusti.»

Mi passo una mano sul viso. «Joey pensa che tu e io stiamo insieme.»

«Bene. Lasciaglielo credere. Non è comunque meglio per te? Così te lo togli dalle palle, no?»

«Dice che sei il mio ripiego.» Dannazione. Perché non riesco a tenere la bocca chiusa?

Bishop si sposta più che può per girarsi verso di me. Le sue ginocchia colpiscono la console centrale e il suo pollice continua a muoversi avanti e indietro su quel punto sensibile dietro il mio orecchio. «La cosa ti disturba?»

«A te disturba?» rilancio, perché rispondere a questa domanda è complicato e la verità mi fa sentire troppo vulnerabile.

«Detto da quello stronzo del tuo ex? Niente affatto. Quello dirà tutto quello che può per provocarti e per entrarti in testa.» Mi dà una stretta alla nuca. «Lasciagli credere quello che vuole. Qual è il numero dell'appartamento?»

«Uno-due-uno-tre.»

«Torno subito.»

Si slaccia la cintura di sicurezza e scende dall'auto. Apre lo sportello posteriore e prende una sola stampella. Prima di allontanarsi zoppicando, bussa al finestrino. Lo tiro giù.

«Giusto per essere chiari, *non* vuoi che picchi a sangue quello stronzo, vero?»

«No. Hai uno stiramento inguinale, non farebbe affatto bene alla tua guarigione.»

«È questa l'unica ragione per cui non vuoi che lo prenda a calci in culo?»

«In gran parte sì. E poi lavoro con lui.»

Bishop stringe le labbra ma annuisce. «Va bene. Ricevuto.»

Lo guardo entrare nell'edificio e nel mentre cerco di capire cosa diavolo stia succedendo tra noi. Sono davvero confusa. Sembra che ci vogliano un miliardo di anni prima che finalmente ritorni. Scendo dall'auto per aiutarlo con la valigia. Sorprendentemente, è ancora intera. Spero solo che tutte le mie cose siano ancora lì dentro.

«È vivo?» Carico la valigia nel bagagliaio.

«Sta bene. Voglio dire, magari il suo ego non è in ottima forma, ma se finora ti ha causato problemi, non credo che lo farà più.»

«Cosa gli hai detto?»

«Che è uno stronzo e un cretino, che non ti merita e che è stato fortunato a stare con te. Gli ho anche detto che ti avrei aiutata a occuparti di qualunque cosa ci sia da fare per questa festa del cavolo, perché non vuoi avere niente a che fare con lui.» Chiude il bagagliaio. «Oh, e gli ho ordinato di smetterla di mandarti messaggi tutto il tempo e che se vorrai parlare con lui sarai tu a contattarlo. Gli ho detto che è piuttosto improbabile, visto che ho intenzione di monopolizzare tutto il tuo tempo libero.»

Piego la testa all'indietro per riuscire a guardare Bishop. Dio, è bellissimo. Uno schianto incredibile. E oggi, inaspettatamente, si è presentato da me al lavoro e mi ha difesa con il mio ex ragazzo. Sarò molto fortunata se non scoppierò subito a piangere. «Grazie.»

«Non ringraziarmi, l'ho fatto più che altro per me stesso. Io ho fame da morire, e tu? I diverbi mi mettono sempre appetito.»

Così, come se nulla fosse, la voglia di piangere svanisce. Mi scappa una risata nasale davvero sconveniente. «Hai voglia di qualcosa di grasso e sicuramente non previsto dalla tua dieta pre-campionato?»

Un sorrisetto gli solleva l'angolo della bocca. «Mi leggi nel pensiero. Ma niente pizza, perché non posso sopportare quello schifo con l'ananas e le olive.»

Getta la stampella sul sedile posteriore e si dirige verso il lato del conducente.

«Ehi, che fai?»

«Guido io.»

«No.»

«Sì. Tu sei turbata e sembri sul punto di metterti a urlare, o a piangere, o forse entrambi. Inoltre, oggi mi hanno autorizzato a guidare.»

«Non ti credo. Chi ti ha autorizzato? Perché non me lo hai detto prima, in clinica? Per quale motivo hai aspettato fino ad adesso?»

Si stringe nelle spalle. «Perché mi piace quando ti scaldi. Mi rende felice il fatto che ti arrabbi così tanto quando pensi che stia facendo qualcosa che non dovrei fare.»

«Sto sparando raggi laser dagli occhi contro di te. Voglio la prova che sei stato autorizzato.»

«È quello che ho chiesto al personal trainer della squadra. Dovresti controllare la tua mail. Puoi farlo mentre andiamo a prendere da mangiare. Inizio a sentirmi seriamente affamato e potrei arrabbiarmi. Se nelle belle giornate pensi che sia uno stronzo, aspetta di vedermi quando non mangio.»

Mentre lui guida, io tiro fuori il telefono dalla borsa e faccio come mi ha suggerito. Trovo la mail in cui c'è scritto che è autorizzato a guidare per brevi distanze e brontolo che d'ora in poi dovrà essere più collaborativo.

Ci fermiamo a prendere un hamburger da portare via. Bishop ordina cibo sufficiente a sfamare una famiglia di quattro persone. Infine ci fermiamo nel parcheggio a mangiare e bere frullati.

«Posso chiederti una cosa?» Bishop si mette in bocca una delle mie patatine, avendo già finito tutti e quattro i suoi hamburger e le sue patatine extra large. Non sono nemmeno sicura che abbia assaporato ciò che ha ingurgitato.

Alzo le spalle. «Certo.»

«Come sei finita con quel coglione?»

Immergo una patatina nel ketchup e ripenso a quando ho incontrato Joey. Mi ero appena trasferita da New York a Los Angeles per il master. L'ho conosciuto il primo giorno di lezione e mi ha chiesto se volevo bere qualcosa con lui. Ho risposto di sì. «Ero sola, e lui era lì, credo.»

Per qualche secondo si sentono solo i rumori della nostra masticazione, poi finalmente guardo Bishop.

«Vuoi aggiungere qualcosa, tipo, magari una spiegazione vera?» Mi ruba un'altra patatina fritta e prende il mio frullato, perché a quanto pare ha già finito anche quello.

«Puoi avere questo.» Cedo il frullato per le patatine.

«Scusa. Forse sto insistendo troppo?»

«Va bene. Sono tutte cose a cui penso, ma che di solito non dico ad alta voce. Onestamente, non so perché sono stata con lui per un anno intero. Penso che forse, in parte, è successo perché non volevo stare sola? Perché volevo qualcuno che fosse… mio? Quando mi sono trasferita a Los Angeles, credevo che avrei trascorso tutto il tempo con mio fratello Kyle, sua moglie Joy e mio nipote Max.»

«E non è andata così?»

Mordicchio l'estremità della cannuccia. «No, affatto. Mi sentivo un'estranea, un po'… fuori posto, credo. Come se non avessi più un vero ruolo. Kyle aveva Joy e Max, mentre io non avevo nessuno.»

«Dev'essere stata dura.»

Annuisco. «Mi mancavano tutte le cose che mi erano familiari. Poi mia madre ha venduto la fattoria e si è trasferita anche lei a Los Angeles. Era bello, perché significava averla di nuovo tra i piedi, ma trascorreva molto tempo con la famiglia di mio fratello, il che è comprensibile dato che era il suo primo nipote. Però io sentivo ancora che mancava qualcosa ed è stato allora che ho incontrato Joey. Quindi, per molti versi, credo che abbia finito per essere una comoda distrazione da tutte le altre cose che stavano succedendo. Penso di aver capito fin dall'inizio che non era la persona ideale, ma per un po' è stato meglio dell'alternativa.»

«Sarebbe a dire?» Beve il mio frullato e, a giudicare dal forte risucchio, finisce anche quello.

«Stare sola, immagino? Tutti che si preoccupavano per me? RJ aveva appena ritrovato Lainey e aveva avuto un bambino. Poi c'ero io, lì a Los Angeles, a cercare di attaccarmi alla mia famiglia perché non sapevo stare da sola, ed erano tutti occupati con le loro vite. Io avevo l'università, eppure... avevo bisogno di... qualcosa.»

Bishop si attorciglia una ciocca dei miei capelli attorno al dito. «O qualcuno?»

«Pensavo che trasferirmi a Los Angeles avrebbe reso tutto più semplice.»

«Più semplice in che senso?»

«Non dover affrontare il ricordo di mio padre ogni singolo giorno. E il fatto che... se n'era andato. Eravamo molto legati... intendo, tantissimo. Penso che la vendita della casa e della fattoria da parte di mia madre abbia avuto un impatto molto più duro di quanto mi aspettassi, sai? Non potevo tornare a New York durante le vacanze perché non avevamo più un posto dove stare e tutti i ricordi di mio padre non erano più tangibili. Non potevo entrare nel soggiorno e vedere la sua poltrona o ricordare come ci si addormentava sopra. Mia madre ha venduto il camioncino con cui andavamo in giro perché non sarebbe sopravvissuto al viaggio fino a Los Angeles. Ci sono stati molti cambiamenti in un breve lasso di tempo e penso che non avessi seriamente elaborato il lutto. Oppure era una nuova fase del lutto. Non lo so.»

«Sarebbe stato come perderlo di nuovo» osserva Bishop a bassa voce.

«È stato davvero così.»

«Cosa gli è successo?»

«Il suo corpo si è arreso. Si prendeva molta cura di sé... Mangiava sano, si teneva in forma, ha seguito tutte le indicazioni dei medici per gestire il diabete, ma il suo corpo non riusciva a stargli dietro. È entrato in coma e non ne è più uscito.»

«Mi dispiace, Stevie.» Allunga il braccio sullo schienale del mio sedile e mi fa scivolare la mano sotto i capelli, chiudendo il palmo dietro la nuca. È bello, confortante.

«Credo di essermi resa davvero conto della perdita solo quando mi sono trasferita a Los Angeles. Stando lontano da mia madre, dalla fattoria. Non avevo tenuto conto dell'impatto che avrebbe avuto su di me. Joey era gentile e voleva passare del tempo con me. All'inizio non sapeva che mio fratello fosse un giocatore di hockey. Gliel'ho detto quando ci frequentavamo già da un po', perché ho imparato a mie spese che le persone ti usano per i loro scopi. Comunque volevo qualcuno da portare alle riunioni di famiglia, così i miei fratelli non avrebbero tirato fuori la faccenda di papà con me. Era una specie di scudo. È una cosa orribile da dire.»

«Non è orribile. Era il tuo modo per proteggerti dal dolore.»

«Sì. Esatto. So che i miei fratelli hanno buone intenzioni, specialmente RJ, ma tutta la mia vita ha ruotato intorno a lui, alla sua carriera, alla sua vita e al suo successo. Quando nostro padre è morto, penso si sia sentito in dovere di prendere il suo posto, in un certo senso, anche se questo non faceva che ricordarmi che papà se n'era andato. Stavo lottando per andare avanti, perciò quando Joey è entrato nella mia vita l'ho usato come un'armatura. Era la mia difesa contro una perdita che non riuscivo ad affrontare e tutti pensavano che stessi bene perché lo frequentavo. Era un porto sicuro. Anche se mi piaceva e mi sentivo a mio agio con lui, non sono mai stata innamorata di lui.» È solo nel momento in cui lo dico che mi rendo conto che è davvero così. Era uno scudo che mi faceva comodo.

«Spero davvero che la tua famiglia ti ammiri.» Bishop mi massaggia distrattamente la nuca, almeno credo lo faccia distrattamente.

«Fossi nata in un'altra famiglia, di certo i miei successi sarebbero più lodati. È difficile competere quando hai un fratello giocatore di punta nella NHL. Non è colpa di RJ o dei miei genitori, se hai un figlio che mostra così tante speranze e potenziale, fai tutto il possibile per aiutarlo ad avere successo. Sono orgogliosa di RJ, ma quando hai accanto una luce così forte, in un certo senso ti costringe a rimanere nell'ombra. Non che mi dispiaccia stare nell'ombra. La preferisco ai riflettori.»

«È per questo che eviti le partite, o di raccontare alla gente che Rook è tuo fratello?»

«Più o meno. Non voglio essere usata a causa di mio fratello. È già successo in passato e sono certa che succederà di nuovo.»

«Che vuoi dire?»

«A volte le persone approfittano del fatto che sono sua sorella per arrivare a lui. Succedeva soprattutto quando ha attraversato la sua fase conigliette sfegatate dell'hockey.»

«Per un po' ha fatto molto parlare di sé. Non ero sicuro che le cose non fossero prese fuori contesto.»

«È piuttosto difficile prendere fuori contesto un ménage à trois in una vasca idromassaggio» ribatto, in tono beffardo. «Per un po' ha fatto delle scelte sbagliate. I miei genitori erano molto arrabbiati con lui. Io ero quasi… felice di vederlo cadere in disgrazia, forse?»

«Perché i media non lo consideravano un ragazzo d'oro?»

Faccio una smorfia e annuisco. «Non è che non fossi felice del suo successo. Lo ero e lo sono tuttora, ma lui non aveva idea delle conseguenze che le sue scelte avevano su di me. Siamo cresciuti in una cittadina di campagna. Praticamente tutto il liceo lo adorava. Quando ha iniziato ad andare a letto con le conigliette, all'improvviso sono diventata la ragazza più popolare e più odiata della scuola. Mi sono goduta quelle attenzioni per mezzo secondo. Poi sono cominciati i dispetti e i comportamenti da stronze. Le ragazze possono essere orribili l'una con l'altra.»

«Sei un po' l'opposto di mio fratello. Lui usa il mio nome per portarsi a letto le donne. E non si sente minimamente in colpa nel mandarle a quel paese, perché sa qual è il vero motivo per cui sono lì.»

«Se mi comportassi così mi sentirei… vuota.»

Bishop annuisce. «È il suo modo per evitare di impegnarsi in una relazione seria. Penso abbia paura di sistemarsi con qualcuno perché la sua salute è quella che è. Anche se si prendesse molta cura di sé stesso dovrà comunque affrontare delle sfide, come è successo a tuo padre. E sapere che rischierebbe di lasciarsi dietro delle persone che hanno bisogno di lui... Penso che la prospettiva non gli piaccia. Oltretutto, nostro padre non è stato un grande esempio come genitore.»

«Come mai?» Ho paura di guardarlo negli occhi, perché temo che non risponderà. È la prima volta che si apre così con me, anche se io gli ho raccontato praticamente tutto.

«Viaggiava spesso per lavoro e lasciava mia madre a prendersi cura di noi da sola. Mio fratello era un bambino molto impegnativo, con tutte le visite mediche e i cavilli dell'assistenza sanitaria. Anche a me servivano molte attenzioni. Come sai, l'hockey richiede tempo e in sostanza mia madre si occupava di tutto da sola.» Bishop guarda fuori dal parabrezza. Mi chiedo se sia intrappolato nei ricordi della sua infanzia. Per i miei genitori, nonostante si dividessero gli impegni, era molto faticoso gestire la fattoria e portare RJ a tutti gli allenamenti e i tornei. Non riesco nemmeno a immaginare quanto possa essere stato complicato per una madre sola.

«Litigavano molto e a un certo punto il loro matrimonio è finito. Mio padre se l'è squagliata e prima ancora che i documenti del divorzio fossero firmati è andato a convivere con una delle sue colleghe, con la quale viaggiava per lavoro da anni. Mia madre non ce lo ha mai detto, ma dubito seriamente che quella relazione sia iniziata *dopo* la fine del loro matrimonio.»

Stringo la mano che mi avvolge la nuca. «Mi dispiace. Deve essere stata dura per tutti voi.»

«Mio padre non era molto presente nelle nostre vite, quindi il divorzio non è stato un grosso problema come si potrebbe pensare. Non per me e Nolan, comunque. Un po' ce lo aspettavamo. Ma immagino che tutto questo abbia influito sul modo in cui gestivo le mie relazioni. Le evitavo, perlopiù. Quando mi hanno convocato ero al college e avevo una ragazza stabile, però non è durata.»

«Hai problemi di fiducia?» Io li avrei, se il matrimonio dei miei genitori fosse finito così.

Alza le spalle. «Non proprio. Più che altro, era interessata all'attenzione che riceveva stando con me. Immagino sia più o meno la stessa cosa di quando gli amici ti usano a causa della fama di Rook. Non mi interessa stare con una persona il cui interesse principale è l'aumento dei suoi follower grazie al nostro stato sentimentale. Inoltre, tu mi hai conosciuto. Non ho una personalità brillante che fa cadere le donne ai miei piedi.»

«Ormai mi sono abituata ad averti attorno.»

«Sono come un fungo.»

Ridacchio piano. «Siamo una coppia parecchio incasinata.»

«Ognuno ha i suoi demoni, Stevie. Devi solo imparare a conviverci e trovare persone che pensano che i tuoi pregi superino i tuoi difetti.» Bishop mi stringe la nuca, poi lascia cadere la mano. «Sei pronta ad andare a casa?»

«Sì, sono pronta.»

Quando torniamo a casa, mi aspetto che Bishop venga da me per fare fisioterapia e per occuparci delle decorazioni. Ma quando arriviamo davanti alla porta mi attira a sé. All'inizio non capisco cosa stia succedendo, poi mi rendo conto che mi sta abbracciando.

Sono lenta a reagire, però alla fine gli avvolgo le braccia intorno alla vita e appoggio i palmi sulla sua schiena ampia. I suoi muscoli si flettono. Appoggio la guancia contro il morbido cotone della sua camicia e ascolto il suo cuore battere forte. Ha davvero un buon odore, di cibo grasso e unto, ma anche vagamente di acqua di colonia.

Mi rendo conto che questa è la prima volta che Bishop mi abbraccia di proposito. Ed è anche la prima volta che si confida con me sulla sua vita e sulla sua personalità. Ed è stata una giornata piena di emozioni. Forse è per questo che si comporta in modo così... affettuoso.

Alla fine lui si ritrae. Io sollevo il mento per guardarlo in viso. La sua espressione è seria e concentrata, ma è abbastanza normale per lui. Sono sicura di avere l'alito che puzza di hamburger, quindi mi assicuro di espirare dal naso.

Il suo sguardo si sposta sul mio viso come una tenera carezza. «Dobbiamo parlare di ieri sera.» Mi circonda con le braccia. Sono ancora scioccata dall'abbraccio, quindi mi ci vogliono diversi secondi per elaborare le sue parole.

Gli appoggio le mani sugli avambracci. «Possiamo fingere che non sia successo, no?»

«È questo che vuoi?»

Faccio spallucce e gli fisso il pomo d'Adamo. Quello che voglio è che mi sollevi il mento e prema le sue labbra sulle mie. Ma non riesco a pensare ad altro che alle parole di Joey, al fatto che è un ripiego, a come Bishop abbia liquidato la questione, al fatto che non voglio usarlo e che dovrei concentrarmi sulla sua riabilitazione e non su come sarebbe uscire con lui.

Bishop mi lascia andare, ma non mette alcuna distanza tra noi. «Mi dispiace, Stevie. Non avrei dovuto...»

Scuoto la testa e lo interrompo prima che finisca la frase. «Sono stati giorni intensi. Dimentichiamocene e basta.»

Resta in silenzio per diversi istanti. «D'accordo. Se è quello che vuoi, allora faremo così.»

«Okay.» Mi giro verso la porta del mio appartamento. Vorrei che non ci fosse più questo imbarazzo tra noi. Prima iniziamo la sessione, più sarà facile riportare le cose alla normalità.

Bishop avvolge la sua mano intorno alla mia e mi impedisce di digitare il codice. «Devo disdire la sessione di stasera e delle decorazioni ce ne occuperemo domani.»

«Perché domani? Perché non adesso? Non è così tardi.»

«Solo perché tu vuoi fare finta che ieri sera non sia successo niente, non significa che non sia accaduto niente, Stevie. È stata una serata intensa per te. Se entrassi a casa tua adesso, sarei propenso ad affrontare argomenti che tu sembri non volere.»

«Mi stai psicanalizzando?»

«Non te. Me stesso e le possibili conseguenze delle mie azioni. Andrò a immergermi in un bagno caldo e a fare un po' di stretching. Domani, quando le emozioni non saranno più così forti, potremo tornare a tormentarci a vicenda.» Si china, sento il calore delle sue labbra sulla mia testa.

Devo costringere le mie mani a restare lungo i fianchi e a non avvolgergli il collo. Devo lottare per non alzare il mento o rimangiarmi quello che ho detto riguardo al fingere che ieri sera non sia successo nulla.

Bishop lascia cadere la mano, fa un passo indietro e mi fa l'occhiolino. «I tuoi capelli hanno un profumo molto più gradevole stasera, tesoro.»

Rido e alzo gli occhi al cielo. «Ci vediamo domani.»

Bishop aspetta che io entri nel mio appartamento. Poi resto con l'occhio premuto contro lo spioncino e lo guardo aprire la porta di casa sua. Sono confusa per quello che è successo e preoccupata per il martellare nel mio petto.

19

L'evoluzione di un'amicizia

STEVIE

«Quindi siete solo amici?» Pattie me lo chiede più o meno un giorno sì e uno no da quando Bishop è passato a prendermi alla clinica per la prima volta.

Nelle ultime due settimane, quella di Bishop è diventata un'abitudine.

«Siamo amici, sì.» Mordo un cetriolo fritto. Sono stranamente deliziosi, anche se non sono più caldi e croccanti.

Pattie mi punta addosso un triangolo di pita ricoperto di hummus. «Non credere che non sappia cosa stai combinando.»

«*Sappiamo* cosa stai combinando.» Jules indica sé stessa e poi Pattie.

Si scambiano uno sguardo, poi mi guardano con le sopracciglia inarcate.

Rimango in silenzio, perché non c'è niente da dire. Sono ancora la sua fisioterapista e, come ho suggerito io, fingiamo che la strofinata e il quasi-bacio non siano mai avvenuti. Quando sono sola nel mio letto, però, è tutta un'altra storia.

«Dovrebbe riprendere a giocare la prossima settimana, giusto?» Jules appoggia il mento sul pugno.

È irritante che, nel mondo degli appassionati di hockey, tutti siano a conoscenza del programma di recupero di Bishop. «Sì. Mi hanno chiesto di continuare a lavorare con lui. Si aspettano che avrà bisogno di altre cure una volta tornato in pista.» A ogni terapia dopo gli allenamenti sul ghiaccio è contratto e dolorante per il troppo sforzo.

«Sì, ci scommetto.» Pattie spinge la lingua contro la guancia e fa gesti allusivi con le mani.

«Non è così tra noi.»

«State sempre insieme. Non esci con noi per incastrare le sessioni di riabilitazione. Ti viene a prendere ovunque tu sia, anche dall'altra parte della città, e ti videochiama quando è in viaggio con la squadra. Come fa a *non* essere così?»

Quando viene a prendermi in qualsiasi posto che non sia la clinica, indossa sempre un berretto, una felpa con cappuccio e occhiali da sole. E non c'è stato bisogno di chiedergli di travestirsi. Perché mi capisce. Una volta ha perfino messo una barba finta. Ha attirato più attenzione che se fosse uscito con indosso le sue mutande ridicole, dato che era una barba da Babbo Natale. «Mi dispiace deludervi, ma non ci siamo nemmeno baciati.»

Entrambe si bloccano con il cibo a metà strada verso la bocca.

«Questa è una grandissima stronzata» dice Pattie.

Jules annuisce in segno di assenso. «L'ho visto che ti baciava.»

«Riformulo la frase. Non c'è stato nessuno scambio di saliva.»

«Ma, ma... Lo abbiamo visto tutti baciarti» balbetta Pattie.

Non hanno torto riguardo ai baci sulla fronte e sulle tempie; quelli sono frequenti e quasi sempre quando Joey è presente. Ma le cose ci sono sfuggite di mano solo quell'unica sera, quando le nostre parti intime si sono strusciate attraverso i vestiti e la sua bocca era quasi sulla mia. Scuoto la testa per scacciare l'immagine di me che lo cavalco. «Sulla fronte o sulla tempia, forse, ma non qui.» Punto un dito sulla bocca.

«E qui?» Jules si indica l'inguine con un triangolo di pita. Un po' di hummus le cade in grembo. «Ah, cavolo!» Prende un tovagliolo e cerca di pulirsi. «Accidenti, sembra che abbia una macchia di sperma sui pantaloni.»

«Puoi andare in bagno a lavarlo via.»

«E perdermi questa conversazione sul tuo fidanzato non-fidanzato? Nemmeno per sogno!»

«Prima di tutto, se qualcuno mi bacia, preferisco che sia prima sulle labbra del viso che su quelle inferiori. E comunque *non* è il mio ragazzo.»

«Be', perché no, accidenti?» Pattie getta il tovagliolo appallottolato sul tavolo.

«Perché siamo solo amici.»

«Ma state *sempre* insieme» ripete Jules.

«Sono la sua fisioterapista.»

«Ci deve essere qualcos'altro.»

«Mi dispiace deludervi, ma non c'è altro.»

«È a causa di tuo fratello?» Jules incrocia le braccia. «È lui il motivo per cui voi due non vi frequentate?»

«No.»

«Allora di cosa si tratta?»

«Il campionato è iniziato, e lui vuole tornare a giocare. È concentrato sulla riabilitazione. E lo sono anch'io. Ha lavorato molto duramente e, ovviamente, questo sta dando i suoi frutti. Ha una determinazione impressionante.» È sexy. Molto, molto sexy. È stato incredibile vederlo spingersi fino al limite del possibile. Ho imparato esattamente quali sono i suoi limiti e come evitare che si spinga oltre. Vederlo fare progressi così incredibili nelle ultime settimane è stato gratificante per entrambi.

In quel momento, il testa di cazzo che odio di più al mondo si siede accanto a me.

Joey non prova ad abbracciarmi. Non so esattamente cosa gli abbia detto Bishop quando ha recuperato la mia valigia, ma Joey ha fatto subito marcia indietro. È stato bello.

Tuttavia, il rovescio di questa medaglia lucente e felice è che ha anche iniziato a flirtare apertamente con le donne in mia presenza. È una gran seccatura, tutto qui. Manca poco a quella stupida cena per la raccolta fondi a cui parteciperanno un sacco di atleti; so che lui porterà un'accompagnatrice. Non mi importa se porta qualcuno, ma non ho voglia di chiacchiere con la sua prossima vittima. Mi rendo conto che è da un po' che non mi viene voglia di piangere per quello che è successo. A quanto pare, anch'io sto facendo progressi.

«Come state, ragazze?» Sposta la sedia per girarla verso di me.

Pattie e Jules gli rivolgono sorrisi gelidi e rispondono all'unisono: «Bene».

Bussa sul tavolo e mi rivolge il suo sorriso un po' circospetto. «Allora, ehm, mi sembra di capire che è tutto a posto con le decorazioni, giusto?»

Bishop si è occupato di ogni dettaglio il giorno dopo che abbiamo preso la valigia e abbiamo parlato nella sua macchina. Non ha condiviso, però, i dettagli con Joey, lasciando quindi che si preoccupasse. Ha inviato solo stamattina un'e-mail con un elenco dettagliato di ciò che verrà consegnato. Non dobbiamo nemmeno preoccuparci di andare a ritirare i materiali. «Sembra di sì.»

«Abbiamo una fattura? Dovremmo inoltrarla alla direzione. Hanno chiesto di restare sotto i mille dollari e su quella lista ci sono un sacco di cose che mi sembrano costose.»

«È una donazione.» Inizio a mettere via il pranzo, perché non ho voglia di stare vicino a Joey in questo momento.

«Oh, okay. Allora immagino che dovremo preoccuparci solo dell'installazione.»

«Vi aiutiamo noi!» Anche Pattie e Jules raccolgono il loro pranzo. Poi lasciamo Joey da solo nella sala del personale.

Abbiamo ancora venti minuti a disposizione, perciò ne approfittiamo per prendere un caffè al bar dall'altra parte della strada.

«Porterai Bishop alla serata di gala, vero?» chiede Patty.

Ed eccoci di nuovo a parlare del loro giocatore di hockey in panchina preferito. «Non vuole venire al mio stupido evento di lavoro. Inoltre, sarà pieno di atleti che vogliono diventare giocatori di hockey professionisti. Che serata schifosa sarebbe? Lo assillerebbero per tutto il tempo.»

Le persone con cui lavoro sono state gentili quando Bishop è passato in clinica, ma d'altronde lavorano con atleti che spesso diventano professionisti, quindi sono abbastanza giudiziosi da non fare i fan esagitati. Ma la gente all'evento gli sarà addosso e potrei indirettamente finire ai margini dei suoi riflettori. Non so bene cosa pensare al riguardo.

«Io scommetto che vorrà venire comunque.» Jules lancia un sorriso malizioso a Pattie.

«Sì, vedremo.» Non ho intenzione di chiederglielo. Mi ha già fatto un favore enorme recuperandomi la valigia e aiutandomi con le decorazioni. Non voglio chiedergli anche questo.

Più tardi, quella sera stessa, ho la gamba di Bishop sulla spalla e sono quasi sdraiata su di lui per farlo allungare il più possibile – il ragazzo è flessibile. I peli delle sue gambe mi solleticano la guancia.

«Riesco a vedere sotto la tua canotta» geme.

«Sei tu che ti lamenti sempre delle mie felpe perché irritano la tua pelle sensibile.»

«Sì, ma non ti ho mai chiesto di non indossare il reggiseno.»

«Lo indosso.» Ultimamente, stare con Bishop mi confonde sempre di più. Continua a fare commenti inappropriati, e passiamo molto tempo insieme, eppure, tranne quando siamo di fronte a Joey o quando mi abbraccia per augurarmi la buonanotte, non mi mette mai le mani addosso.

«Non fa il suo dovere, se riesco a vederti i capezzoli attraverso il tessuto.»

Lo lascio andare. «Lo vedi? Riesci a resistere trenta secondi senza lagnarti di qualcosa.»

«Be', mi stavi schiacciando l'uccello, che sta cercando di reagire ai tuoi capezzoli, quindi penso che le mie lagne siano giustificate. Abbiamo finito con le torture per stasera?»

Gli osservo l'inguine. «Penso che ne abbiamo avuto abbastanza tutti e due.»

Si alza da terra emettendo solo un lieve grugnito. Lancia un'occhiata all'orologio. «Cazzo. Sta per iniziare la partita.» Rotola sul divano e si stende per tutta la sua lunghezza. Prende il telecomando dal tavolino, accende la TV e cambia canale finché non trova quello dedicato all'hockey. Minnesota gioca contro Las Vegas e Seattle li affronterà la prossima settimana. Sarà la prima partita di Bishop dopo l'infortunio.

«Fa' come se fossi a casa tua.» Arrotolo il tappetino da yoga e lo metto via prima di andare in cucina.

«Mi prendi una birra? Dovrebbero esserne rimaste alcune qui dal fine settimana.»

«Vuoi qualcos'altro? Ti preparo un panino? Magari un piatto di frutta e formaggio?»

«No, sono a posto. Magari più tardi.»

«Ovviamente non hai colto il sarcasmo.»

Inclina la testa all'indietro e mi rivolge un sorriso ampio. «Calmati, sto scherzando.»

Torno in soggiorno con una birra ciascuno. Bishop sposta le sue gambe lunghe quanto basta per permettermi di sedermi, poi le allunga sulle mie ginocchia. È il suo modo di chiedermi, non troppo velatamente, di massaggiargli le cosce.

«L'evento di raccolta fondi al lavoro è sabato prossimo, giusto?»

«Mm-mm.» Piego la testa all'indietro e bevo un sorso di birra, poi appoggio la bottiglia sulla sua coscia, non lontano dall'inguine.

Non reagisce. Si aggancia un braccio dietro la testa, flettendo i muscoli. «Mm-mm vuol dire sì?»

«È sabato prossimo. Tu starai tornando dalla trasferta. Il fisioterapista della squadra ti massaggerà regolarmente. E il personal trainer ti farà fare stretching mentre sei via, d'accordo? E dovrai fare la sauna. Gli manderò un'e-mail in settimana.» Il suo personal trainer e io ci scriviamo direttamente perché è più facile per entrambi. Inoltre, ho scoperto che Bishop omette delle informazioni quando è lui a trasmetterle.

«A che ora inizia l'evento?»

«Non prima delle cinque. Ma io devo andare prima per sistemare tutto, quindi non faremo sessioni di fisioterapia fino a domenica.»

«Il mio volo atterra sabato a mezzogiorno. A che ora devi uscire per andare a sistemare?»

«Ho intenzione di anticiparmi più lavoro possibile il venerdì sera, ma non voglio perdermi la partita. Vedremo. Pattie e Jules mi daranno una mano. Poi andremo lì sabato mattina presto per gli ultimi ritocchi e probabilmente mi preparerò da Pattie. Dipende dai tempi e cose del genere.»

«Vuoi prendere la mia auto per semplificarti la vita?»

Mi blocco con la birra a un centimetro dalla bocca. «Vorresti prestarmi il tuo SUV?»

«Lo hai già guidato qualche volta. Non hai il piede pesante e sei un fenomeno a parcheggiare in parallelo. Tanto sta lì fermo, quindi, perché no?»

«Uhm, non lo so, perché per gli uomini la macchina è come una fidanzata?»

«Non per me. Il tubo di scappamento non è un bel buco dove infilare la mazza, anche se è caldo non è comunque bagnato e stretto.»

Gli affondo il pollice nel muscolo sopra il ginocchio.

«Ah! Cazzo. Smettila!» Bishop si agita e mi afferra la mano. Intreccia le dita alle mie per impedirmi di rifarlo. «È stato cattivo e ingiustificato.»

«Come le parole che sono uscite dalla tua bocca.»

«Va bene. Comunque, torniamo all'evento. Sarà una serata formale o informale?»

«Ehm, formale, credo. Giacca e cravatta per gli uomini, abito elegante per le donne.» La prossima settimana andrò a fare shopping con Pattie e Jules.

«Okay. Quindi, visto che atterro a mezzogiorno dovrei essere a casa verso l'una, l'una e mezza al massimo. Puoi passare a prendermi, tipo, alle due e mezza.»

«Scusa, cosa?»

«Sto cercando di pianificare la giornata nella mia testa. Puoi venire a prendermi alle due e mezza, o quando è più comodo per te.»

Non mi preoccupo di nascondere il mio fastidio per la sua maledetta supponenza. «Te l'ho già detto, non riesco a incastrare una seduta di fisioterapia quel giorno. Devo farmi i capelli, truccarmi e forse sistemarmi le unghie.» Non sono una grande amante dei trattamenti di bellezza, ma è un evento formale e Pattie e Jules sono entusiaste all'idea di vestirsi bene e farsi belle, quindi immagino di poterlo fare anch'io.

«Non ti sto chiedendo di incastrare una seduta di fisioterapia, Stevie. Ho intenzione di venire con te alla festa.»

«Perché vorresti venire al mio gala di lavoro?»

«Perché Mr Coglione Testa di cazzo sarà lì.»

«Te ne pentiresti, Bishop. Sarà pieno di atleti in erba. Ti si attaccheranno alla gamba per tutta la serata.»

«E io mi attaccherò alla tua, e scommetto che sarà una serata emozionante.»

«Davvero, è carino da parte tua offrirti, ma non c'è bisogno che tu venga.»

«Non vuoi che venga?» Ha un'espressione che non gli ho mai visto prima. Sembra quasi… ferito.

«No. Voglio dire, sì, ti vorrei lì, però so che non ti piacerebbe.»

«Allora è deciso. Sabato prossimo sarò il tuo accompagnatore.» Torna a concentrarsi sulla partita. E io mi concentro a cercare di tenere a bada le farfalle nello stomaco.

20

Ti faccio il culo a strisce

BISHOP

Cose belle che mi sono successe ultimamente: Stevie, riabilitazione con Stevie, io che dico all'ex di Stevie che è un coglione e un idiota, io che guardo l'hockey con Stevie, io che vado a esercitarmi sul ghiaccio con Stevie – sa pattinare come una professionista – le mani di Stevie su di me, il profumo di Stevie.

Cose non belle che mi sono successe ultimamente: combattere erezioni dolorose e quasi costanti quando sono con Stevie; masturbarmi da solo nella doccia pensando a Stevie con i pantaloncini da corsa; giocare in trasferta lontano da Stevie; affrontare il costante atteggiamento da stronzo di Bowman quando ci alleniamo insieme, ovvero quasi ogni giorno.

Stasera c'è la mia prima partita sul ghiaccio. Ho parlato con Stevie poco fa. Ha ripassato il mio regime post partita e mi ha augurato buona fortuna. Abbiamo altre due partite fuori casa prima di tornare a Seattle, ovvero altri quattro giorni di conversazioni telefoniche e videochiamate. Altri quattro giorni senza le mani di Stevie su di me. Quattro giorni di seghe sotto la doccia.

Il lato positivo è che non devo ripetere costantemente a me stesso di non infilarle la lingua in bocca e di non strusciarmi su di lei. Piccole benedizioni, suppongo.

Ho cercato di dare a lei il tempo di cui ha bisogno per superare la storia con quel coglione del suo ex, e a me il tempo di riprendermi dallo stiramento all'inguine. Il giorno in cui l'ho accompagnata a recuperare la valigia mi ha aperto gli occhi. Ho capito una serie di cose che mi hanno fatto rivalutare la mia strategia. Prima di tutto, Stevie non ha ancora superato il tradimento dello stronzo. Mi sembra normale, dal momento che è stata con lui per un anno e lui l'ha ferita solo poche settimane fa.

In secondo luogo, il commento di quel coglione sul fatto che io sia un rimpiazzo mi ha fatto desiderare di non essere un rimpiazzo. Oltretutto, tutta la situazione del quasi-bacio mi ha fatto capire che, per quanto possa essere preso da lei, il mio corpo non è in condizioni di fare alcunché. Quando mio fratello mi ha rovinato la festa con la sua insulina smarrita, mi sono incazzato, ma mi ha anche salvato dal rovinare completamente il momento.

E fino a quell'istante non avevo ancora riflettuto bene sull'intera conversazione con Alex nel mantenere un rapporto professionale con lei. Non desidero dare l'impressione di non prendere sul serio la mia riabilitazione. Quindi alla fine ho tirato il freno e ho fatto marcia indietro. Mi sono trattenuto con i commenti perversi e ho trascorso più tempo con lei dopo le nostre sessioni. In pratica, mi sono inserito nella sua vita in un modo che speravo sembrasse innocuo, al di là della fisioterapia.

Ma adesso sono di nuovo in pista e non devo più fare affidamento su di lei per la riabilitazione. Perciò immagino che una volta tornato a Seattle, non prima di sabato, potrò tranquillamente attuare il mio piano.

Devo prima però concentrarmi sull'hockey. Guardo l'orologio. Tra circa quindici secondi toccherò il ghiaccio per la prima volta in questa stagione. Mi alzo, pronto per il mio turno.

Rook mi dà una pacca sulla spalla mentre mi passa accanto. «Niente spaccate.»

Gli rispondo con un grugnito, perché è meglio che mandarlo a quel paese. Dopodiché, prendo la mia posizione sull'ala sinistra. Questa settimana mi sono allenato con la squadra, ma non ho passato sul ghiaccio il loro stesso numero di ore, quindi mi sembra di essere al primo giorno di scuola.

Riusciamo a tenere il disco nella metà campo di Las Vegas e nessuno segna durante il mio gioco. Non faccio né un gol né un assist, però non lascio nemmeno segnare gli avversari. Dato che è la mia prima partita, mi fanno ruotare un turno sì e uno no. All'inizio del terzo tempo siamo in vantaggio di un gol, segnato da Rook, ovviamente.

Torno in campo con la speranza di aggiungere un altro punto sul tabellone e andare in vantaggio. Invece un giocatore di Las Vegas invade il mio spazio e mi fa lo sgambetto. Finisce in panca puniti, mentre io vengo richiamato in panchina prima del tempo, in modo che il medico della squadra possa assicurarsi che sto bene.

Mi sostituisce un giocatore esordiente, che riceve l'assist in cui speravo io.

Vinciamo la partita, eppure non sono felice della mia prestazione. Dovrei rallegrarmi di essere riuscito a giocare una partita intera senza sentirmi morire, ma c'è molto in ballo per me e ho settimane di gioco perse da recuperare insieme ai miei compagni di squadra.

Dopo la partita mi prendo il mio tempo sotto la doccia. I lividi sull'interno coscia sono praticamente scomparsi, a parte qualche macchia giallastra. Ho intenzione di approfittare della vasca idromassaggio e della sauna in hotel. Dopo la doccia, mi sto vestendo quando sento il telefono vibrare dentro la sacca. Mi infilo la camicia e lo tiro fuori. Sorrido quando vedo il nome di Stevie lampeggiare sul display.

Rispondo alla chiamata e per l'eccitazione traffico un po' con il telefono prima di portarlo all'orecchio. La sua voce fumosa mi risveglia le viscere. «Immagino che tu non sia nella sauna, se stai rispondendo a questa chiamata.»

«Niente "bel lavoro in campo stasera"?» Mi siedo sulla panchina e mi abbottono la camicia con una mano sola.

«Eri aggressivo e hai giocato troppo duro. Hai quasi subito un fallo perché non hai lasciato che i tuoi compagni di squadra intervenissero quando quello stronzo di Las Vegas continuava a venirti addosso.»

«Avevo tutto sotto controllo.» Adoro il fatto che mi faccia la ramanzina da un altro fuso orario. «Non sei appena uscita dal lavoro? Come hai trovato il tempo di guardare la partita?»

«Ho programmato la mia giornata in modo da riuscire a vederla. E chiaramente non stai seguendo il tuo regime post partita come dovresti, visto che stai parlando con me.»

«Farò la sauna e l'idromassaggio in hotel.»

«Saranno passate ore dalla partita.»

«Ho fatto una doccia molto lunga.» Infilo la camicia nei pantaloni eleganti e mi sistemo, dal momento che in questi giorni il mio corpo reagisce al suono della voce di Stevie. «Vuoi che ti telefoni domattina? Possiamo videochiamarci mentre io faccio stretching e tu ti prepari per andare al lavoro.»

«Certo. Possiamo fare così, ma voglio le prove fotografiche di te che fai la sauna *stasera*.»

Il mio sorriso si allarga. «Sì, ci scommetto che le vuoi. Vuoi anche che mi tolga l'asciugamano?»

Stevie sbuffa. «Stai cercando una scusa per mandarmi una foto del tuo bastone, Shippy?»

Una gomitata nel fianco mi ricorda che sono nello spogliatoio, con metà dei miei compagni ancora qui. Lancio un'occhiataccia a Kingston, che è già completamente vestito con un bell'abito nero e la cravatta della squadra, i capelli perfettamente pettinati e scarpe così lucide che riesco a vederci il mio riflesso.

«Che c'è?» Mimo con la bocca.

«Sai di avere il vivavoce attivo, vero?» Inclina leggermente la testa. Sposto lo sguardo e vedo Rook che mi fissa dalla panchina a cinque metri di distanza.

«Cazzo.» Armeggio per togliere il vivavoce. C'è un po' di rumore qui dentro, ma a giudicare dalla sua espressione, sa con chi sto parlando.

«Tutto okay?» domanda Stevie.

«Sì. Devo andare. Ti mando le prove dopo.»

«Buonanotte. Vacci piano con la birra.»

Chiudo la chiamata e rimetto il telefono nella sacca, evitando di guardare Rook. Non mi interessa particolarmente cosa pensa di me e di sua sorella; quello che mi preoccupa è la percezione che io non stia prendendo sul serio la mia riabilitazione.

Finisco di vestirmi mentre Kingston scrive messaggi nel gruppo della sua famiglia. Sono tutti molto uniti e riceve un milione di emoji e GIF che dicono "siamo molto orgogliosi di te". Mia madre mi invia un messaggio per augurarmi buona fortuna quando se ne ricorda e Nolan, se c'è, mi dice sempre di fare il culo a tutti quando esco per andare a una partita, ma non ha niente a che vedere con le continue pacche sulle spalle tra Kingston e la sua famiglia.

Non sono sorpreso quando Rook si avvicina. «Credevo di averti detto di non fare il cretino con mia sorella.»

«Non sto facendo il cretino.»

Riduce gli occhi a due fessure. «Tutti quello che erano nel raggio di sei metri hanno sentito quella conversazione.»

«È stato un incidente.» Ma se pensa che lo abbia fatto apposta, lo capisco.

«Sì, come no. Se la prendi in giro o la metti in imbarazzo pubblicamente, io e te avremo un problema, hai capito?»

È inutile discutere con lui, soprattutto qui, dove ci sono tanti testimoni. «Ho capito.»

Mette via lo sguardo assassino quando si rivolge a Kingston. «Bel lavoro in porta stasera.»

«Grazie.» King gli rivolge il suo sorriso amichevole, il suo sorriso dai denti bianchissimi.

Rook mi lancia un'ultima occhiata torva da sopra la spalla, poi raggiunge un altro compagno di squadra.

Quando siamo sull'autobus, con tutti nostri compagni a portata di orecchio, Kingston non commenta quello che è successo nello spogliatoio, né dello scambio che ho avuto con Rook.

Vorrei dirigermi direttamente in sauna, ma abbiamo l'accesso ventiquattro ore su ventiquattro e sarebbe carino andare al bar almeno per un drink. Ordino una birra leggera e Kingston, da bravo ragazzo qual è, ordina un bicchiere di latte.

Alcuni ragazzi lo sfottono per questo, però la cosa non sembra disturbarlo. Prende le canzonature bonariamente. King è praticamente l'opposto di me sotto quasi ogni aspetto: è accomodante, amichevole e assorbe i consigli come una spugna. È uno dei tanti motivi per cui esco così spesso con lui. Non so cosa ci guadagni lui da questa amicizia, ma io sono felice che riesca a tollerarmi.

Finiamo di bere e ci dirigiamo nella nostra camera. «Vuoi venire con me in sauna?»

Kingston inarca le sopracciglia mentre allenta la cravatta. «Ehm, non hai bisogno di privacy?»

«Perché dovrei aver bisogno di privacy?»

Scrolla le spalle. «Sto solo chiedendo, vista la conversazione nello spogliatoio, in vivavoce.»

«È stato un incidente» brontolo.

Kingston afferra lo schienale della sedia dietro cui si trova e si morde l'intero del labbro. «Posso chiederti una cosa senza che tu ti metta sulla difensiva?»

«Probabilmente no.»

Accenna un sorriso e annuisce. «Non so perché mi sono preso la briga di chiedertelo, dato che ormai ti conosco abbastanza bene. Cosa c'è tra te e Stevie?»

«È la mia fisioterapista.»

«Andiamo, bello. È stato davvero un incidente, stasera, parlare con lei in vivavoce? Sai cos'ha pensato il resto della squadra, vero?»

Sospiro. «Sì, è stato un incidente. Lo giuro. Inoltre, non sanno che stavo parlando con la sorella di Rook. A meno che Rook non stia andando in giro a lamentarsene, le uniche persone che sanno che lavoriamo insieme sono Rook, il coach, i miei terapisti e tu.»

«Okay, quindi è stato un incidente, ma per quanto ancora riuscirai a tenere nascosto quello che sta succedendo tra voi due?»

«Non sta succedendo niente.» Non ancora, perlomeno.

«Stai attento, Bishop. Ti dico solo questo.»

«Sì. Certo.» Non so a cosa dovrei stare attento, ma concordo lo stesso.

Ci mettiamo i pantaloncini e andiamo in piscina. La sala è vuota, così come la sauna e la vasca idromassaggio. Mi faccio un selfie nella sauna – con l'asciugamano – e uno nella vasca idromassaggio. Li invio entrambi a Stevie. Non mi aspetto una risposta, dato che è tardi e lei deve alzarsi presto per andare al lavoro, quindi lascio il telefono con gli asciugamani e mi immergo nell'idromassaggio.

I dolori dovuti al mio ritorno per la prima volta sul ghiaccio iniziano a farsi sentire, così come la rigidità muscolare. Domani, una volta atterrati in Minnesota, ho un massaggio e una sessione di fisioterapia, ma non sono mai efficaci come quelle con Stevie.

«Posso chiederti una cosa?»

«Certo.» Kingston è disteso dalle parte opposta della vasca idromassaggio, con la testa appoggiata sul bordo.

«Supponiamo che tu debba accompagnare una donna a un evento di lavoro formale. Le prenderesti dei fiori o qualcosa del genere?» Ho avuto la mia giusta dose di appuntamenti, ho avuto qualche relazione, ma non sono mai stato un tipo da cuoricini, fiori, o stronzate simili. Tuttavia, credo che con Stevie dovrei esserlo, visto quanto ha sofferto.

Kingston è il tipo di ragazzo che si presenta al primo appuntamento con fiori e cioccolatini per cercare di fare una buona impressione. È il tipo di persona che non va a letto con donne a caso per divertimento. Anche quando è stato convocato nella NHL e le conigliette gli si gettavano addosso cercando di macchiare la sua immagine di ragazzo d'oro, non si è mai lasciato fottere. Né ha mai fottuto, d'altronde. Del resto ha la stessa ragazza da quando ha finito il college. Lei è in Tennessee, quindi hanno una relazione a distanza, eppure sembra che per loro funzioni. La sua lealtà probabilmente contribuisce.

«È un appuntamento o fai un favore a un'amica?»

«Immagino che lei pensi che le stia facendo un favore.» Questa è l'impressione che ho avuto quando mi sono offerto di accompagnarla.

«È davvero quello che stai facendo?»

«Sì e no.»

«Puoi darmi qualche altra informazione per capire?»

«Il suo ex sarà lì. È uno stronzo, e non voglio che ci vada da sola.»

Kingston tamburella le dita sul bordo della piscina. «Non vuoi che vada da sola perché hai paura che lui possa fare lo stronzo e che cerchi di approfittarsi di lei?»

«Certo, sì, in parte è anche per questo.»

«Anziché costringermi a cavarti di bocca le informazioni, perché non me le fornisci di tua spontanea volontà?» Kingston stappa la bottiglia d'acqua che ha portato giù dalla stanza e se ne scola metà in due lunghi sorsi.

«Allora, Stevie...»

«Aspetta, stiamo di nuovo parlando della sorella di Rook?»

«Di chi altro dovrei parlare?»

«Pensavo avessi detto che tra voi non c'è niente e adesso la porti a una specie di evento di lavoro? Questo non è un favore, questo è un appuntamento. Rook lo sa?»

«Non sono affari suoi, maledizione.»

«Non sono sicuro che lui la vedrà in questo modo.»

«Be', lui non ha il controllo su di lei, su quello che fa, o su quello che faccio io.» Adesso sono agitato. «Non andrà a quella festa da sola. Non mi fido del suo ex e non voglio che finisca in una situazione sgradevole.»

Kingston inclina la testa di lato. «Perbacco.»

«Cosa?»

«Lei ti piace.»

«Be', sì, mi piace.» Perché non dovrebbe piacermi? È meravigliosa, non ha fatto stronzate con la riabilitazione, è divertente ed esuberante. Ha un fisico da sballo, è una compagnia piacevole, super rilassata e altruista.

«Sì, ma intendo come se davvero desiderassi stare con lei.»

Mi stringo nelle spalle. Cosa dovrei dire? La risposta è sì, voglio stare con lei, ma il momento deve essere quello giusto. «Non voglio che il suo ex pensi di avere un'altra chance. È stupido da morire e non capisce l'antifona.»

«Ti piacciono proprio le situazioni complicate, vero?»

«Sono loro che tendono a trovare me, tutto qui.»

«Quando è l'evento a cui dovresti accompagnarla?» chiede King.

«Sabato.»

Aggrotta la fronte. «Noi torniamo sabato a mezzogiorno.»

«È di sera.»

«Farai meglio a sperare che il nostro volo non subisca ritardi.»

Non avevo considerato la possibilità di un ritardo. L'unica ragione per cui potrebbe accadere sarebbe il maltempo. «Non inizierà prima delle cinque. Dovrei avere tutto il tempo per tornare a casa e infilare un abito.»

Kingston annuisce e tamburella le dita sul bordo della piscina, irrequieto. «Quindi lo definiresti un primo appuntamento?»

«Passiamo un sacco di tempo insieme.»

«In che senso?»

«A parte le sessioni di fisioterapia, guardiamo l'hockey, mangiamo la pizza e roba del genere.» Kingston sbatte le palpebre. «Questo è tutto?»

«Vado a prenderla spesso al lavoro.»

«Le hai mai comprato dei fiori? Le hai portato dei regali?»

«Una volta le ho portato una pianta di aloe. Ma, come ti ho già spiegato, non era in quel senso.» Non capisco perché sia così fissato con i fiori.

«Di nuovo, per favore, cerca di non offenderti, ma sei sicuro di non esserti inavvertitamente relegato nella friend zone?»

«Come faccio a sapere se sono nella friend zone?» Non ho avuto molte amiche femmine. In realtà, credo di non aver mai avuto un'amica femmina che non fosse in qualche modo mia parente. E ho solo due cugine, che vedo un paio di volte l'anno alle riunioni di famiglia. Sono molto più giovani di me, quindi cerco soprattutto di evitarle.

Stavolta tocca a Kingston fare un lungo sospiro. «Se la abbracci e lei si accoccola tutta su di te, però non cerca di andare oltre, potrebbe significare che sei nella friend zone.»

Non so quale sia la mia espressione, ma è probabile che il panico che sento dentro raggiunga il mio viso.

Kingston alza una mano. «Aspetta a dare di matto. Penso che la tua sia una situazione diversa. Parlo per esperienza personale.»

«Sei stato friendzonato?»

«Oh, sì. Molte volte. Soprattutto al liceo. Al secondo e al terzo anno ero il migliore amico di tutte le mie compagne. Una ragazza con cui passavo parecchio tempo alla fine ha iniziato a uscire con uno dei miei amici. Tempo dopo mi ha raccontato che sperava che le chiedessi di uscire, ma visto che io sembravo non interessato, ha accettato di frequentare il mio amico. Questa rivelazione ha messo le cose in prospettiva, sai? Ero più concentrato sull'hockey che sulle ragazze. All'ultimo anno, però, ho risolto il mio problema con la friend zone.»

«Cosa è successo?»

«Al ballo d'inverno qualcuno ha corretto il punch. Il coraggio liquido ha permesso alle mie palle di uscire, così ho baciato la mia accompagnatrice. Voglio dire, prima le ho chiesto se potevo baciarla e lei ha risposto di sì. È stato un bene, perché mi ha confidato che se non avessi fatto io una mossa quella sera, sarebbe stata pronta a gettare la spugna. Pensava che non fossi interessato e che avessi accettato il suo invito al ballo solo per essere gentile.»

Credo che il mio interesse per Stevie sia ovvio. Un uomo non passa un sacco di ore con una donna meravigliosa che combina strani condimenti per la pizza solo per cazzeggiare e farsi due risate. Ma, di nuovo, non ho tentato di fare una mossa con lei dopo il quasi-bacio. E ogni conversazione che ho provato ad avere al riguardo è stata messa a tacere. In realtà, Stevie preferisce fingere che non sia mai successo. Non avevo considerato che ciò potesse essere dovuto al fatto che lei in realtà non *voleva* affatto che accadesse. Eppure mi sembrava coinvolta quanto me. O forse ho interpretato male i segnali. «Se sono stato friendzonato, come diavolo ne esco?»

«Puoi riuscirci solo se le parli e ammetti i tuoi sentimenti.»

«Giusto. Ho capito. Quindi basta parlarle?»

«Certo. Ma in un certo senso puoi anche spianarti la strada con fiori e cioccolatini o qualcosa del genere, a meno che a lei non piacciano. Dopo che mi hanno convocato e che ho cominciato a guadagnare più denaro, ho iniziato a mandare Jessica a farsi fare le unghie prima di un evento, o prima di un volo che le avevo regalato per venirmi a trovare. A volte le invio anche un vestito, ma per quello dovresti conoscere la taglia e le misure di Stevie. Non tutte le donne amano essere coccolate, però in genere fare qualcosa di carino o premuroso funziona. Deve sapere che pensi a lei in senso non platonico.»

Le mie erezioni costanti e i miei commenti sui suoi capezzoli dovrebbero essere un indicatore abbastanza solido del fatto che non provo nulla di platonico nei suoi confronti. Tuttavia, ammetto che potenziare la mia strategia potrebbe essere una buona idea. Forse Stevie pensa che la quasi-pomiciata sia stata un caso fortuito. Forse pensa che io abbia perso interesse. O forse è lei ad aver perso interesse su di me. Spero di no. Se vuole che restiamo amici lo accetterò, ma io vorrei di più.

Ho superato di gran lunga il desiderio di rivendicare solo il suo corpo. Ora voglio rivendicare la donna intera.

21

Farsi avanti

STEVIE

Sto preparando un burrito di pollo piccante quando qualcuno bussa alla porta e io sussulto. Bishop tornerà a casa tra due giorni, perciò prima di aprire controllo dallo spioncino. Dall'altro lato c'è un Nolan molto pallido e molto sudato, aggrappato allo stipite della porta.

«Ehi, Nolan, tutto bene?»

«Uhm, mi dispiace davvero disturbarti, ma, ehm... Forse ho bisogno di andare in pronto soccorso» biascica.

Lo prendo per il gomito e lo guido verso il divano. «Hai perso la tua insulina?»

«Ho controllato tutti i soliti nascondigli di Shippy, ma deve averla messa in un posto diverso e non riesco a contattarlo per chiedergli dove sia.» Si passa le mani tremanti sulle cosce. «Sto cercando da più di un'ora. Hai le chiavi della sua macchina, vero? Se puoi portarmi al pronto soccorso, poi torno a casa da solo.»

«Non ti accompagnerò lì per poi lasciarti solo.» Gli stringo la spalla. «Bishop mi ha lasciato un paio di dosi di insulina per te, per ogni evenienza.»

«Davvero?»

«Sì, adesso fai dei respiri profondi. Torno subito.» Lo lascio in soggiorno e corro in cucina. Apro il cassetto in cui conservo l'insulina di scorta per Nolan. Bishop le ha lasciate qui settimane fa, subito dopo che Nolan ha interrotto il nostro quasi-bacio.

Avendolo già fatto un milione di volte per mio padre, preparo l'ago e mi offro di somministrargliela io, dato che gli tremano tantissimo le mani. Ci vogliono circa quindici minuti prima che riprenda un po' di colorito e che gli passino i tremori. Mentre aspettiamo preparo un tramezzino, come quelli che preparavo per mio padre quando era talmente impegnato da dimenticare la dose di insulina.

«Grazie, Stevie, lo apprezzo davvero» dice Nolan, prima di dare un morso gigante al panino.

«Lo so. Come ti senti adesso?»

«Molto meglio» risponde, con la bocca piena di prosciutto, formaggio e pane.

«Ti porterò comunque al pronto soccorso dopo che avrai finito di mangiare» dico.

«Non è necessario. Sto bene.» Si pulisce un po' di senape con il tovagliolo.

«Bene o non bene, andremo al pronto soccorso per un accertamento. E prima di andare troveremo il tuo kit di insulina e sostituiremo la dose che abbiamo usato, così ce l'avrò a portata di mano.» Inarco un sopracciglio, un invito a sfidarmi.

Sospira. «Prima o poi lo troverò.»

Stavolta tocca a me sospirare. «Senti, Nolan, so che convivere con questa condizione non è facile, ma non se ne andrà e ignorarla come se niente fosse non serve a nulla. Bishop si preoccupa molto per te. Il fatto che non prendi sul serio la tua salute lo mette in ansia.»

La sua espressione si fa irritata. «Non è un problema suo, è un problema mio.»

«Certo, tu sei quello che ci convive, però influisce anche su di lui. Sei il suo migliore amico. Ti rendi conto di quanto sia difficile per lui quando è via e non sa se stai prendendo le medicine o se stai fuori fino a notte fonda? Il tuo stile di vita e il modo in cui tratti il tuo corpo accorciano il tuo tempo.»

«Stai facendo una tragedia per niente. Sto bene.»

«Solo perché io ero qui e Bishop mi ha lasciato delle dosi. E se non fossi riuscito a trovare il kit e non fossi arrivato al pronto soccorso in tempo? E se avessi avuto una crisi e ti avesse trovato così quando fosse tornato a casa domani sera? La tua mancanza di rispetto per la tua salute in realtà è davvero egoista. Bishop sarebbe assolutamente devastato se ti accadesse qualcosa mentre è via.»

Abbassa la testa, vergognandosi di sé stesso. «Voglio solo essere normale.»

«Lo capisco, davvero. Ma sei diabetico e questo significa che devi trattare meglio il tuo corpo, non puoi abusarne. Mio padre si prendeva molta cura di sé stesso e lo abbiamo perso comunque quando aveva poco più di cinquant'anni. Fa schifo non avere più un padre. Non lasciare Bishop senza un amico o un fratello solo perché sei sconsiderato con la tua salute.» Mi alzo dal divano per evitare di commuovermi. «Quando avrai finito di mangiare, cercheremo l'insulina in casa vostra e poi andremo al pronto soccorso. Niente discussioni.»

«Okay.» Nolan finisce il suo tramezzino e non discute quando lo seguo in casa sua. Riesco a trovare il suo kit di insulina nel frigorifero. A quanto pare, quando è tornato a casa dal turno pomeridiano ha mangiato uno spuntino e ha fatto l'iniezione, e il kit è finito lì dentro.

Risolto il mistero, lo accompagno al pronto soccorso più vicino e aspetto che il medico lo visiti. È un sollievo sapere che sta bene. Quando abbiamo finito sono le dieci passate.

«Scusa se ho rovinato i tuoi programmi per stasera» dice Nolan, una volta tornati all'atrio dei nostri appartamenti.

«Non avevo nessun programma.» A parte guardare l'hockey e pensare a suo fratello.

Nolan si blocca con la mano sulla maniglia. «Grazie per avermi aiutato. Ti chiederei di uscire con me, ma sono abbastanza sicuro che Shippy mi ucciderebbe.»

«Perché dovrebbe ucciderti se uscissi con me?»

Nolan mi rivolge uno sguardo interrogativo, poi scuote la testa e ride. «Buonanotte, Stevie.»

Sparisce nel suo appartamento senza rispondere alla mia domanda. È un tipo un po' strano, d'altronde lo è anche suo fratello.

Non ho più avuto notizie di Bishop, dopo che stamattina mi ha inviato un messaggio per informarmi che il volo di ritorno della squadra era in ritardo. Ho pensato di chiamare Lainey per sapere quando sarebbero arrivati, ma questo avrebbe potuto suscitare domande a cui non volevo rispondere. Inviare un messaggio a Bishop per chiedergli novità mi sembrava un po' da disperata. Perciò mi limito a controllare il meteo e aspettare. A quanto pare nel Midwest c'è una maledetta tempesta che sta bloccando i voli.

Sono le cinque e un quarto e sono al gala di beneficenza, per il momento senza un accompagnatore. Grazie a Pattie e Jules, che mi hanno spinta a scegliere qualcosa di semplice e scuro, indosso un abito che aderisce a tutte le mie curve e mette in mostra molta più pelle di quella a cui sono abituata – tranne quando sono in tenuta da allenamento. È di un viola scuro che si abbina ai miei capelli color lavanda, che ho tinto di nuovo questa settimana in vista dell'evento.

Sono già stata abbordata da tre ragazzi diversi: due frequentano il college e fanno parte di qualche squadra, uno è un loro allenatore. Sembrava sui quarantacinque anni; per quanto mi lusinghi, potrebbe essere mio padre, quindi per me è un no categorico. Avrò anche dei problemi con la figura paterna, ma non di quel tipo.

A quanto pare, Joey aveva un'accompagnatrice ma le è venuta l'influenza, o un'intossicazione alimentare – continua a cambiare versione – quindi è un lupo solitario in cerca di una preda. Spero di non diventare il suo bersaglio preferito, visto che Bishop non c'è. Finora sono riuscita a evitare di farmi mettere alle strette, ma è solo questione di tempo prima che mi trovi.

«Spero che Bishop non mi dia buca» ammetto a Pattie. Lei e Jules hanno deciso di essere l'una l'accompagnatrice dell'altra, perché in queste occasioni si incontrano molti ragazzi sexy.

«Non ti darà buca.»
«Come fai a saperlo?»
«Perché gli piaci molto.»
«E se ti sbagliassi?» Da quando ha recuperato la mia valigia e abbiamo fatto quella chiacchierata, le cose sono andate diversamente. Certo, si è fatto vedere più spesso, è venuto a prendermi tante volte ed è rimasto a casa mia dopo le sessioni di fisioterapia, ma non mi fa più le avances come prima, e non ha nemmeno cercato di pomiciare. Ci sono stati solo quei maledetti baci sulla fronte o sulle tempie. Forse vedermi crollare per Joey gli ha fatto rivalutare la sua posizione. Inoltre, gli ho chiesto di fingere che il quasi-bacio-strusciata non sia mai avvenuto. Credo che mi abbia presa in parola, e ora ho una gran confusione in testa. Mi rendo conto che è solo colpa mia.

Joey, da stronzo opportunista qual è, sceglie proprio questo momento per interrompere la nostra conversazione. Si avvicina da dietro, perciò non lo vediamo arrivare, e mi mette un braccio sulle spalle.

Ieri sera sono stata qui con Pattie e Jules fino alle dieci, a montare le decorazioni. Abbiamo dovuto guardare la partita sui telefoni, una vera scocciatura. Siamo tornate stamattina presto per le ultime modifiche. Joey ha opportunamente "dimenticato" che avrebbe dovuto dare una mano con l'allestimento. Sulle prime mi sono incavolata, ma devo dire che sono stata molto grata di non aver avuto a che fare con lui ieri sera.

Mi rivolge quello che pensa sia il suo sorriso sexy, poi alza il livello di viscidume fissandomi il seno troppo a lungo. Il vestito è molto scollato davanti. Non ho un seno particolarmente grande, è di una bella misura e abbastanza sodo da permettermi di andare in giro senza reggiseno, il che è utile con questo vestito dalla scollatura profonda – ribadisco, influenza di Pattie e Jules.

Emette un fischio basso. «Wow, Stevie, che bel vestito.»
«Sono lieta che abbia la tua approvazione ufficiale.»

Cerco di divincolarmi dal suo abbraccio, ma lui stringe la presa sulla mia spalla, tenendomi incollata al suo fianco.

Lo inchiodo con un sogghigno indifferente. «Io non lo farei, a meno che non indossi un sospensorio o non temi di mettere a repentaglio la tua capacità di procreare.»

«Dai, Stevie, sto solo cercando di essere gentile.»

«Se per gentile intendi molesto, allora sei sulla buona strada.»

Sto per dargli una gomitata nelle costole quando una voce profonda e familiare fa eccitare le mie parti intime. Joey abbassa il braccio come se fosse fatto di acido e gli stessi bruciando la carne.

«Ehi, Pattie, eccoti qui. Hai visto Stevie? Il mio volo era in ritardo e ho lasciato il telefono nell'auto di Kingston. Ho dovuto aspettare che me lo riportasse. Mio fratello non era a casa, quindi non ho potuto chiamare...» Guarda Joey con disprezzo. Poi il suo sguardo scivola oltre le mie spalle, ma torna subito indietro. Inarca le sopracciglia e resta a bocca aperta. «Porca miseria. Stevie?»

«Ehi.» Alzo la mano in un gesto goffo. Non sono sicura di come interpretare la sua reazione.

Bishop emette un fischio basso, ma è un fischio di apprezzamento, non viscido. «Wow. Sei...» Mi accarezza le braccia scoperte, il suo tocco è come una scossa elettrica sulla pelle. Poi intreccia le dita alle mie. «Splendida, cazzo.»

«Te l'avevo detto che era il vestito perfetto» commenta Pattie alla mia destra.

Guardo Bishop come se fosse una torta al cioccolato a tre strati durante la settimana del ciclo. Indossa un abito nero elegante, probabilmente realizzato su misura, a giudicare dal modo in cui abbraccia ogni suo muscolo scolpito nel marmo.

Ha i capelli castano scuro ben pettinati, e non arruffati come al solito; quando lo vedo per le sessioni ha l'aspetto di uno che si passa continuamente le dita tra i capelli, sollevandoli in direzioni diverse. Stasera li porta con un ciuffo naturale tipo quello di Superman, che lo fa sembrare un tipo tosto, il tipo di ragazzo che vorrei portare a casa per presentarlo a mia madre. Il fatto che si sia preso tutto questo disturbo per me, soprattutto dopo aver viaggiato tutto il giorno ed essere dovuto correre qui dopo un volo in ritardo, mi fa sentire le farfalle nello stomaco.

«Anche tu sei splendido.» Ovviamente la mia capacità di formulare parole e frasi con aggettivi originali è scomparsa sulla scia della sua estrema figaggine.

Bishop china la testa e sorride, con l'aria di un ragazzo timido invece che di un giocatore di hockey tosto. Mi solleva la mano e mi preme le labbra sulle nocche. Un gesto semplice, per lo più innocente, ma che mi sembra selvaggiamente intimo, probabilmente perché scatena un'onda d'urto di desiderio che mi attraversa tutta, facendomi rizzare i capezzoli e suscitando un dolce dolore tra le cosce. Sono nei guai seri.

E questo prima che schiuda quelle sue labbra morbide e carnose e mi morda le nocche. Allora l'onda d'urto diventa un torrente di lussuria. Si avvicina, la punta della sua scarpa nera lucida tocca la punta dei miei tacchi argentati. Mi solleva le mani e mi incoraggia a metterle sulle sue spalle.

Con un palmo mi accarezza lentamente il braccio e la spalla, seguendo la spallina di raso fine, di un viola intenso. La dolce carezza delle sue dita è in contrasto con la brama nei suoi occhi. Una tempesta di eccitazione mi vortica nel ventre. Allarga il palmo caldo mentre scende lungo la mia schiena – che è nuda, perché il vestito è scollato anche dietro – fino a raggiungere la base della spina dorsale. Mi attira a sé, e sono abbastanza sicura di emettere un gemito quando i nostri corpi si incontrano. «Stupenda, cazzo.» China la testa e tremo quando le sue labbra mi sfiorano la mascella.

«Porca miseria» borbotta Pattie, alla mia destra.

«Gesù» sento dire alla mia sinistra.

Bishop strofina il naso su quel punto ipersensibile sulla mia mascella, proprio sotto il lobo dell'orecchio. Mugugna contro la mia pelle. Infine, rovina questo estenuante incontro dicendo: «Quanto è geloso di me quello stupido idiota in questo momento?».

È come ricevere un secchio di acqua ghiacciata sulla testa. Certo, si tratta solo di questo. Sta mettendo su uno spettacolino per far incazzare Joey. Quanto è stato ingenuo da parte mia pensare che potesse essere per un altro motivo. È ovvio che gli venga duro quando siamo vicini, ma io vado in giro in pantaloncini corti e reggiseno sportivo e lui non può masturbarsi come un normale maschio umano da più di un mese.

Gli metto le mani sul petto e faccio un passo indietro. In realtà devo usare la forza per riuscirci. La sua espressione mi lascia molti dubbi. Per esempio, perché adesso sembra così irritato e confuso? Ho il diritto di arrabbiarmi, quando mi ha detto esplicitamente che stasera mi avrebbe fatto un favore? Perché deve essere così maledettamente convincente?

Prima che possa parlare, o fare una domanda, o dire qualcosa, accade quello che mi aspettavo accadesse stasera. «Porca miseria! Bishop Winslow? Cavolo, la partita di ieri è stata fantastica! Sei stato grande!» Un ventenne che non riesce a farsi crescere la barba allunga la mano, costringendo Bishop a prenderla a meno che non voglia fare la figura dello stronzo.

L'ora successiva trascorre così. Finché non ci sediamo per la cena. E anche allora la squadra di fisioterapisti è stata separata, perciò siamo tutti seduti con aspiranti atleti professionisti che cercano di attirare l'attenzione di Bishop. Io me ne sto seduta lì, come farei se fossi con mio fratello – anche se non guardo Bishop come guardo RJ – muta e sorridente. Mi offro di scattare le foto in modo da non finirci dentro. Non lo presento come il mio accompagnatore, perché l'ultima cosa di cui ho bisogno è che le persone si interessino improvvisamente a me per qualcosa che non siano le mie competenze come fisioterapista.

Ma Bishop sembra avere idee diverse. Il ragazzo alla mia destra gioca a calcio e a giudicare dalla sua stazza dev'essere un difensore. Mi tempesta di domande e i suoi occhi continuano a cadere sulla mia scollatura. Immagino non sia del tutto colpa sua; è lì e invita a dare una sbirciatina.

Ogni volta che si avvicina per chiedermi qualcosa, Bishop mette il braccio sullo schienale della mia sedia e io continuo a dargli gomitate nel fianco. Quando cerca di sussurrarmi qualcosa all'orecchio, lo colpisco sulla coscia.

Borbotta qualche parolaccia sottovoce e tira fuori il telefono. Dieci secondi dopo sento il mio ronzare nella borsa, ma evito di guardarlo. Sono già a metà strada verso un crollo emotivo e temo che il suo messaggio mi spinga oltre il limite.

Non so perché mi comporto così da idiota riguardo a tutta questa faccenda. Sapevo che mi stava facendo un favore e non dovrei prendermela così tanto. Ma quello che vorrei veramente è che lui fosse qui per stare con me, non perché si sente obbligato o solo per far ingelosire Joey.

Portano via i piatti del dessert e il DJ lancia la prima canzone. È come un mix tra un brutto matrimonio e il ballo del liceo. Mi scuso per andare in bagno mentre Bishop viene assalito da un altro gruppo di aspiranti atleti, uomini e donne.

Quando esco dalla sala, almeno tre persone mi fermano per chiedermi come conosco Bishop. Accettare di averlo come mio accompagnatore è stata una pessima idea, per molte ragioni, non ultimo il fatto che attira troppo l'attenzione. Mi chiudo in un cubicolo per cinque minuti interi e cerco disperatamente di tenere sotto controllo la testa e le emozioni.

Tra poco Bishop non avrà più bisogno di me per la riabilitazione e questo dovrebbe rendermi felice su molti livelli, eppure non è così.

Anche senza le palesi avances sessuali, il nostro rapporto iniziava a sembrare una sorta di relazione. Ovviamente erano tutte mie illusioni. È tornato a giocare e ha ripreso il suo posto, di conseguenza avrà bisogno sempre meno del mio aiuto e passerà sempre meno tempo a occupare spazio sul mio divano. Essere qui stasera è semplicemente il suo modo per ricambiare il favore.

Quando esco dal bagno, trovo Pattie e Jules appoggiate al lavandino ad aspettarmi. «Che succede?» chiede Patty.

La guardo come se non sapessi di cosa sta parlando, e in effetti non lo so. Provo dei sentimenti per Bishop, e mi sto rendendo conto solo stasera di quanto siano diventati grandi. «Sapevo che portare Bishop era una cattiva idea. Lo hanno assalito per tutta la sera.»

«Quindi ti nascondi in bagno?» chiede Jules.

Mi massaggio le tempie. «Non mi sto nascondendo. Sto solo... riordinando i pensieri.»

«Sul water.» Pattie sta per appoggiarsi al muro ma ci ripensa. Il bagno è pulito, però resta sempre un bagno.

«È un ottimo posto per pensare.»

«Dovresti essere di là a salvare Bishop dalle fan.»

«Se lo salvo la gente saprà che è il mio accompagnatore e a quel punto mi ritroverei sotto i riflettori.» Faccio tutto il possibile per evitare di rimanere intrappolata nella tempesta mediatica che è la vita di mio fratello. Nonostante Bishop non abbia un profilo così alto, ora che ha ripreso a giocare le cose potrebbero cambiare. Basta avere una stanza piena di atleti che lo riconoscono ed ecco che all'improvviso è molto richiesto.

«Lui sta facendo un sacrificio per te. Non pensi che dovresti farne uno per lui anche tu?» Jules inarca un sopracciglio.

Sospiro e guardo il soffitto. Ha ragione. Lui è qui per salvarmi da Joey e io l'ho praticamente abbandonato in pasto ai lupi perché non riesco a sopportare quello che provo per lui o tutta l'attenzione che sta ricevendo. Sono davvero una pessima accompagnatrice. Immagino che dovrei ricambiare il favore e salvarlo dai fan comportandomi come se fossi effettivamente la sua accompagnatrice.

Nel momento in cui rimetto piede nella sala me ne pento. Il DJ ha cambiato musica ed è passato dalle solite canzoni dance a un lento.

La prima persona che incrocio è Joey. Mi prende la mano e mi trascina sulla pista da ballo prima che possa protestare o dargli un calcio nelle palle.

Non ho la minima intenzione di mettere le mani su qualsiasi parte del suo corpo, perciò lui si avvicina e porta le labbra al mio orecchio. «I nostri capi ci stanno guardando, quindi facciamo almeno finta di andare d'accordo per cinque minuti. Inoltre, sembra che il tuo accompagnatore sia impegnato.» Joey porta le mie mani sulle sue spalle e inclina la testa verso destra.

Seguo il suo sguardo e vedo Bishop ancora seduto al tavolo. Una donna bruna, chiaramente un'atleta a giudicare dal tono muscolare, con un vestito succinto e molto scollato, è praticamente seduta sulle sue ginocchia. Se potesse montargli la gamba, sono certa che lo farebbe. In questo momento la mano di lei è sulla spalla di lui. Se dovessi tirare a indovinare, dal modo in cui si è spalmata sul suo corpo, il suo seno è probabilmente appoggiato sull'avambraccio di Bishop.

«Sul serio?» Mi sono assentata per cinque minuti e una donna sta già cercando di strusciarselo in pubblico.

«Ascolta, tesoro, so che è stato un inizio difficile qui. So che ti ci vuole un po' di tempo per superare la cosa, ma penso davvero che io e te possiamo risolvere la questione tra noi.»

Riporto la mia attenzione su Joey. «Hai iniziato a farti di crack?»

«Cosa?» Il suo sorriso a trentadue denti vacilla e il suo sguardo si sposta dal mio davanzale al mio viso.

«O forse metanfetamine.»

Corruga la fronte. «Di cosa stai parlando, Stevie?»

«Di cosa stai parlando *tu*, Joey?»

Sembra perplesso. Sono abbastanza sicura che abbia bevuto. Non so nemmeno perché sto perdendo tempo con lui, né perché sto lasciando che mi metta le mani addosso, a parte che sono totalmente scioccata dal fatto che il ragazzo che vorrei fosse *mio* si sta scambiando effusioni con una coniglietta sfegatata dell'hockey.

Dio, sono confusa.

E il mio cervello va ancora più in confusione quando all'improvviso Bishop interviene. Un secondo prima sto cercando di infilzare Joey con le unghie attraverso gli strati della giacca e della camicia, e il secondo successivo Bishop lo spinge via con una gomitata.

«È la mia accompagnatrice, non la tua. Ma grazie per avermi riscaldato la pista. Adesso vai a fare in culo.» Bishop fulmina Joey con lo sguardo. Per mezzo secondo, sembra che lui abbia voglia di replicare, però alla fine fa un passo indietro.

Bishop mi afferra per la vita e mi attira a sé. Gli allaccio le dita sulla nuca, in automatico. Non ci penso nemmeno, né penso a quanto sia intimo avere tutta la parte anteriore del mio corpo premuta contro la sua per la seconda volta stasera.

Bishop posa il suo palmo ampio e caldo sulla base della mia schiena. Dovrei essere abituata al contatto pelle a pelle, ma in genere è la mia mano a stare sulla sua pelle nuda, non il contrario. Sento di nuovo quella scossa, vibra dentro di me in piccoli impulsi luminosi che finiscono nella vagina.

Sarebbe fantastico se fossi meno attratta da quest'uomo.

Bishop abbassa la testa e porta la bocca al mio orecchio. «Che diavolo sta succedendo?»

Mentre parla, le sue labbra mi sfiorano il lobo e così le mie ginocchia tremano. Mi ci vogliono diversi secondi per capire che il suo tono sembra incazzato e che non mi sta chiedendo di togliermi i vestiti sulla pista da ballo. Devo sollevare il mento per raggiungere il suo orecchio. La sua guancia ispida strofina contro la mia e, per qualche motivo, inizio a immaginare la sensazione che potrei provare se lui la strofinasse sull'interno della mia coscia, perciò la mia risposta risulta bassa e sussurrata. «Cosa intendi?»

Dio, ha un buon odore. Profuma di colonia, di detersivo per il bucato e di bagnoschiuma. Niente di costoso. Usa Old Spice, un profumo che si può acquistare in qualsiasi supermercato. Scommetto che compra una scorta quando è in offerta, perché di solito ce ne sono sempre tre o quattro boccette di riserva nell'armadietto del bagno. Qualunque sia il profumo, combinato con gli altri odori meno intensi e che lo rendono unico, è esageratamente attraente.

«Sei strana. E non strana come una che prende la pizza con ananas e olive. Perché ballavi con quel coglione? Perché sono qui con te se poi devi fare finta che non esista nemmeno?»

«Non è… Io non sto…» Ha ragione. Mi sto comportando in modo strano. Non ho idea di cosa stia succedendo, se è davvero qui per dovere o se ho letto più di quanto avrei dovuto, quindi farfuglio e brancolo in cerca di una scusa sensata. «Mi ha presa alla sprovvista. E tu eri occupato con la tua coniglietta.»

Bishop si tira indietro, la fronte corrugata. Lo sguardo è sexy sul suo viso splendido. «Ti riferisci a quella ragazza che non riusciva a recepire il messaggio? Le ho detto sette volte che avevo un'accompagnatrice. Sto provando a non essere sempre stronzo con tutti. Soprattutto perché sono qui con *te* e non voglio fare una brutta impressione davanti a tutta questa gente.» Solleva una mano dalla mia schiena e la agita in direzione dei presenti sulla pista da ballo. «Ci hai messo un'eternità in bagno e poi ti vedo appiccicata a quel coglione del tuo ex. Adesso basta girare intorno a queste stronzate, Stevie.»

«Girare intorno a quali stronzate?» Sento un masso nello stomaco, poi una torsione, un paio di capriole, infine un nodo.

«Questo.» La sua mano lascia di nuovo la mia schiena e indica prima lui e poi me. «Me e te.»

«Me e te?» Ho davvero un casino in testa.

«Sì. Me e te. Noi.»

L'ansia mi secca la bocca. Mi lecco le labbra e deglutisco a fatica. «Non capisco.»

«Cosa vuol dire che non capisci?» Sembra davvero incredulo, il che aumenta la mia confusione.

«Hai detto che mi stavi facendo un favore ad accompagnarmi, stasera. Non è una specie di ringraziamento per la riabilitazione?»

Inarca un sopracciglio. «Ti sembro il tipo di persona che parteciperebbe a un evento di questo genere per fare un favore a qualcuno?»

Alzo le spalle. «Hai ripreso a giocare una settimana prima del previsto.»

«Pensi che io stia facendo il bravo ragazzo, anche se ho dimostrato più e più volte che in genere sono uno stronzo?»

«Mi stai dicendo che non volevi solo essere gentile?»

«No.»

«No, non me lo stai dicendo, o no, non volevi solo essere gentile?» Continuiamo a muoverci e ci spostiamo in un cerchio lento. Intravedo un Joey dall'aria molto arrabbiata che mi guarda male mentre ballo-litigo con Bishop.

«Cristo santo» brontola Bishop. «Non volevo solo essere gentile.»

«Be', se non volevi solo essere gentile e non volevi solo farmi un favore, allora perché sei qui?»

Joey appare di nuovo nel mio campo visivo mentre facciamo un altro giro teso e rigido. Non sono mai stata una grande amante dei balli lenti e credo che non lo sia nemmeno Bishop. Dopo ancora un paio di passi strascicati, Joey scompare e la fronte di Bishop si aggrotta ancora di più. Il suo sguardo si sposta oltre la mia spalla e torna su di me. «Mi sto assicurando che il tuo ex sappia che sei off limit per sempre.»

«E questo non è farmi un favore?» Cerco di mettere un po' di distanza tra noi, perché è difficile pensare con il seno premuto contro il suo petto e la fibbia della sua cintura contro lo stomaco.

«No.»

«No?»

«Non lo faccio per te, Stevie. Lo faccio per *me*.»

«Perché?» Sento le farfalle nello stomaco.

Invece di rispondere, mi prende la guancia nel palmo della mano e abbassa la testa finché la sua bocca non è a un soffio dalla mia. «Perché?»

Annuisco, e nel movimento le nostre labbra si sfiorano appena.

«Perché se c'è qualcuno che dovrebbe essere il tuo ragazzo, quello sono io, non quel pagliaccio con la merda nel cervello.»

«Oh.» Io inspiro, lui espira. Sento il sapore della menta anche se la sua bocca non è sulla mia. «Be', mi sembra una ragione molto valida.»

«Lo penso anch'io.» La mano alla base della mia schiena scivola verso l'alto e le sue dita mi avvolgono la nuca. «Dimmi di no se non vuoi che accada.»

La chimica tra noi cresce e impregna l'aria, facendola scoppiettare di libido.

Ormai sono settimane che immagino come sarebbe baciarlo. Tirarmi indietro non è proprio un'opzione plausibile. Non rispondo con le parole. Invece, alzo il mento e mi inumidisco le labbra, carica di aspettative. Lo sguardo di Bishop rimbalza dalla mia bocca ai miei occhi.

Poi inclina la testa e le sue labbra sfiorano le mie. Nel momento in cui ci tocchiamo, è come se mi versassero un intero secchio di libidine in testa. Sono sommersa dal desiderio represso, la sensazione si diffonde, scorre nelle mie vene, mi surriscalda. Dopo tutte queste settimane di contatti privi di intenzioni sessuali, avere la bocca di Bishop sulla mia mi fa sentire come se mi avessero iniettato una specie di droga nel sangue.

Bishop è un sacco di cose: sarcastico, stronzo, determinato, irascibile, mastodontico. Ma il suo bacio riflette anche tutti i lati nascosti che ho intravisto negli ultimi tempi: dolce, gentile, morbido. All'inizio, almeno.

È una pressione quieta e calda. Poi lui schiude le labbra, e io inspiro il suo alito di menta con un piagnucolio. Il palmo appoggiato sulla mia nuca si flette e il suo pollice mi accarezza la gola, fermandosi sulla mascella. «Voglio entrare, Stevie.»

Non ho bisogno di ulteriore incoraggiamento. Schiudo le labbra. Sono state settimane e settimane di battaglie a suon di biancheria intima, sessioni di riabilitazione e un quasi-bacio-strusciata. Voglio di più.

Gemiamo entrambi quando le nostre lingue scivolano l'una contro l'altra, umide, calde e morbide come seta. La mano di Bishop si sposta dalla mia guancia e scende lungo la mia schiena fino a raggiungere di nuovo la cavità nella spina dorsale. Un solo polpastrello scivola sotto il tessuto e segue la cintura delle mie mutandine. Indosso un perizoma, perché l'abito veste aderente e volevo evitare le pieghe degli slip. Mi stringe più forte a sé. Gli allaccio le dita tra i capelli, una richiesta silenziosa ma fragorosa di non smettere di baciarmi.

Per fortuna, Bishop è bravo a leggere i miei segnali non verbali. Il bacio si fa più intenso. A differenza delle nostre conversazioni, questa non è una battaglia. È una danza di lingue, una ricerca, un'esplorazione, un ritirarsi per poi tornare a chiedere di più. Ad ogni colpo, lento e umido, il bacio diventa meno gentile e più disperato.

Dimentico che siamo in mezzo a una pista da ballo. Dimentico che siamo in una stanza piena di gente, tra cui i miei capi, colleghi e clienti – attuali, potenziali e futuri. Poi la musica si ferma. Nei brevissimi istanti di silenzio prima che una melodia allegra esploda dagli altoparlanti, colgo un mormorio di eccitazione che attraversa la stanza.

Sciolgo le dita dai suoi capelli e le spingo sul suo petto massiccio. È un gesto poco convincente, dato che prima di interrompere il bacio gli mordo e succhio il labbro inferiore. A lui esce un verso basso, una specie di ringhio che gli rimbomba dal petto. Poi fonde di nuovo la sua bocca alla mia. Io lo assecondo per qualche secondo prima di ritrarmi sul serio, a malincuore.

«Non siamo soli» sussurro.

Abbiamo entrambi il respiro pesante e ci guardiamo negli occhi.

Bishop si passa la lingua sul labbro inferiore. «Allora è meglio se ce ne andiamo da qui, prima che io faccia qualcosa di imbarazzante.»

22

La migliore decisione sbagliata

BISHOP

La settimana appena trascorsa lontano da Stevie, combinata poi con il suo aspetto troppo appetibile per riuscire a descriverlo a parole e alla frustrazione sessuale repressa, sembra finalmente essere arrivata al suo culmine. Per cui, il mio desiderio di volerla continuare a baciare fino alla fine del mondo o finché uno di noi due non prenderà fuoco, mi sembra del tutto logica.

«Okay.» È più un lamento il suo che una vera risposta.

Sono molto sorpreso dal fatto che non si opponga. Non è da Stevie arrendersi facilmente. Non per me, almeno. Ruota sui tacchi, i capelli color lavanda si aprono a ventaglio e si posano sulle sue spalle.

Prima che la serata finisca seppellirò il naso tra quei capelli. Diventerà un disastro di nodi, perché ci infilerò le mani dentro e a un certo punto li attorciglierò attorno ai pugni.

Dio, ho il pene così duro che potrei ammaccare un'auto. I suoi fianchi ondeggiano in modo ipnotizzante mentre plana attraverso la sala. La seguo come una specie di cane da guardia arrapato e guardo male chiunque osi rivolgerle un'occhiata – vale a dire tutti i ragazzi presenti in questo stramaledetto evento.

Prima di uscire, Stevie si ferma a dire qualcosa a Pattie e Jules. Mi avvicino e le metto una mano sulla base della schiena con fare protettivo. Il vestito scende così in basso che riesco a vedere quelle dolci fossette proprio sopra il sedere. Tutto quello che desidero è portarla via di qui, così potremo riprendere quel bacio da dove lo abbiamo interrotto.

Lo sguardo di Pattie si sposta brevemente su di me. Qualunque cosa le dica Stevie, riduce gli occhi a due fessure e allarga il sorriso con fare cospiratore.

«Ci vediamo lunedì.»

«Vengo domani per smontare tutto.»

«Non ci giurerei.» Pattie la abbraccia e abbassa la voce, sussurrando qualcosa che non riesco a sentire. Qualunque cosa sia, fa arrossire Stevie. Individuo Joey sul lato opposto della sala. Sembra avere l'aria di uno che vorrebbe uccidermi, o essere me.

Rivolgo un cenno agli amici di Stevie e poi intreccio le dita alle sue. La tengo vicina mentre ci facciamo strada tra la folla. Quando passiamo, molti volti si accendono nel riconoscermi, ma devo avere un'espressione alquanto cattiva, perché nessuno si avvicina. Una volta al SUV, Stevie fruga nella borsa in cerca delle chiavi. Le sue spalle sono incurvate e rabbrividisce a causa del vento pungente. Una leggera pioggerella le ricopre i capelli e la pelle.

«Non hai portato il cappotto?» Mi sbottono la giacca e la tolgo.

«L'ho lasciato nel mio armadietto. Starà bene lì fino a lunedì.» Tira fuori le chiavi con dita tremanti.

Gliele strappo di mano e le metto la giacca sulle spalle. Considero l'idea di avvicinarmi per darle un altro bacio, ma la pioggia sta aumentando e fa freddo qui fuori, perciò la accompagno sul lato del passeggero e la aiuto a salire.

Seduto al volante, accendo il motore e alzo il riscaldamento, poi lascio scivolare il braccio sul sedile e le stringo le dita attorno alla nuca sottile. Ci muoviamo l'uno verso l'altra come magneti. Le nostre labbra si incontrano e la lussuria crepita intorno a noi come elettricità statica.

Stevie tira fuori la lingua per stuzzicarmi il labbro superiore. «Pensavo che quel quasi-bacio fosse stato un incidente.»

«Lo è stato. Mi hanno ordinato di mantenere un comportamento professionale finché mi aiutavi con la riabilitazione.»

Si ritrae. «Chi?»

«Il mio allenatore. Ho cercato di ascoltarlo il più a lungo possibile, ma non volevo lasciarti venire a questo evento da sola, con quel cretino del tuo ex o uno di quegli aspiranti giocatori di hockey che avrebbero potuto provarci con te. Avrei dovuto mandare tutto al diavolo e farlo io settimane fa.»

«Oh. Be', sono felice che tu abbia deciso di mandare tutto al diavolo.» Stevie si sposta sul sedile. Mi posa un palmo caldo sulla guancia, mi sfiora la mascella con i polpastrelli e mi stringe i capelli sulla nuca. Schiude le labbra, accogliendomi di nuovo nella bocca. Voglio entrare dentro di lei, assaporare ogni centimetro del suo corpo. Voglio sentire l'odore del suo sesso sulla mia pelle, sulle mie lenzuola e nella mia bocca.

Non riesco ad avvicinarmi abbastanza per far sì che ciò accada, con la console centrale in mezzo alle scatole, perciò alla fine interrompo il bacio. «Ho bisogno di spogliarmi con te.»

«Anch'io.» Stevie inizia ad allentarmi la cravatta.

Anche se il sesso in macchina era divertente da adolescente, di certo non è comodo, né intelligente, dato che siamo in mezzo a un parcheggio. Le copro la mano con la mia e mi porto le sue dita alle labbra. «In un letto, preferibilmente.»

Sbatte le palpebre e si morde il labbro. «Giusto. Sì. Buona idea.»

Ci riavviciniamo per un altro bacio, che dura così a lungo che i finestrini iniziano ad appannarsi. Infine ci separiamo e ci allacciamo le cinture.

«Credo che sarebbe meglio andare a casa mia.» Sembra che Stevie stia cercando di fare conversazione, ma il suo tono è basso e roco. Si torce le mani in grembo, poi allunga il braccio sul sedile e fa scivolare le dita tra i capelli sulla mia nuca.

Preferirei avere il suo odore sulle mie lenzuola, però non voglio nemmeno incrociare mio fratello. Inoltre, non desidero che Stevie si senta costretta a non fare rumore per paura che lui ci possa sentire. La compagnia di mio fratello non è mai silenziosa, ma con Stevie è tutta un'altra storia. «Certo.»

Sembra che il viaggio verso casa richieda un milione di anni. Ci baciamo durante tutta la salita in ascensore e non smettiamo finché Stevie non ha bisogno di usare le dita per fare altro, oltre che a stringermi i capelli e sbottonarmi la camicia.

La bacio sulla spalla nuda mentre lei inserisce il codice di accesso. Sbaglia il primo tentativo e ringhia: «Questa combinazione carta-codice è una rottura di palle».

La seconda volta riesce ad aprire. Inciampiamo una nei piedi dell'altro, spalancando la porta nella fretta di entrare. Stevie si toglie la mia giacca e la lascia cadere per terra. Mi tira la cravatta, attira la mia bocca alla sua mentre si dà da fare per sbottonare gli ultimi bottoni della camicia.

Faccio eco al suo gemito e la giro, spingendola contro la porta. Non ha mai funzionato bene, quindi si chiude con un clic quando Stevie la colpisce con la schiena. Poi le faccio scorrere le mani lungo i fianchi, le afferro le natiche e la sollevo. Lei mi avvolge la vita, il rumore del tessuto che si strappa ci fa bloccare entrambi.

«Cazzo. Volevo restituirlo» bofonchia nella mia bocca.

«Lo pago io.» Visto che ho intenzione di diventare il suo ragazzo, mi piacerebbe poterle comprare vestiti e cose del genere. Soprattutto bei vestiti, mutandine, reggiseni sportivi nuovi e quei pantaloncini che mi piacciono tanto. Per quanto Stevie sia attraente vestita così elegante, la preferisco casual, forse perché è in quei momenti che è più probabile che mi metta le mani addosso.

«Non è necessario.» Solleva il mento, non in segno di sfida ma perché le sto baciando il collo.

«Ho intenzione di strapparti di dosso questo cazzo di vestito, quindi penso sia giusto ripagarlo.» Mi struscio contro di lei, godendomi il fatto di potere:

A. Sollevarla senza sentire dolore;

B. Avere un'erezione che non fa un male cane;

C. Strusciarmi su di lei come morivo dalla voglia di fare.

Ci baciamo contro il muro, cercando di divorarci a vicenda. Ma strusciarsi non basta più. La porto lungo il corridoio fino alla sua camera da letto e spalanco la porta con un calcio. L'ambiente odora di distillato di Stevie: qualcosa di dolce come una torta, un tocco del suo deodorante al borotalco, la freschezza del bucato pulito e un profumo vagamente floreale che sono abbastanza sicuro sia quello del suo shampoo.

Il letto non è per niente femminile o frivolo. Il piumino ha un motivo geometrico a strati grigio su bianco e non ci sono sette milioni di cuscini da togliere.

Non la metto seduta sul bordo. Con una mano mantengo la presa sul suo sedere e con l'altra mi puntello sul materasso, facendoci girare finché non riesco a stenderla sui cuscini.

«Di questo passo ti farai di nuovo male prima ancora di arrivare al bello» mi rimprovera Stevie, le labbra che si muovono lungo il profilo della mia mascella, i denti che mi mordicchiano piano.

«Non preoccuparti. Non mi rovinerà il divertimento.»

Lei si piega all'indietro finché non colpisce il cuscino con la testa. «Non è il tuo divertimento che mi preoccupa.» Mi afferra la camicia, mi trascina giù verso di sé e allarga le gambe in modo che possa infilarmici in mezzo.

«Allora qual è il problema?»

«Stai compromettendo le tua capacità di scoparmi a dovere.» Mi aggancia una gamba attorno alla vita e mi fa abbassare su di lei.

Mi sistemo nella culla dei suoi fianchi, pronto a metterle le mani e la bocca ovunque e il cazzo dolorante dentro. Almeno il dolore è dovuto al fatto che nell'ultima ora l'ho avuto duro, e non alla sensazione che le palle stiano cercando di staccarsi dal corpo. «Vuoi farmi fare stretching prima di iniziare?» Ruoto i fianchi e lei inarca la schiena con un gemito sommesso.

«No, assolutamente no.»

Strofino il naso nell'incavo della sua gola, inspirandola. «Allora puoi farlo dopo.»

«Spero per te di non avere l'energia sufficiente a fare altro che dormire dopo che avrai finito con me.»

Mi sollevo sulle braccia per incontrare il suo sguardo eccitato e disperato. «È una sfida?»

Sorride. «Rispondi meglio alle sfide che agli ordini, quindi qualunque cosa funzioni per te e mi faccia ottenere il maggior numero di orgasmi va bene.»

Rido e le sfioro la guancia con le nocche. Porcellana liscia, calda e perfetta. «Sei praticamente l'unica da cui sono disposto a prendere ordini. Lo sai, vero?»

Mi passa le dita tra i capelli. «Hai seguito gli ordini dei tuoi allenatori e hai mantenuto un rapporto professionale con me.»

«Non perché volessi. Non potevo sopportare che pensassero che non stessi prendendo sul serio la mia riabilitazione. E comunque avevo bisogno di tempo per guarire.»

«Quindi esegui gli ordini solo quando ti conviene. Ho capito bene?»

«Mmm. Ma questo conviene anche a te.» Le bacio la mascella. «Non preoccuparti, piccola, non rovinerò tutti i progressi che abbiamo fatto mentre ti riempio di orgasmi.»

Aspetto una reazione, e non resto deluso. Stevie fa una risata nasale e mi colpisce al fianco con una delle sue unghie perfette. «Riesci a non fare lo stronzo per qualche minuto?»

A giudicare dalla faccia tirata, mi sa che sto sorridendo come un cretino anche io. Mi sforzo di assumere un'espressione più seria e mi tiro di nuovo indietro per guardarla. «Spengo l'interruttore della mia stronzaggine, però solo per te e solo per un'ora.»

Inarca un sopracciglio. «Pensi di riuscire a resistere per un'ora?»

«Ho passato più di un mese a pensare a tutte le cose che voglio farti. Ho intenzione di andare avanti per ore.» La bacio di nuovo prima che possa rispondere con un'altra battuta stizzosa. Le chiacchiere lasciano il posto ai rumori umidi delle nostre lingue che si strofinano l'una contro l'altra. Non sono mai sazio della sua bocca o della sensazione del suo corpo flessibile sotto il mio.

Traffichiamo l'uno con i vestiti dell'altra, scolliamo le bocche giusto quanto basta per togliere la camicia e sfilare gli indumenti.

Stevie non indossa il reggiseno, cosa che probabilmente mi sarei dovuto aspettare, dato che aveva la schiena nuda. L'ultima volta che l'ho vista senza reggiseno è stata la mattina dopo che mi ha svegliato con tutto quel baccano. Non avevo né il tempo né i mezzi per apprezzare appieno ciò che avevo davanti agli occhi in quel momento.

Le prendo il seno a coppa tra le mani, così pieno, sodo e perfetto, con i teneri capezzoli rosa che si inturgidiscono. Li traccio con i pollici e li stringo, poi strofino il naso in mezzo ai seni, con un gemito.

«Così seducente, cazzo.» Mordo le sue rotondità, bacio prima uno e poi l'altro, assaporando il sapore dolce e salato della sua pelle. Prendo un capezzolo tra le labbra e succhio la carne tenera.

Stevie sussulta e inarca la schiena, le dita che mi scivolano tra i capelli e stringono. Traccio il capezzolo turgido con la lingua e trascino i denti sulla punta. Sorrido quando emette un verso gutturale di avvertimento e le sue unghie mi affondano nel cuoio capelluto.

«È il momento della vendetta, piccola.»

«Vendetta per cosa?» chiede, senza fiato.

«Per avermi tormentato per settimane con reggiseni sportivi e pantaloncini microscopici. Ho avuto le palle blu per un mese.»

«E perché sarebbe colpa mia? Hai cominciato tu, con quei boxer che non nascondevano nulla!»

«Almeno tu potevi masturbarti dopo una sessione, se volevi.» Le succhio forte l'altro capezzolo, mordendolo abbastanza forte da farla sussultare.

«Quindi punirai i miei capezzoli perché io potevo masturbarmi e tu no?» Gli occhi di Stevie sono fissi sulla mia bocca che è vicina al suo capezzolo, ma senza toccarlo.

«È questo che facevi? Ti masturbavi dopo che andavo a casa?»

Il suo sguardo si sposta verso il mio e la sua lingua fa capolino quando annuisce.

«Quante volte è successo?» Le parole sono brusche come carta vetrata. Voglio che sia lo stesso per lei, voglio che mi dica che ha lottato nello stesso modo in cui ho lottato io in tutte queste settimane per combattere l'attrazione.

«Ogni sera, praticamente.» La sua confessione è intrisa di vulnerabilità.

«A cosa pensavi mentre ti masturbavi?» Giocherello con il capezzolo tra le dita.

Resta in silenzio per qualche secondo, abbastanza a lungo da permettermi di riportare il mio sguardo nel suo. È arrossita in viso, ma il suo tono è pieno di sarcasmo. «Alla lista della spesa.»

«Ah, sì? E cosa compravi mentre ti scopavi con le dita?»

«Alimenti di forma fallica, ovviamente.»

«Ovviamente.» Le lecco il capezzolo, ci roteo la lingua attorno con movimenti lenti, come se lo cullassi. Proprio quando inizia a rilassarsi sotto di me, io succhio forte e lei geme il mio nome. «Dio, adoro questi versi.» Mi sposto sull'altro capezzolo. «Sai cosa mi piacerà sentire ancora di più?»

Mi passa le dita tra i capelli. «Cosa?»

«Tu che mi implori di lasciarti venire.»

Fa una risata nasale. «Molto improbabile.»

«Mmm. Vuoi scommettere?» Sorrido quando mi tira forte i capelli.

«Pensavo che avessi spento l'interruttore della stronzaggine per un'ora.» Voleva suonare infastidita, invece è solo ansimante.

«Se spegni un interruttore devi accenderne un altro per compensare.»

«Come si chiama questo interruttore?» Trascina le unghie sulla mia testa, provocandomi un'ondata di calore gelido lungo la schiena.

«Non lo so. Il livello che c'è dopo la stronzaggine.» Mi sistemo tra le sue gambe. Io mi struscio su di lei, lei si muove sotto di me incoraggiando i movimenti. Entrambi cerchiamo la frizione, nessuno dei due è disposto a inchinarsi all'altro.

Stevie riesce a infilare le dita sotto la parte posteriore dei miei pantaloni, mi affonda le unghie nel sedere, mi preme le ginocchia sulle costole. Il mio cervello sembra andare fuori di testa a causa di tutto questo contatto, il che è assurdo, visto che mi tocca da più di un mese e sono stato in grado di gestirlo bene, fino ad ora.

La sua mano è di nuovo in movimento e all'improvviso le sue dita calde mi sfiorano il pene attraverso i boxer.

Gemo nella sua bocca e spingo per trovare un maggiore contatto. Le settimane di tensione repressa, insieme all'infortunio che mi ha impedito di masturbarmi come farebbe un normale atleta, fanno sì che quel breve contatto mi ecciti più che se avessi guardato una maratona porno di sei ore sotto l'effetto dell'ecstasy.

Stacco la bocca da quella di Stevie e mi sollevo sugli avambracci, intrappolando la sua mano nei miei pantaloni. La inchiodo con lo sguardo. Non ha proprio l'impatto che avevo previsto.

Stevie sorride. «Devo supporre che ti sei scopato le mani prima di venire a rivendicare i tuoi diritti su di me stasera?»

Inarco un sopracciglio. «Senti che boccaccia.»

Il suo sorriso si allarga. «È un sì?»

«Secondo te?» Mi sono occupato della questione, è ovvio. Non sono un idiota. Tuttavia, a giudicare delle mie attuali reazioni fisiche, non sono sicuro che le mie misure preventive faranno molta differenza.

Stevie inclina i fianchi verso il basso, lasciando spazio alle sue dita che scivolano più in profondità nei miei pantaloni. Mi morde la mascella. «Sai cosa penso?»

«Cosa?» Sollevo i fianchi in modo che abbia più margine per esplorare.

«Che non importa quanto pensi di essere preparato, perderai comunque il controllo molto più velocemente di quanto vorresti.» Il mio uccello sussulta quando le sue dita scivolano lungo l'asta, attraverso i boxer. «Sai cosa voglio?»

«Cosa?» Funziono a stento già adesso.

«Prima che mi scopi la figa, voglio che mi scopi la mano.» Afferra la mia erezione nel suo palmo caldo. «E la bocca.»

«Cristo, Stevie.» Non ho intenzione di discutere. Probabilmente è una buona idea allentare la tensione; così potrò passare tutto il tempo che voglio a farla venire, prima di entrare dentro di lei. Faccio scivolare una mano sotto il suo corpo e mi giro sulla schiena in modo che sia a cavalcioni sulle mie cosce.

Mi prendo un momento per apprezzare quanto sia meravigliosa: lunghi capelli ondulati che le ricadono sulle spalle, l'estremità di una ciocca viola pallido che si arriccia a incorniciarle il capezzolo. Le restano solo le mutandine, e guarda caso sono abbinate ai capelli. Stevie si affretta a togliermi i pantaloni.

Per ora non mi toglie i boxer. So che il tormento che le ho promesso mi si ritorcerà contro. Va bene, perché quello che ha intenzione di infliggermi adesso glielo restituirò due volte meglio.

Stevie sfiora con i pollici il profilo della mia erezione attraverso i boxer, e il mio cazzo sussulta al contatto silenzioso.

Sorride. «Qualcuno è emozionato.»

Mette un palmo al centro del mio petto e si china, i capelli ricadono in avanti e mi solleticano la pelle, i capezzoli che si trascinano sul mio petto, la bocca sospesa sulla mia. «Adesso ti farò venire.» Mi succhia il labbro inferiore e fa scivolare la mano nei boxer, avvolgendomi con il palmo caldo, pelle contro pelle.

Si spinge indietro per strofinare il suo sesso ricoperto di raso lungo il mio bastone. Emettiamo un suono reciproco di torturato apprezzamento. Al successivo colpo in avanti, fa scivolare il pene sotto le sue mutandine, e all'improvviso mi sto strofinando sulla sua pelle liscia e nuda.

«Ah, accidenti, Stevie.» Alzo gli occhi al cielo. La mia erezione scalcia nel suo pugno mentre il glande scivola sul clitoride.

«Ti piace?»

Le afferro le cosce, cercando di mantenere il mio autocontrollo già a brandelli. «Sono abbastanza sicuro che tu conosca già la risposta a questa domanda.»

«Mmm, piace anche a me.» Fa roteare i fianchi, un sorriso sornione e un po' malvagio le solleva gli angoli della bocca. «Non venire ancora, se vuoi le mie labbra su di te.»

Per una volta tengo la bocca chiusa, consapevole che mi sta tormentando di proposito e che ogni stronzata che pronuncerò verrà ripagata con un'altra lenta tortura. Quindi, piuttosto, mi godo lo spettacolo mentre Stevie si inginocchia tra le mie cosce, nuda a parte le sue belle mutandine, che probabilmente distruggerò quando finalmente avrò messo le mani su di lei come desidero.

Finalmente – *finalmente, cazzo* – mi avvolge una mano attorno al bastone e con l'altra mi prende i testicoli, Dio la benedica per essere una persona multitasking, e si china in avanti. I suoi occhi sono su di me, la sua lingua fa capolino e trascina il labbro umido sulla base della mia asta fino alla cresta. Mi dà un bacio quasi impercettibile sulla punta.

I suoi capelli si aprono a ventaglio, morbide onde color lavanda scendono sulle mie cosce. Mi bacia con la bocca aperta per tutta la lunghezza dell'asta. Fremo quando lecca la punta e gemo quando il glande scompare tra le sue labbra. Mi prende in gola per qualche centimetro, poi si stacca e l'aria fresca crea un contrasto scioccante con la sua bocca calda e bagnata.

«Bishop?» La sua voce è come fumo.

Grugnisco, perché non sono sicuro di essere in grado di parlare in questo momento.

«Ho bisogno del tuo aiuto.» Abbandona i miei testicoli per spostarsi i capelli su una spalla. «Puoi tenermi i capelli, in modo che non siano d'intralcio?» Si attorciglia le ciocche intorno al polso. «Per favore?»

Stavolta riesco ad articolare qualche parola. «Qualunque cosa per te, piccola.»

Lei sorride contro la mia erezione e io allungo la mano, instabile per l'eccitazione. Infilo le dita tra i suoi capelli, li raccolgo e li attorciglio attorno al polso. Una volta tolti di mezzo, lei mi riprende nella bocca.

Mi accarezza solo una o due volte prima di staccarsi di nuovo, con la lingua che scorre sulla lunghezza, succhiando il glande e non facendo altro che stuzzicarmi a morte. «Perché non mi mostri cosa ti piace, Shippy?»

Inarco un sopracciglio. Lei sorride. Questa volta, quando mi prende in bocca, guido i suoi movimenti. Sollevo i fianchi, spingo più in profondità, la faccio muovere più velocemente. Le sue mani si allargano sulle mie cosce, si sorregge in modo che io possa guardarla, il che è davvero più di quanto io possa sopportare.

La avverto quando sto per venire. Molto prima di quanto avrei voluto. Nel momento in cui i miei fianchi sussultano involontariamente, allento la presa sui suoi capelli. Sento la sua gola stringersi, tutto il mio corpo irrigidirsi, le dita che si flettono di nuovo mentre vengo con un'intensità brutale.

Non appena riprendo il controllo del mio corpo, la tiro via dal mio uccello, la afferro per la vita e la giro sulla schiena. Catturo le sue labbra umide e gonfie e, anche se la sua bocca sa del mio uccello e del mio orgasmo, la bacio. Lei cerca di avvolgermi le gambe intorno alla vita e di strofinarsi di nuovo su di me, ma io mi sposto in modo da stringerle le cosce con le mie e farla mettere seduta, tenendole strette e impedendole ogni speranza di attrito. «Oh, no. Adesso è il mio turno. Ho settimane di tortura da recuperare.»

23

Il martello magico

STEVIE

Col senno di poi, forse fingere che il cazzo di Bishop fosse un cono gelato per venti minuti non è stata una grande idea. Soprattutto dopo tutte queste settimane passate vicino al suo inguine, con lui che non era in grado di sfogarsi. Conto sul fatto che desidera talmente tanto entrare dentro di me che non si sentirà obbligato a torturarmi troppo a lungo.

Bishop mi mordicchia e succhia la clavicola, poi geme quando arriva ai capezzoli. Dopodiché si sposta più in basso, segue il contorno del mio ombelico.

Mi accarezza le cosce con i palmi ruvidi, me le fa divaricare. Si passa la lingua sul labbro inferiore, e il mio corpo si contrae dalla vita in giù. «Non vedo l'ora di farti avere un orgasmo con la lingua.»

Gemo. Perché, sul serio, cosa potrei rispondere? A questo punto, qualunque tipo di scopata è ben accetta e sarò felice di cavalcare il suo viso fino alla terra dell'orgasmo. Inoltre, non mi aspettavo le battute sconce, né che fossero così eccitanti, visto il modo in cui mi guarda.

Bishop abbassa la testa, gli occhi ancora nei miei, le labbra che sfiorano l'elastico delle mie mutandine. Nel frattempo i polpastrelli ne seguono l'orlo fino a raggiungere l'estremità.

Fa scivolare il braccio libero sotto la mia coscia, mi allarga ancora le gambe e si appoggia sul gomito. «Hai le mutandine umide.» Pizzica la stoffa sopra il mio clitoride e lo sfiora. «Fradicie, a dire il vero.»

È così. Ho strofinato la sua asta sul mio clitoride come se sperassi di veder apparire un genio che esaudisse tutti i miei desideri dell'orgasmo. E poi farlo venire con la bocca e sapere che a breve mi avrebbe penetrato mi ha eccitata da morire. Eppure... sentirmi dire quanto sono eccitata mi imbarazza. O forse vuole alludere a qualcos'altro. Inizio a chiudere le gambe. «È meglio se vado a darmi una rinfrescata.»

Stringe la presa sulla mia coscia. «Non credo proprio.» Preme il naso contro il tessuto umido. «Hai il profumo di una che è pronta a essere scopata.»

«Dio, Bishop. Che boccaccia che hai.»

Mi guarda negli occhi, lo sguardo interrogativo.

«Mi piace.»

La piega all'angolo dei suoi occhi mi suggerisce che sta sorridendo. «Lo immaginavo.» Inspira profondamente e gira la testa, mordendomi l'interno della coscia.

Vorrei aver avuto la lungimiranza di togliermi le mutandine. Vorrei infilargli le mani tra i capelli e strofinarmi sul suo viso. Riesco a trattenermi perché sono perfettamente consapevole che un entusiasmo eccessivo, a questo punto, sarebbe controproducente – nel senso che Bishop tergiverserebbe ancora di più.

Infila un dito sotto l'orlo del perizoma. Grazie a Dio. Tremo come una drogata di cunnilingus in attesa di una leccata. Mi sposta gli orli verso il centro, in sostanza uno sparti-vagina. Non mi sembra una mossa positiva.

Bishop aggancia il dito sotto il tessuto, in corrispondenza del bacino, e mi solleva gli slip. Il raso si tende e mi sfrega il clitoride, io sussulto, sforzandomi di non strattonare i fianchi. Poi lui infila un dito sotto il tessuto, ma più in basso, in modo che la nocca prema contro la fessura.

Gemo piano mentre ogni singolo muscolo del mio corpo si contrae, e accidentalmente eseguo un esercizio di Kegel. A giudicare dal suo sorriso lascivo, sono abbastanza sicura che lo abbia percepito.

Mi lecca l'attaccatura della coscia. Ancora e ancora, prima su un lato e poi sull'altro. Succhia la mia pelle morbida e sensibile proprio accanto al clitoride coperto. Sto per morire, credo.

Mi arrendo. Gli infilo le mani tra i capelli e cerco di costringere la sua bocca a spostarsi di un centimetro verso destra.

Bishop lascia andare la mia carne con uno schiocco umido. Le sue labbra sfiorano il raso proprio sopra il clitoride mentre scuote lentamente la testa. «Devi dirmi qualcosa, piccola?»

«Bishop.» Faccio roteare i fianchi, chiedendo quello che voglio senza parlare.

Lui ridacchia, strofina il naso contro le mie mutandine e poi lecca il tessuto bagnato.

«Oh, mio Dio.» Giro la testa sul cuscino e trattengo un gemito.

«Devi solo chiedere, e ti darò quello che desideri.»

«Voglio che mi succhi il clitoride.»

Questo mi fa guadagnare un'altra risatina cupa e sommessa. «Ci scommetto.» Morde il raso sopra il mio punto magico e lo tira via con i denti. «Ma devi chiederlo con gentilezza.»

«Sei uno stronzo» brontolo.

«Lo so.» Lecca lungo la cucitura del mio intimo. È così dannatamente vicino.

«Va bene. Per favore, Bishop.»

«Per favore cosa?»

«Per favore, leccami e basta, cazzo.»

Lui brontola un: «Sììì» sommesso, e con un rapido strattone mi tira le mutandine di lato, lacerando il tessuto delicato. «Mi dispiace. Te ne comprerò un altro paio, insieme al vestito.» Mi aggancia le gambe sulle sue spalle, mi afferra il sedere e mi solleva i fianchi fino a lasciarmi con solo la testa appoggiata sul materasso.

Sono finiti i preliminari lenti, gli scherzi e le provocazioni. La sua bocca mi copre e succhia forte.

Non ci vuole molto perché la suzione abbia l'effetto desiderato. Vengo con una violenza che mi ricorda i temporali estivi. Non riesco a smettere di tremare, o di urlare il suo nome, o di venire. La mia vista è eclissata da una metaforica pioggia di meteoriti.

E non è tutto. Bishop mi abbassa i fianchi e quando sono appoggiati sul materasso infila due dita dentro di me. Le muove velocemente e con forza, finché non provo a divincolarmi, travolta dalle sensazioni di un orgasmo così violento.

«Oh, cazzo, no.» Si sposta accanto a me e mi aggancia un palmo dietro la nuca, continuando a pompare furiosamente con le dita. «Tu vieni di nuovo. Su tutte le mie dita. E solo dopò ti darò il mio bastone.»

«Sei davvero uno stronzo» gemo.

«Lo so, ma almeno adesso hai una buona ragione per sopportare me e la mia stronzaggine.»

Mentre mi scopa con le dita usa il palmo per premere sul clitoride. Io esplodo.

Quando scendo dalla giostra di questo orgasmo sono una bambola di pezza tra le sue braccia.

Appena ritrovo i comandi del mio corpo attiro la sua bocca alla mia. Bishop si sistema di nuovo tra le mie gambe, traffica con il preservativo e poi lo infila.

«Sei pronta per me adesso?» Traccia dei cerchi sulla mia pelle sensibile.

«Prontissima.»

Preme il gomito contro le mie costole, l'avambraccio agganciato sotto la mia spalla. Con il pollice mi accarezza dolcemente il collo mentre copre il mio corpo con il suo e mi penetra lentamente, un centimetro alla volta.

Bishop è troppo: troppo maschio, troppo cazzo, semplicemente troppo.

Resta sospeso su di me, i fianchi si posano lentamente contro i miei. Strofina il naso contro il mio collo, il respiro pesante mentre schiude le labbra. I colpi delicati della sua lingua seguono la stretta dei suoi denti. Emette un verso a metà tra il godimento e il dolore.

«Stai bene?» Gli accarezzo la schiena, i suoi muscoli si flettono sotto la pelle liscia e sudata.

Annuisce contro la mia gola, poi mi bacia il collo.

«Dovremmo fermarci, se credi che farlo possa rallentare la guarigione.» Lo dico mentre gli conficco le unghie nel culo, quindi non sono convincente come speravo.

Questa volta lui fa un verso che somiglia molto a uno sbuffo, poi mi morde il mento. Quando la sua bocca incontra la mia, intensifica il bacio per qualche secondo prima di tirarsi indietro. I suoi meravigliosi occhi color nocciola, intrisi di lussuria, incontrano i miei. Un sorriso pigro spunta a un angolo della sua bocca deliziosa. «In questo momento potrebbero anche esplodermi le palle, ma non c'è nessuna possibilità al mondo che io mi fermi. A meno che tu non lo voglia, ovviamente.» Ruota i fianchi. «Vuoi che mi fermi, Stevie?»

«N-no. Però vacci piano.»

«Non preoccuparti, piccola, mi prenderò cura di te.» Mi copre di nuovo la bocca con la sua prima che io possa protestare, cosa che comunque non avevo intenzione di fare.

Bishop trova un ritmo lento e costante, colpisce il punto magico dentro di me a ogni spinta gentile e ben piazzata. Quando sento che sono vicina a un altro orgasmo, lo spingo sul petto. Lui si tira indietro, gli occhi in fiamme, la fronte aggrottata, le labbra strette.

«Non voglio fermarmi, voglio solo cambiare posizione» lo rassicuro.

Gli compare quel sorriso che adoro tanto. «Sempre a dare ordini, eh?»

«Sto solo cercando di cambiare visuale.»

«Secondo me vuoi solo avere il controllo della situazione, ma mettiamoci come vuoi tu.» Si tira su e si siede sulle ginocchia, aggrappandosi ai miei fianchi per tenerci uniti.

Mi sollevo sui gomiti e mi godo la vista di quest'uomo glorioso inginocchiato tra le mie cosce. Bishop abbassa lo sguardo e sposta il bacino in avanti con un sibilo. Poi osserva la sua erezione sparire dentro di me. Mi accarezza l'interno delle cosce e mi sfiora l'attaccatura delle gambe mentre si tira indietro e mi circonda il clitoride con un'altra spinta lenta.

La pressione decisa, combinata con la lentezza con cui entra ed esce, mi spinge oltre il limite. Il mondo è un'ondata di bianco, stelle e beatitudine. Ancora. Quando ricado dalle nuvole, mi ritrovo di nuovo petto a petto con Bishop, solo che questa volta sono seduta sulle sue ginocchia. Proprio come al nostro quasi-bacio. A quel tempo però lui era solo all'inizio del suo percorso di recupero e tutti i fili della moderazione a cui ci tenevamo non si erano ancora spezzati.

«Dio, adoro farti venire» dice Bishop con un gemito gutturale.

«Probabilmente mi devi almeno altri mille orgasmi per essere un cretino così insopportabile.»

Mi solleva e mi abbassa, più velocemente, più forte, le dita che scivolano tra i miei capelli, le labbra che si agganciano, i denti che si scontrano, mentre combattiamo per impedire che il bacio si spezzi. Ho un altro orgasmo con le braccia e le gambe avvolte attorno a lui, e lui mi viene dietro. Tutti i suoi spigoli duri si sciolgono permettendomi di vedere un lato diverso e vulnerabile che non è in alcun modo correlato al suo infortunio.

Poi Bishop mi tira giù e io mi ritrovo distesa sul suo petto. Ci addormentiamo così, avvinghiati l'uno all'altra.

24

Una doccia fredda

STEVIE

Il mattino dopo, quando mi sveglio, mi sento deliziosamente indolenzita. Lascio scorrere la mano sulle lenzuola e allungo il braccio alla ricerca del corpo caldo di Bishop, ma il suo lato del letto è vuoto. Sollevo una palpebra e controllo l'ora. Sono le dieci passate.

La porta del bagno è chiusa, sento il rumore dello sciacquone dall'altra parte. Mi stiracchio, i muscoli protestano. Un bagno ai sali di Epsom mi farebbe sicuramente bene. Potrebbe essere divertente condividerlo con Bishop.

Il mio telefono vibra sul comodino, più volte di fila. Sarà Pattie, o Jules. Lo afferro e aggrotto la fronte quando lo schermo si illumina per l'ennesima notifica. Ho più di cento messaggi non letti tra i vari social.

«Che diavolo...» Inserisco il codice di sblocco e scorro le notifiche dei messaggi. Sembra che ogni singolo essere umano della mia rubrica abbia deciso di volersi mettere in contatto con me stamattina. Non ha senso. O forse sì.

Spunta un nuovo messaggio da parte di Pattie, quindi apro i suoi prima ancora di prendere in considerazione l'idea di guardare quelli di mio fratello.

Pattie: Voglio i dettagli.
Pattie: Dove diavolo sei?
Pattie: Ti prego dimmi che ci sono di mezzo un sacco di orgasmi e che non rispondi per questo.

Pattie: Porca troia, i social sono in fiamme.
Pattie: Se guardi, non leggere i commenti.
Pattie: Anzi, non guardare proprio i social.
Pattie: Chiamami appena vedi questi messaggi.

Mentre sto leggendo, arriva un nuovo messaggio.

Pattie: Vedo che hai letto. Ti chiamo.

«Che diavolo sta succedendo?» chiedo, appena ho il telefono all'orecchio.

«Bishop è ancora lì?»

«Ehm, be', sì. È in bagno in questo momento.»

«Ti sei svegliata adesso?»

«Sì. Cioè, proprio un minuto fa, letteralmente.»

«Cazzo. Okay. Penso che tu debba prepararti, perché sei diventata virale.»

«Virale in che senso?»

«C'è un video.»

«Che tipo di video?» Provo una sensazione orribile, come se un masso mi sprofondasse nello stomaco. La stessa sensazione che provavo quando RJ ha iniziato a giocare a hockey professionistico ed era costantemente su qualche social, ripreso a fare cose indicibili con le donne. Nessuno ha voglia di vedere il proprio fratello maggiore, idolatrato fino a quel momento, pomiciare con due donne contemporaneamente in una vasca idromassaggio.

«Un video in cui sembra che stiate cercando di infilarvi l'uno nella bocca dell'altra.»

«Ti prego, dimmi che stai scherzando.» Non sento più un masso nello stomaco; sento solo un nodo stretto.

«Non posso, a meno che tu non voglia che menta.» Riesco letteralmente a sentire Pattie rabbrividire.

«Merda.» La realtà prende il sopravvento, insieme al panico. «Merda, merda, merda. È davvero così brutto?»

«Intendi il video?»

«Un video di persone che pomiciano in pubblico può mai essere bello?» Rotolo giù dal letto e inizio camminare su e giù per la stanza.

Questo spiegherebbe l'enorme numero di messaggi che ho ricevuto stamattina. Ce n'erano molti da parte di mio fratello, quindi lo prendo come un presagio, e di quelli negativi. «Che sito è? Possiamo rimuoverlo? Gli utenti possono farlo, giusto?»

Mi piacerebbe credere che "virale" nel mondo dell'hockey sia molto diverso dal "virale" nel senso generale del termine, ma non credo che sarebbe accurato. Soprattutto se si considera che questo è il primo anno in cui Seattle ha una squadra sua.

«Il video è stato condiviso cinquantasette mila volte e ha più di quattrocento mila "Mi piace".»

«Dio mio.» Penso che potrei davvero vomitare.

«Se ti fa sentire meglio, è un video davvero sexy.»

Ci penso su per qualche secondo, stupidamente. Non dovrebbe affatto farmi sentire meglio, ma nel quadro generale delle cose immagino sia preferibile che apparire come una vecchia strega. «Vorrei che potesse aiutare.» Il mio telefono vibra quando arriva l'ennesimo messaggio da parte di mio fratello. Ovviamente ha visto il video, è l'unica spiegazione a questa sfilza di messaggi.

«Cosa devo cercare per vedere questo video?»

«Ti invio il link. Ma non leggere i commenti.»

Non chiedo di nuovo se sia così grave, perché chiaramente lo è.

Sto per metterla in vivavoce per guardare il link che mi ha inviato quando la porta del bagno si apre. «Vuoi fare il sessantanove prima di colazione?» Bishop è davanti a me, in tutta la sua splendida gloria nuda. L'espressione da predatore e il sorrisetto svaniscono lentamente dal suo viso quando nota la mia espressione sgomenta.

«Che succede?» Fa qualche passo verso di me. È mezzo duro e il suo cazzo dondola, distraendomi.

«Devo lasciarti» dico a Pattie.

«Chiamami dopo» replica lei.

«Okay.» Chiudo la chiamata e guardo il telefono.

«Stevie? Perché hai l'aria di una che sta per dare di matto?»

«C'è un video» gracchio. Scorro i messaggi di Pattie fino ad arrivare al più recente, il link al video. È stato caricato dodici ore fa da J$0124 e ha infiniti tag e hashtag. Dato che il compleanno di Joey è il 24 gennaio, oserei dire che è lui la causa di queste inutili stronzate.

«Che genere di video?»

«Di noi che ci baciamo, a quanto pare.» Avvio il filmato.

Il video inizia nel momento in cui attiro la bocca di Bishop alla mia. La sua mano esita vicino alla mia guancia per diversi secondi prima di posarsi sulla mia pelle. All'inizio è un bacio incerto, quasi romantico. Poi iniziamo a darci dentro sul serio. A questo punto non c'è più nulla di dolce e innocente. Ci sono io che gli afferro i capelli. Io che gli inclino la testa di lato. Io che spingo i miei fianchi contro i suoi.

Ci stiamo letteralmente strusciando sulla pista da ballo. Di fronte ai miei colleghi, capi e clienti. È davvero, davvero terribile.

Arriva un altro messaggio di mio fratello.

«Posso occuparmene io» dice Bishop.

«Come te ne occuperai, esattamente?» Agito il telefono, il panico prevale su ogni filo di logica residuo. Per sbaglio premo di nuovo play e il rumore di noi che gemiamo l'uno nella bocca dell'altro invade la camera. È molto diverso visto dall'esterno e attraverso il telefono. E infinitamente più mortificante. «RJ impazzirà.»

«Gli spiegherò la situazione.»

«E quale sarebbe esattamente la situazione?» Inizio a camminare su e giù, cercando di calmarmi, ma più elaboro la faccenda, più vado nel pallone. Sotto il video c'è l'hashtag #coniglietta. Per farla breve, il mio incubo peggiore è diventato realtà.

«Che stiamo insieme.»

«Non puoi dirgli questo!»

Bishop incrocia le braccia al petto, il solco sulla sua fronte si fa più profondo, così come la curva delle sue labbra. «Perché no?»

Mi agito e continuo a misurare la stanza a grandi passi. «Perché... Perché non puoi! È terribile!» Mi hanno fatta passare per una coniglietta sfegatata dell'hockey. E adesso tutto il lavoro che abbiamo fatto per riportare Bishop in pista non significa nulla, perché tutti ci hanno visti limonare. Ho pomiciato con lui a un evento di lavoro. Questo mi fa sembrare tutt'altro che professionale. E adesso le sue referenze saranno inutili, perché tutti ci hanno visti giocare a hockey con le nostre reciproche tonsille.

«Be', il modo più semplice per smettere di farlo sembrare così terribile è dire alla gente che stiamo insieme.»

«Noi non stiamo insieme.»

Bishop spinge la lingua contro la guancia. «Pensi ancora a quel coglione del tuo ex?»

«Cosa? No! Certo che no.»

«Allora perché non possiamo stare insieme? Trascorriamo tutto il nostro tempo libero *insieme.*»

«Era per la fisioterapia.» Capisco quello che sta cercando di dirmi e ha ragione, è perfettamente sensato. Ma non riesco a uscire dalla spirale di panico scatenata da questo video. Ora che è tornato a giocare, sarò sotto le luci della ribalta di Bishop. Le stesse luci della ribalta da cui mi sono sforzata tanto per starne lontana. Le stesse che mi hanno portato solo dolore, in quelle poche occasioni in cui ne sono stata inavvertitamente travolta.

Finora me ne sono stata beatamente in pace. Certo, Bishop è venuto a prendermi in luoghi pubblici, ma indossava sempre cappello e occhiali da sole e io avevo una felpa con il cappuccio per nascondermi. Al lavoro nessuno dava troppa importanza alla sua presenza in clinica, perché sono tutti abituati a incontrare gli atleti e nessuno voleva fare la parte del tifoso pazzo che perde la testa per qualcuno che un giorno potrebbero avere l'onore di curare. Inoltre, lavoro in un campus universitario, l'ultimo posto in cui ci si aspetterebbe di trovare un giocatore della NHL.

«Quello che è successo ieri sera non c'entrava un cazzo con la fisioterapia» ribatte Bishop.

«Da quanto tempo non toccavi una donna? Le emozioni erano alle stelle. Sei in sovraccarico di testosterone e lo capisco perfettamente. Mi stavi facendo un favore e abbiamo compiuto il passo più lungo della gamba.» *Stevie, sta' zitta!* So che sto vomitando le stronzate più orribili e che dovrei smetterla, però sono ormai fuori controllo.

Bishop sbatte le palpebre lentamente. «Pensavo avessimo già stabilito che non ti stavo facendo un favore. Volevo essere certo che quel coglione del tuo ex capisse che non sei disponibile e che non ha alcuna possibilità con te. Mai più. Quel video rende le cose molto più semplici, se ci pensi.»

«Più semplici in che senso?» Tutto quello che riesco a vedere è l'incubo che mi aspetta: persone che fanno domande e vogliono cose da me solo perché conosco Bishop e perché sono parente di RJ.

Tutto il tempo che ho passato a proteggermi dai riflettori è stato inutile.

«Non devi più nasconderti dietro al cappuccio di una felpa o agli occhiali da sole. Posso venire a prenderti ovunque e in qualunque momento.»

Smetto di camminare avanti e indietro e mi giro a guardarlo. È ancora nudo. E lo sono anch'io. Ce l'ha ancora mezzo duro, e io sono in preda all'ansia. «Non può succedere, Bishop. Non possiamo mostrarci insieme in pubblico.»

«Perché no, dannazione?»

Ho lavorato troppo duramente affinché *non* fossi solo la sorella di Rook Bowman per finire a essere la fidanzata di Bishop Winslow. Il mio telefono squilla prima che io possa aprire bocca e, come una cretina, rispondo alla chiamata.

«È tutta la mattina che cerco di contattarti! Che diavolo sta succedendo?» Grandioso. Ora devo occuparmi della rabbia di mio fratello.

«Ciao, RJ.» Strappo il lenzuolo dal letto e me lo avvolgo addosso. Mi fa uno strano effetto parlare con mio fratello mentre sono nuda.

«Sul serio, Stevie? Adesso ti metti a pomiciare con Winslow in pubblico?»

«Rilassati, RJ, è stato solo un bacio. Non ha rubato la mia virtù o qualcosa del genere. Quella l'ho persa al terzo anno di liceo.»

Bishop emette un verso che somiglia molto a un ringhio, ma mio fratello continua la sua invettiva, costringendomi a prestargli la mia attenzione. «Non volevo saperlo. E non è questo il punto. A Winslow è stato ordinato di tenere le cazzo di mani lontane da te finché lavorate insieme, e chiaramente ha raccontato un mucchio di stronzate. Da quanto tempo va avanti questa storia?»

Tutto questo ha molte possibili conseguenze, conseguenze che nella foga del momento non avevo considerato. Tra queste, il fatto che Bishop sarebbe finito nei guai. Quindi faccio l'unica cosa che mi viene in mente per rimediare. «Sono stata io. Io ho baciato Bishop. È venuto con me all'evento per farmi un favore, perché Joey sarebbe stato lì con la sua accompagnatrice e io non volevo andarci da sola. È stata una mia idea. È stato un mio errore.»

Bishop apre la bocca per parlare, ma io lo fulmino con uno sguardo di avvertimento e scuoto la testa.

«Sei ancora con lui?»

«No. Sono sola.»

«Vengo lì.»

«No. Tu non vai da nessuna parte. Ho degli impegni oggi, e non ho tempo da perdere con te che vuoi farmi la ramanzina per aver pomiciato con uno che non ti piace. Te l'ho già detto. Ho commesso un errore. Non c'è bisogno che tu mi faccia sentire ancora peggio. Devo andare. Ti chiamo più tardi.» Non aspetto la sua risposta. Chiudo la telefonata e getto il telefono sul letto.

Il mio letto che profuma di sesso e di Bishop.

«Perché lo hai fatto?» chiede Bishop a bassa voce.

«Per tirarti fuori dai guai con mio fratello e i tuoi compagni di squadra.»

«E dicevi sul serio?»

«Riguardo a cosa?» Mi massaggio la tempia, esausta, anche se sono sveglia solo da pochi minuti.

«Quando hai detto che si è trattato di un errore.» Fa un gesto tra noi.

«Non lo so, Bishop. È solo che... Non mi aspettavo tutta questa attenzione. Non è una cosa che desidero e non l'ho mai desiderata.» Sospiro e mi giro. «Oggi devo andare a smontare le decorazioni.»

«Pattie e Jules hanno detto che se ne sarebbero occupate da sole» mi ricorda. «È il tuo modo di chiedermi di andarmene?»

«Ho bisogno di tempo per pensare. Ho passato molti anni a evitare i riflettori di mio fratello e ora ci sono dentro fino al collo. Non so minimamente come affrontare la situazione.» Non riesco a guardarlo negli occhi, perché temo ciò che potrebbe vedere se lo facessi. Capirebbe che non voglio assolutamente che se ne vada, che sono spaventata e confusa, che non voglio che quello che dovrebbe essere nostro sia anche di tutti gli altri.

«Giusto. Sì. Ho capito. Allora ci vediamo, immagino.» Si china a raccogliere i suoi vestiti dal pavimento e si avvia lungo il corridoio senza aggiungere altro.

Diversi secondi dopo sento la porta che si chiude. Mi accascio sul letto, che profuma delle decisioni prese ieri sera.

Penso di aver appena spezzato il mio cuore.

25

È andata malissimo

BISHOP

Come avevo programmato di iniziare la mattinata: dentro Stevie.

Come è andata effettivamente: diversamente da come avevo programmato.

Percorro la passeggiata della vergogna lungo il corridoio, nudo e con in mano tutti i miei vestiti.

Per fortuna non ci sono testimoni. Mio fratello non è a casa, quindi non devo avere a che fare con lui. Meglio così, perché sono di pessimo umore e non voglio vedere nessuno. Non voglio parlare dell'epilogo schifoso del miglior sesso fatto negli ultimi… Be'… In tutta la vita.

Non voglio togliermi di dosso il profumo di Stevie, però mi rendo conto che andare all'allenamento con addosso l'odore di sesso, dopo che è stato pubblicato un video in cui pomiciavo in pubblico, non è una buona idea. Perciò faccio la doccia e vado al palazzetto del ghiaccio. Alex mi blocca prima che possa mettere piede nello spogliatoio. «Dobbiamo parlare.»

Ovviamente ha visto il video. «Posso spiegare.»

«Non voglio una spiegazione. Voglio che chiudi quella maledetta bocca e ascolti.» Lo seguo lungo il corridoio, lontano dal chiasso dei miei compagni di squadra, fino al suo ufficio. Alex mi fa cenno di entrare e sbatte la porta. «Siediti.»

Ubbidisco e tengo la bocca chiusa. Non so come andrà a finire. Un ricordo sconveniente – visto il momento – riaffiora come un lampo: io con la testa tra le gambe di Stevie.

«Togliti quel sorrisetto del cazzo dalla faccia.» Sbatte un palmo sulla scrivania, facendomi trasalire.

Mi siedo più dritto. «Scusa.»

Si lascia cadere sulla sedia dietro la scrivania invece che sulla poltrona accanto a me, il che mi dice molto sul suo stato d'animo. Uno dei motivi per cui Alex è un allenatore di così grande successo è che ci tratta tutti da pari a pari. In questo momento non sono affatto un suo pari. Io sono il problema e lui è l'allenatore.

«Ti ho chiesto una cosa sola, e non sei riuscito a eseguirla. Capisci che impressione dà quel video?»

«Non era un...»

Mi interrompe e alza la voce, in collera. «Dovevi mantenere un rapporto professionale finché eri in riabilitazione. Solo questo. Invece sei su tutti i social mentre limoni con la persona che si occupava della tua fisioterapia. Io lo vedo come un grosso "Fottiti" rivolto a me. Rivolto a questa società. È questo che volevi?»

Fino a questo momento non avevo visto la situazione in questo modo, ma capisco perché lui e tutti gli altri la vedano così. Mi apre gli occhi. Cerco di trovare una scusa per giustificare il mio comportamento. «Ma ho già ripreso a giocare. Quindi, tecnicamente, ho tenuto un rapporto professionale finché ero in riabilitazione.»

«Non è questo il punto, maledizione!» Sbatte il pugno sulla scrivania, il bicchiere d'acqua tintinna. Alex fa qualche respiro profondo e apre il portatile. Lo gira e trova il video che è diventato virale. Quello in cui limono con Stevie. Sembra molto più crudo e intenso su uno schermo più grande. «Hai idea dell'impressione che dà dall'esterno?»

Il primo pensiero che mi viene in mente è: "*Sembra un porno soft*", ma non credo sia quello che vuole sentirsi dire. Non rispondo subito, perciò si imbestialisce.

«Tutta questa faccenda dà l'impressione che tu non abbia preso sul serio la tua riabilitazione, o i compagni di squadra, del resto, o i miei cazzo di ordini.»

«Mi sono fatto il culo.»

«A giudicare da questo, sembra tu ti sia fatto ben altro.» Alex si pizzica il dorso del naso. «La riabilitazione con Stevie finisce qui.»

«Ma...»

«Niente discussioni, Bishop. Abbiamo stabilito delle regole e tu ci hai cagato sopra.»

«Ho eseguito i tuoi ordini fino a ieri sera.»

Mi lancia uno sguardo che mi lascia intuire che pensa che io stia sparando un sacco di stronzate. «Se c'era qualcosa tra di voi, avresti dovuto essere collaborativo e parlarmene, invece non lo sei stato.»

«Te ne avrei parlato non appena ne avessi avuto la possibilità, ma ormai è troppo tardi, no?» A dire il vero, avevo già deciso di cambiare la situazione con Stevie ieri sera, e quindi avrei dovuto parlare con Alex dell'evento. Ma nella mia testa non avevo considerato l'impressione che avrebbe dato una relazione tra me e lei – pessima, in effetti.

«Vuoi prendermi per i fondelli, Winslow?»

«Sto cercando di spiegare. Ho lavorato sodo con Stevie. Abbiamo passato un sacco di tempo insieme negli ultimi due mesi e fino a ieri sera ho rispettato il patto. Ho tenuto le mani a posto e mi sono concentrato. È grazie a lei se sono tornato in pista.»

«Il che significa che non hai più bisogno di lei per la fisioterapia. Se lavorasse per la squadra, in questo momento sarebbe senza lavoro. Voglio che tu vada dal fisioterapista del team, poi potrai tornare a casa.»

«E l'allenamento?»

«Penso che dovresti farmi un favore e dare al capitano della tua squadra un po' di tempo per calmarsi.»

«Non ho capito bene. Mi mandi a casa perché Rook è di cattivo umore?»

«Ti mando a casa perché devo dare l'esempio. Hai disobbedito a un ordine ben preciso e non sei venuto da me quando avresti dovuto. Avremmo potuto evitare tutto questo. Fisioterapia e poi a casa. Chiaro?»

«Sì, signore.»

Non discuto oltre, non voglio peggiorare la situazione.

La sera successiva ho il permesso di giocare, ma non posso dire che è una cosa positiva. Ho la testa altrove e Rook è incazzato con me, il che significa che sono tutti tesi. Inoltre, aver saltato l'allenamento fa sì che le mie prestazioni sul ghiaccio siano tutt'altro che eccezionali. Oltretutto, sono maledettamente contratto perché non ho Stevie che mi impone fisioterapia extra.

Come se questa serata non facesse già abbastanza schifo, non vedo né sento Stevie da quando mi ha mandato a casa ieri mattina. Non so quale sia il protocollo. Vuole un po' di spazio. Significa che devo lasciarla completamente in pace? Le mando dei fiori? Una pizza? Busso alla sua porta e le chiedo se è pronta a parlare? Oppure lascio che le acque si calmino e aspetto che sia lei a venire da me?

È tardi quando torno a casa dalla partita. Rimango in mezzo all'atrio, annusando i fiori eccessivamente profumati sul tavolo con il ripiano in vetro. Rifletto sulla possibilità di bussare alla sua porta. Non voglio causare ulteriori problemi con la squadra, e non voglio spingere Stevie a parlare prima che sia pronta, quindi lascio perdere, anche se non è quello che desidero.

La mattina dopo partiamo per una breve trasferta. Giocheremo a Nashville, Tennessee. In genere sono entusiasta di andare nello Stato in cui sono nato e di poter incontrare i vecchi amici del college. Ma stavolta non ho nessuna voglia di dovermi giustificare per quel video.

In genere, quando sui social circola qualcosa sul mio conto, la mia tattica difensiva consiste nel non commentare. Ho sempre proceduto in questa maniera con le donne che pubblicano foto mie dopo essere andate a letto con mio fratello. Tuttavia, non mi era mai capitato che un pettegolezzo sul mio conto si diffondesse in lungo e in largo. Sto evitando di agire solo perché non so a che punto siamo Stevie e io, visto che nemmeno mi parla.

Non voglio confermare quello che Stevie ha raccontato a Rook – cioè che è stata colpa sua – ma non voglio nemmeno dire che stiamo insieme, se non stiamo davvero insieme. È un gran casino. Ho deciso che finché non parliamo terrò la bocca chiusa. È risaputo che quando la apro per dire quello che penso mi procuro un sacco di problemi.

Kingston e io condividiamo la stanza, come sempre, ma da quando è uscito quel video virale è strano con me. Lascia cadere la valigia sul letto, apre la cerniera e inizia a riporre i vestiti. Kingston funziona seguendo una routine. Accende il piccolo ferro da stiro che porta sempre con sé, per togliere le pieghe dai vestiti prima di appenderli nell'armadio.

Mi lascio cadere sull'altro letto e aggancio un braccio dietro la testa. «Per quanto tempo sarai incazzato con me?»

Kingston sposta i boxer dalla valigia al cassetto del comodino accanto al letto. «Non sono arrabbiato.»

«Davvero? Perché sembra proprio di sì.»

Fa roteare la testa, come per stirare i muscoli del collo, poi si gira verso di me. «Sono deluso.»

«Per cosa?»

«Per come stai affrontando questa faccenda.»

«Ti riferisci a Stevie?»

«Che altre faccende ci sono?» domanda.

«Non è colpa mia se hanno pubblicato un video di noi che ci baciamo.»

Serra le labbra e scuote la testa. «Forse no, ma non hai fatto nulla per mettere a tacere le voci che circolano, non hai rilasciato alcuna dichiarazione. Non ti sei nemmeno scusato con Rook.»

«Per cosa diavolo dovrei scusarmi?»

«Per non aver riflettuto a fondo sulle tue azioni, Bishop. Hai messo sua sorella sotto i riflettori e non hai fatto nulla per proteggerla dopo l'accaduto. Dici che ti piace e che vorresti stare con lei, ma il fatto che tu non faccia nulla dimostra esattamente il contrario, non credi?»

«Stevie è andata fuori di testa. Mi ha chiesto del tempo per pensare perché non vuole stare sotto i miei riflettori. E adesso non vuole parlarmi. Il coach mi ha ordinato di non fare più riabilitazione con lei e che è meglio che non venga a sapere che lavoriamo alle sue spalle. Cosa dovrei fare?»

«Qualunque cosa sarebbe meglio di niente. Quel video è online da quattro giorni e tu non hai fatto nulla. Eviti le domande e non provi a dissuadere le persone dal credere al peggio. Nessuno vuole essere ritratto come viene ritratta Stevie in questo momento.»

«Quindi cosa faccio?»

Si massaggia la nuca. «Smettila di farla passare per una coniglietta e rivendica la vostra relazione.»

«Ma il coach ha detto...»

«L'allenatore e tutta la squadra pensano che tu abbia scherzato con lei per fare lo stronzo. Nessuno sa veramente che ti piace quella ragazza, a parte me.»

È una giusta osservazione. Non ci avevo pensato. «E se lei non volesse essere la mia ragazza?»

«Almeno avrai messo a tacere tutte le voci di merda che circolano in giro. Lo devi a lei e al resto della tua squadra, non credi?»

Vinciamo la partita e io riesco a realizzare un assist. È un vero miracolo, considerando la freddezza dei miei compagni. Dopo la mia chiacchierata con Kingston li capisco. Stevie non si fa sentire, però le invio comunque un messaggio per dirle che dovremmo parlare. Vorrei prendere provvedimenti in merito al video, ma mi servono sue indicazioni per capire in che direzione andare, perché quello che voglio dichiarare io è diametralmente opposto a ciò che lei ha detto a Rook, e questo aprirà inevitabilmente il vaso di Pandora. Non sono contrario a trattare con lui, tuttavia, ho bisogno di sapere che posizione prendere, perché l'ultima cosa che voglio è gettare Stevie nella fossa dei leoni – anche se penso sia inutile raccontare cazzate a suo fratello.

Sono esausto, ma vado in un locale con il resto della squadra. Come al solito, Kingston ordina un bicchiere di latte e io prendo una birra. Si sono unite alcune persone con cui frequentavamo il college, il che significa che alla fine bevo più di una birra. Continuo a controllare il telefono per vedere se Stevie ha risposto, ma per ora niente.

Quando torno dal bagno mi fermo al bancone. Dovrei smettere di bere, altrimenti domani passerò una brutta giornata, ma il fatto che Stevie non mi parli e che non possa risolvere la questione mi mette in ansia.

Qualcuno si infila tra me e un altro ragazzo che aspetta al bancone. Il profumo mi è familiare. Mi volto a guardare la donna che ha invaso il mio spazio personale.

«Shippy! Mi sembrava che fossi tu! Non potrei dimenticare quel lato B nemmeno se ci provassi!»

Cazzo. Dopo oggi, questa è l'ultima cosa di cui ho bisogno. «Penny.»

Le sue labbra coperte di rossetto si allargano in un sorriso, probabilmente di fronte alla mia espressione scontenta. «Non preoccuparti, Shippy, non sono qui per creare problemi.» Mi mette una mano davanti al viso, un anello di diamanti luccica nel locale poco illuminato.

«Congratulazioni. Chi è il fortunato?» Almeno non devo preoccuparmi che ci provi con me.

«Chuck Peterson. Possiede la società immobiliare della nostra città. Te lo ricordi, vero? Ha messo dei cartelloni pubblicitari in tutta la città in questi giorni. Il più grosso agente in circolazione.»

«Grandioso.» Ovviamente non è cambiato nulla da quando ci siamo lasciati: è sempre una questione di status, di soldi e di visibilità.

Ordino una birra per me e le chiedo se posso offrirle qualcosa, sperando di liberarmi di lei il più in fretta possibile. Ovviamente vuole un drink ricercato del cazzo. I suoi occhi si illuminano e mi dà una pacca sul petto. «Facciamoci un selfie! Chuck sarà gelosissimo di non essere riuscito a incontrare te e King!»

Tira fuori il telefono e mi stringe il braccio. Fa quell'espressione strana a cui tutte le donne sembrano affezionate di questi tempi. Le lascio scattare questa stupida foto, altrimenti rischia di fare una scenata, e provo anche a sorridere per non sembrare uno stronzo totale.

Per fortuna ci servono da bere. Lascio cadere i soldi sul bancone e porto via il culo prima che possa mettermi di nuovo alle strette e chiedermi altri selfie. Mi dirigo verso un tavolo nell'angolo, dove Kingston è rintanato con gli amici del college.

Sto per sedermi quando qualcuno mi afferra.

«Ma che cazzo fai?» Rook freme di rabbia.

Abbasso lo sguardo sulla sua mano stretta attorno al mio braccio. «Di che cazzo parli?»

Solleva il labbro in un ghigno. «È una specie di barzelletta?»

«Non so nemmeno di cosa stai parlando.»

«Tu e quelle dannate coniglietta. Circola un video virale di te e Stevie ed è così che pensi di gestire la faccenda? Mettendola ancora di più in cattiva luce?»

Indico oltre la spalla con un pollice. «Io andavo al college con questa gente.»

«E questo dovrebbe migliorare le cose, dopo che ti metti in posa per fare i selfie con una tipa in un locale, mentre quattro giorni fa pomiciavi con mia sorella?»

«Non sai un cazzo, Rook.»

«Col cavolo. È a pezzi per tutta questa faccenda. Non credi di aver combinato abbastanza danni? Non pensi mai a nessun altro, oltre che a te stesso?» Rook è nel mio spazio personale, alterato quanto me.

«Vuoi prendermi in giro? Sei tu il motivo per cui non mi parla. Sei tu il maledetto problema, Rook.»

«Sono io il problema? Avrei dovuto romperti il culo settimane fa.»

«Ehi, ragazzi, dovete calmarvi, se non volete beccarvi una sospensione.» King cerca di convincerci a fare entrambi un passo indietro, ma lo ignoriamo.

Sono stanco di Rook e delle sue stronzate. Stanco delle persone che si prendono ciò che voglio io. «Pensi che mi importi qualcosa della sospensione in questo momento? Fanculo. Vuoi prendermi a pugni, Bowman? Allora dai.»

Lui fa scattare la mascella. «Dovranno portarti all'ospedale quando avrò finito con te, stupido buffone.»

«Io scommetto che sarà il contrario.» In questo momento sono così incazzato che una foschia rossa mi offusca la vista. Ammetto, da qualche parte nei meandri della mia mente, che le mie capacità decisionali sono fortemente compromesse dall'insolita quantità di alcol che ho consumato stasera, dalle accuse assurde di Rook e dal fatto che Stevie mi sta evitando.

Ma sono stufo di inchinarmi davanti a tutti gli altri, di fare marcia indietro e di camminare sulle uova. Ho seguito ogni singola regola, ho rispettato ogni cazzo di limite e ora ho smesso di preoccuparmi di tutti gli altri e di ciò che vogliono.

Rook punta il mento verso l'uscita. «Andiamo dove non ci vede nessuno.»

Stringo e allento i pugni, imitando il suo sorrisetto. «Per me va bene.»

Usciamo dal locale. King e un paio di altri ragazzi ci seguono. Sono abbastanza sicuro che stiamo pensando tutti la stessa cosa: dobbiamo trovare un vicolo buio e deserto in cui prenderci a calci. Finiamo vicino ai cassonetti dell'immondizia. Fa caldo e l'odore di cibo rancido dà il voltastomaco.

«Ragazzi, è davvero una pessima idea» provo a dire King, prima che la porta gli si chiuda in faccia. La apre con uno strattone. Quando esce nel vicolo ha un'espressione che non gli ho mai visto prima. Arriccia il naso per l'odore putrido, ma incrocia le braccia e si appoggia alla porta di acciaio chiusa. «Sono qui per mediare.»

Rook e io lo guardiamo, poi riportiamo l'attenzione l'uno sull'altro.

«Ti avevo detto di tenere le mani lontano da mia sorella, cazzo, e non mi hai ascoltato» ringhia Rook. Si sistema in quella che sembra una posizione di combattimento.

«Non prendo ordini da te.»

«Alex ti ha ordinato di mantenere un comportamento professionale.»

«Finché non fossi tornato in pista, cosa che è successa.»

«Perciò hai pensato di prenderla in giro e di usarla come una delle tue conigliette?» Mi tira un pugno. Non me lo aspettavo. È scarso e scorretto, ma il montante mi fa scattare la testa all'indietro e mi fa vedere le stelle.

Inciampo sui bidoni dell'immondizia e finisco per terra. Approfitta del mio stato di disorientamento e mi viene addosso. Per mezzo secondo, riesco seriamente ad apprezzare quanto sia disposto a spingersi per proteggere sua sorella e quanto lei debba significare per lui.

«Sono innamorato di lei, brutto stronzo!» urlo. E non lo dico solo per il fattore shock e per lo stupore. Negli ultimi giorni, senza di lei, mi sono sentito un coglione depresso, anche peggio del solito. Mi sento come un albero sradicato, privato del suo nutrimento vitale.

Rook si blocca con il pugno a mezz'aria. La sua espressione diventa confusa. Sfrutto quest'attimo di distrazione a mio vantaggio e ci faccio rotolare in modo che sia lui a stare con la schiena a terra al posto mio. Mi fa già male la mascella. Se mi ha rotto qualcosa mi incazzerò da morire.

«La amo e tu sei il motivo per cui non mi parla!»

King mi tira su.

Rook si rimette in piedi. «Sei tu quello con una sfilza di foto lunga un chilometro insieme alle conigliette sui social.»

«Quelle sono le conquiste di mio fratello, non le mie. Quando mai mi hai visto rimorchiare una coniglietta? Mai, cazzo!»

«Stronzate» sbotta Rook. Eppure riesco a vederlo mentre ripercorre il precampionato, cercando di ricordare un momento in cui mi abbia visto chiacchierare con una coniglietta o portarne una a casa con me. Sono il più educato possibile con i fan, considerando che sono uno stronzo anche nei miei giorni migliori.

«Sai qual è la schifosa verità? Il fatto che il *tuo* cazzo di passato sia la ragione per cui Stevie sta andando fuori di testa in questo momento. Sei *tu* quello che mi sta rovinando tutto.»

«Di che diavolo stai parlando?»

Probabilmente dovrei fermarmi finché sono in tempo, ma non riesco proprio a tenere la bocca chiusa. Sono passati giorni e sono stufo di Stevie che mi evita e di Rook che si incazza con me quando è lui il maledetto problema. «Vive nella tua ombra di merda.»

Aggrotta la fronte. «No, non è vero.»

«Sì. È vero. Evita di attirare l'attenzione perché ha il terrore che la gente veda in lei solo la sorella minore di Rook Bowman.» Allargo le braccia, invitandolo a colpirmi di nuovo. «Non hai idea di quanto sia dura per lei. Pensa che qualunque cosa faccia la sua identità sarà sempre legata a te, e crede che se fosse la mia ragazza sarebbe la stessa merda.»

Rook sembra sgonfiarsi. Si passa una mano tra i capelli, frustrato. «Tu hai lasciato che quel video finisse in rete e non hai fatto nulla per rimediare.»

«Che diavolo avrei dovuto fare? Mi ha tagliato fuori e non mi parla. La mia squadra pensa che io sia uno stronzo. Tu sei incazzato e tutti i nostri compagni lo sanno. Fantastico per il morale, eh? E Alex l'ha esclusa dal mio programma di fisioterapia per cercare di appianare la situazione.» Ansimiamo entrambi. Io mi massaggio la mascella e lui si massaggia le costole.

«Non gli ho chiesto io di farlo.»

«Non ce n'era il bisogno. Per come la vede lui, sono io la causa del dissenso. Ciò significa che sto incasinando la squadra. Sarò uno stronzo, ma ci tengo a questo team.» Cammino avanti e indietro, toccandomi la nuca. Anche se tutti erano incazzati con me, sono comunque riuscito a dare un contributo prezioso all'ultima partita.

«Sono stato paziente per tutto questo tempo. Non ho insistito con lei, su niente. Ci sono andato piano. È stata la mia fisioterapista e abbiamo passato molto tempo insieme. Mi sono concentrato sul mio recupero e le ho dato il tempo di dimenticare quello stupido idiota che si è preso gioco di lei. Anzi, a proposito, anche quello è colpa tua.»

«Come diavolo fa a essere colpa mia?»

«Lei vuole solo un fratello. Non le serve che provi a sostituire vostro padre. Voleva che tu pensassi che stava bene, perciò si è trovata uno scudo e se l'è fatto andare bene finché ha potuto.»

«Cosa?» Aggrotta ancora di più la fronte, la sua confusione si trasforma in inquietudine. «Come fai a saperlo?»

«Me lo ha detto. Mentre tu eri impegnato con la tua vita e con la tua carriera, e a sentirti così sicuro che io volessi prenderla in giro, io l'ho ascoltata. E ho aspettato che stesse abbastanza bene da poterle dire cosa provo per lei, maledizione.»

«*Tu* hai fatto passare Stevie per una coniglietta» ribatte.

«Su internet girano ancora foto di te che scopi con due donne in una cazzo di vasca idromassaggio!» Mi colpisco il petto con un dito e continuo. «Io l'ho solo baciata!»

«Sembrava molto più di un bacio, e lo sai benissimo.»

Okay. Mi ha costretto lui. «Sarebbe stato meglio se non fosse successo in pubblico e se qualcuno non lo avesse pubblicato perché tutta la nazione potesse specularci sopra. Ma in mia difesa posso dire che non la vedevo da quasi un settimana. Le emozioni erano alle stelle.» Uso la stessa battuta che mi ha dato lei: la sua scusa per aver lasciato che le cose arrivassero fino a quel punto. Tutte stronzate. L'unico motivo per cui non è successo prima è che il mio bastone non funzionava bene e stavo aspettando che lei dimenticasse quello stronzo del suo ex. E, in parte, anche gli ordini di Alex hanno avuto un peso.

Rook incrocia le braccia al petto, il suo labbro trema. «Mi ha detto che è stata lei a baciarti, non il contrario.»

«Pensava che avresti reagito in modo eccessivo e non voleva che tentassi di uccidermi. Sembra che avesse ragione su questo.»

Alza gli occhi al cielo, poi li riporta su di me, riducendoli a due fessure. «Eri lì.» Non è una domanda. La sua voce è improvvisamente bassa.

Mi rendo conto di avere appena pestato una merda enorme. Accidentalmente, ho dichiarato che ero da Stevie la mattina dopo il video. Non ci vuole uno scienziato missilistico per fare due più due.

In un batter d'occhio Rook è nel mio spazio personale e mi afferra per la camicia. Sarà un paio di centimetri più basso di me ma altrettanto robusto. Se dovessi tirare a indovinare, direi che sarebbe uno scontro abbastanza equilibrato – o almeno lo sarebbe stato fino a pochi secondi fa. «Sei andato *a letto* con mia sorella?»

Alzo una mano in segno di resa e gli afferro il polso. La sua presa è forte vicino alla gola. Sembra pronto a commettere un omicidio. «Rook, ascolta.»

«Rispondi alla mia cazzo di domanda, Winslow.»

Scuoto la testa. «Non posso.»

«Cazzate! Rispondi alla mia cazzo di domanda.»

«Non spetta a me dirtelo. Se vuoi saperlo, dovrai parlare con Stevie.»

«Figlio di puttana.» Ci fa girare e mi spinge contro il muro di mattoni.

«Rook, bello, rilassati» interviene Kingston.

Avevo dimenticato che era qui.

Rook gli rivolge a malapena uno sguardo. «Non ti intromettere, King. Tu mi piaci, però se ti metti in mezzo faccio fuori anche te.» Mi preme l'avambraccio sulla gola.

«Calmati, Rook» provo a dire.

«Non dirmi di calmarmi. È mia sorella.»

«E io sono innamorato di lei.»

Espira rabbiosamente, come un toro pronto a caricare. «Se i ruoli fossero invertiti, prenderesti a calci in culo il tuo compagno di squadra per aver messo le mani addosso a tua sorella?»

«Non ho una sorella.»

«Fai finta di averla.»

Sospiro. «Non posso. Io ho solo un fratello che sfrutta la mia notorietà per rimorchiare.»

«King, se Winslow andasse a letto con tua sorella lo prenderesti a pugni?»

Kingston fa guizzare lo sguardo lì intorno, come se stesse cercando qualcun altro con il suo stesso nome che risponda al posto suo. «Ehm...»

«Sii onesto» sbotta Rook.

«Io non uso la violenza per risolvere i miei problemi» risponde Kingston.

Rook gira la testa per guardarlo con un sopracciglio inarcato.

Kingston sospira. «Probabilmente sarei propenso a prenderlo a pugni.»

«Sul serio, King?»

«Scusa.» Si stringe nelle spalle. «È un dovere di fratello. E poi c'è quel video...»

«Fai schifo, amico mio. Me ne ricorderò quando avrai problemi con le donne in futuro.»

«Non ho in programma di andare a letto con nessuna delle sorelle dei miei compagni di squadra, quindi dovrei essere a posto.» Giuro che Kingston sta sorridendo.

Stronzo.

«Mi concederai quattro colpi.» Rook allenta la presa sulla gola e fa un passo indietro, poi scrocchia le nocche con un sorriso sinistro.

«Due, niente viso e niente inguine.»

«Scordatelo. Mi merito almeno un pugno in faccia.»

«Mi hai già dato un pugno in faccia.»

Salta come un pugile e muove le mani. «Quello era prima di sapere che sei andato a letto con mia sorella.»

«Tre colpi in tutto il corpo. Niente inguine o testa. Non vogliamo prove evidenti e non vogliamo rischiare una commozione cerebrale» interviene Kingston.

«Ma tu da che parte stai?» chiedo.

«Non sto da nessuna parte. È una questione di giustizia fraterna. E spero che quando avrete finito voi due metterete finalmente fine a questa inimicizia. Siamo tutti stufi, accidenti, quindi procediamo e poi andiamo avanti.» Kingston fa un gesto come a dire "vai".

Rook annuisce e saltella ancora un po' di qua e di là, stringe e allenta i pugni per fare scena.

«Colpiscimi e falla fini...»

Mi colpisce con un montante al diaframma. Inciampo di nuovo contro il muro, ansante.

«Questo era per il video.» Mi fa cenno di avvicinarmi di nuovo.

Prendo qualche respiro profondo, poi mi rimetto dritto – che male – e mi allontano dal muro, pronto per il colpo successivo. Rook fa un'altra finta e mette a segno un gancio sul fianco. Cado su un sacco dell'immondizia che esplode sotto di me. Per fortuna sembra essere un mucchio di carta e plastica.

«Stai bene, Ship?» domanda Kingston.

«Sì. Dammi un secondo.»

Proprio mentre mi rimetto in piedi e Rook ritorna alla sua posizione da pugile, la porta si apre con uno schianto, facendo inciampare Kingston in avanti. «Cosa diavolo sta succedendo qui?» Il coach Waters esce nel vicolo, il volto contorto in una smorfia per la puzza mentre ci osserva tutti e tre.

Cerco di assumere una posa naturale appoggiandomi a un cassonetto, perché il colpo al fianco mi sta uccidendo. Inoltre, potrei vomitare da un momento all'altro a causa del dolore e della puzza di marcio che c'è qui fuori. Nel frattempo Rook si infila le mani in tasca.

«Stiamo chiacchierando, Alex» risponde Rook. Potrebbe quasi essere credibile, se entrambi non stessimo ansimando. Siamo anche sudati.

Alex guarda Kingston.

Lui intreccia le mani davanti al viso del coach. «Stanno risolvendo le loro divergenze. E io sto mediando per assicurarmi che la situazione non sfugga di mano.»

«Quindi sei l'arbitro?»

«No, signore, sto solo mediando una discussione come osservatore imparziale che vorrebbe vedere i propri compagni di squadra andare d'accordo in modo da poter giocare a hockey nel miglior modo possibile.»

«Tu riusciresti a vendere una stufa a un beduino» brontola Alex. Si gira verso di noi e sospira. «Voi due avete tirato fuori tutto?»

«Più o meno, sì.» Rook annuisce.

«Sì» confermo.

«Portate il culo nelle vostre stanze. Domani mattina dobbiamo svegliarci presto.» Alex tiene la porta aperta e ci lascia entrare tutti. Kingston fa strada e noi lo seguiamo, con Alex dietro di noi come un maestro d'asilo che si assicura che i bambini non escano dalla fila. «Dio, puzzate come se vi foste rotolati nel cassonetto» borbotta.

Ci accompagna fino all'ascensore, scuote la testa mentre aspettiamo che le porte si aprano. «Ti va di accompagnare questi due di sopra senza che si uccidano a vicenda?» chiede a Kingston.

«Sì, signore. Mi assicurerò che tengano le mani a posto.»

Entriamo tutti e tre in ascensore. Credo che Kingston se ne penta all'istante, perché Rook e io puzziamo di spazzatura. Preme il pulsante del nostro piano e le porte si chiudono.

«Ho ancora un colpo.» Rook si rimette in posizione di combattimento.

Allargo le braccia. «Forza.»

Stavolta punta alla milza. Inciampo all'indietro e afferro il corrimano per non cadere. Tira davvero dei gran bei pugni. Tossisco un paio di volte. «Ti metterai in mezzo, tra me e Stevie?»

«No, se sei quello che vuole.» Le porte si aprono al suo piano. Esce nel corridoio e poi tiene la mano sul sensore. «Ma se le spezzi il cuore ti ammazzo.»

«Te lo lascerei fare.»

«Sono contento che finalmente siamo sulla stessa lunghezza d'onda.»

26

Padre-fratello

STEVIE

Oggi la squadra dovrebbe rientrare in città, e io mi alzo prestissimo. Da quando la storia con Bishop è andata alla deriva ho dormito da schifo. La situazione è peggiorata da qualche giorno, dopo che mi ha inviato un messaggio che diceva: "Dobbiamo parlare". Secondo la mia esperienza, un messaggio del genere non è mai presagio di una chiacchierata positiva.

Vago per l'appartamento per almeno mezz'ora. Sono irrequieta, perciò decido di fare qualcosa per tenermi impegnata e tenere a bada l'ansia. So che i ragazzi dovrebbero arrivare nel primo pomeriggio. Mancano ancora molte ore e non credo di poter sopportare di restare nel mio appartamento ad aspettare Bishop.

Vorrei inviargli un messaggio, ma non lo contatto da giorni quindi mi sembrerebbe piuttosto strano farmi viva adesso. Inoltre, se gli scrivo ora, passerò tutto il tempo a controllare se mi ha risposto, o continuerò a inviargli messaggi finché non risponde, il che mi farebbe sembrare una disperata. Lo sono, ma dubito che sia una buona strategia.

Mi rendo conto di aver commesso un errore. Il fatto che ci sia un video virale in cui Bishop e io ci baciamo fa schifo? Sì. Ma non è stata colpa sua. Ho passato una settimana a evitarlo anziché affrontare le conseguenze, perché ho paura. Sembra che evitare i problemi sia la mia tattica preferita quando bisogna gestire situazioni scomode.

È arrivato il momento di crescere. Il giudizio retrospettivo è un gran bastardo.

Per fortuna Pattie e Jules mi hanno invitata per il brunch. Servirà a distrarmi dal ritorno imminente di Bishop. È ancora molto presto per andare da loro, perciò prendo l'autobus per dirigermi in clinica, con l'intenzione di smaltire un po' di ansia. Metto il costume da bagno e vado in piscina. Qualunque tipo di attività fisica svolga in questi giorni mi ricorda Bishop.

Inizio a nuotare a dorso. Quando raggiungo la fine della vasca faccio una virata sott'acqua e passo allo stile libero. Dopo qualche vasca mi fermo a riprendere fiato. Strillo nel momento in cui trovo un paio di piedi pelosi sul bordo della piscina.

«Dio santo, Joey! Che diavolo stai facendo, oltre a essere un bastardo inquietante?»

Ignora l'insulto e mi lancia uno sguardo che non riesco a decifrare. «Come stai, Stevie?»

«Stavo bene finché non mi hai spaventata a morte con le tue dita da hobbit.» I piedi di Joey mi hanno sempre spaventato. Nuoto fino alla scaletta ed esco dall'acqua. Ho lasciato l'asciugamano nello spogliatoio, quindi non ho niente con cui coprirmi a parte le braccia – che nascondono molto poco. Per fortuna indosso un costume da bagno intero, che mi schiaccia le tette ed è puramente funzionale, a differenza dei costumi da bagno che indossavo quando Bishop e io facevamo le sessioni di terapia nella vasca da bagno. Vorrei poter smettere di pensare a lui.

«Davvero? Non sei turbata?»

«Per?» Scuoto la testa per stappare un orecchio.

«Oh, merda. Non l'hai ancora visto, vero?» Finge sorpresa.

Sospiro. Non ho alcuna voglia di cadere nell'ennesima trappola tesa dal mio stupido ex. «Joey, perché non mi lasci in pace?»

«Senti, Stevie, so che non posso riconquistarti. Lo capisco, però non voglio che tu ti metta nella posizione di soffrire di nuovo. Ho pensato che dovresti essere preparata.»

«Preparata per cosa?» Cerco di superarlo, ma mi blocca il passaggio e mi tiene il telefono davanti al viso. Glielo strappo di mano, pronta a lanciarlo in piscina. Poi però vedo cosa c'è sullo schermo.

Bishop con una piccola bruna appiccicata al fianco. Potrebbe non significare niente. Ma potrebbe anche significare qualcosa. Soprattutto dal momento che non guarda con rabbia la telecamera.

Se significa qualcosa, non posso incolpare nessuno se non me stessa, dato che sono stata io a dire che andare a letto insieme era stato un errore. Sono una vera idiota.

«Sono bravissima a scegliere gli uomini, eh?» Gli spingo il telefono contro il petto.

Quando faccio per allontanarmi, mi afferra il polso. «Mi dispiace, Stevie. Pensavo solo che dovessi saperlo.»

«Bene. Ora lo so. Ben fatto. Puoi lasciarmi andare adesso?»

«Posso portarti fuori a prendere un caffè, se vuoi parlarne. Ho incasinato le cose tra me e te. Magari non posso risolverle, però potrei essere tuo amico.»

Chiudo gli occhi ed espiro lentamente, cercando un briciolo di compostezza. «Mi hai tradita e hai cercato di dare la colpa a me.»

«Io non ho...»

«Stai zitto! Non ti sei mai scusato per quello che hai fatto. Eri dispiaciuto solo perché l'ho scoperto. Io mi assumo la responsabilità del mio errore, ovvero stare con te per un anno. Non siamo mai stati bene insieme. Non avrei mai dovuto accettare di venire a vivere con te. Ti ho usato, proprio come tu hai usato me, quindi siamo pari.» Questa volta, quando gli giro intorno, non cerca di fermarmi. «Oh, e so che sei stato tu a caricare quel video la settimana scorsa, quindi puoi smetterla con tutta questa finta premura. Io e te non saremo mai più niente.» È bello scaricare tutti questi mesi di frustrazione repressa, finalmente.

Questa volta, quando mi allontano, non prova a seguirmi.

Venti minuti dopo ho fatto la doccia e mi sono vestita, ma anziché sentirmi meglio mi sento infinitamente peggio. Vorrei solo affogare in un chilo di gelato. Faccio capolino fuori dallo spogliatoio con la testa, in caso Joey fosse in agguato. Pare, però, che finalmente abbia capito l'antifona. Avrei dovuto affrontarlo secoli fa. Mi sono fatta valere e forse Joey mi lascerà in pace. Non chiedevo altro.

Mi trascino fino all'ingresso principale, con il telefono in mano a cercare sui social la foto che ho visto sul telefono di Joey, schiacciata da emozioni che non so come gestire. Quella foto è stata scattata tre giorni fa, più o meno nello stesso momento in cui Bishop mi ha mandato il messaggio per dirmi che dovevamo parlare. Ero pronta a dirgli che ero d'accordo e invece lui potrebbe aver già voltato pagina.

Sto per scrivere un messaggio a Pattie per dirle che sto arrivando e che avrò bisogno di una vaschetta di gelato, quando mi accorgo di aver ricevuto dei messaggi da Lainey. Voglio molto bene a mia cognata. È stata incredibilmente imparziale in tutta questa faccenda e apprezzo sinceramente il fatto che non si sia schierata.

Leggo i suoi sms, nella speranza che ci siano informazioni sul rientro a casa di mio fratello, perché così saprò anche quando arriverà Bishop.

Lainey: Sei a casa?
Stevie: Alla clinica
Lainey: Di sabato?????
Stevie: Sono venuta a farmi una nuotata, dovevo bruciare un po' di energie. Sto andando da Pattie e Jules. Che succede?
Lainey: Volevo sapere che facevi. Scrivimi più tardi!

Segue un video di Kody con la faccia ricoperta di budino al cioccolato, che mi dice che mi vuole bene. Lainey mi ha scritto tutti i giorni questa settimana per sapere come stavo. Rispondo con una sfilza di emoji con gli occhi a cuoricino.

Invio un messaggio a Pattie e Jules mentre mi dirigo verso casa loro. Sono a metà strada quando un'auto si ferma accanto a me e rallenta per andare alla mia stessa velocità. Se oggi mi rapissero sarebbe solo una fortuna.

Sto per dire a questo tizio di girare alla larga, quando mi accorgo che l'auto mi è familiare e lo è anche la persona alla guida. «Ti serve un passaggio?» RJ sorride timidamente.

«Pensavo che sareste arrivati nel pomeriggio.» Non è un saluto molto caloroso, ma è la verità.

«Si stava avvicinando un temporale perciò siamo partiti prima. Lainey mi ha detto che stavi andando a casa delle tue amiche e ho pensato di provare a raggiungerti lungo la strada.» Tamburella le dita sul volante. «Possiamo prendere un caffè veloce o qualcosa del genere?»

«Okay. Certo.» Salgo in macchina e invio un altro messaggio a Pattie e Jules per avvisarle che sono con mio fratello.

RJ non ha il tempo di dire molto in auto visto che il bar è a meno di quindici metri. Entra nella corsia per l'asporto.

Io ordino un frappé ghiacciato, abbastanza simile al gelato.

Ritiriamo il nostro ordine e RJ accosta sulla carreggiata. «Ti devo delle scuse» dice.

«Per cosa?»

«Riguardo tutta la faccenda con Bishop. Mi sbagliavo su di lui.»

Io scoppio a piangere. Credevo davvero che avesse torto, eppure ora non ne sono più così sicura. A suo merito, RJ non si lascia prendere dal panico come farebbero la maggior parte dei ragazzi. Forse perché ha sposato una donna con un disturbo d'ansia, e a volte quell'ansia si manifesta in pianto.

«Ehi, cosa c'è che non va?» Si allunga sul sedile e mi dà una stretta sulla nuca, il che in realtà mi fa piangere ancora più forte perché è esattamente quello che farebbe Bishop, ma sono quasi certa di aver rovinato tutto.

Non riesco a rispondere alla sua domanda. Sono uno schifo e continuo a singhiozzare. Ritrovo sul telefono l'immagine che mi ha fatto vedere Joey meno di mezz'ora fa e la mostro a RJ. «Penso che per lui sia già finita» piagnucolo. Non so se parlo in maniera comprensibile.

«È per questo che sei turbata?» chiede RJ.

«Si è messo in posa! Non si mette mai in posa. Mai. Quando la gente cerca di fotografarlo ha sempre l'espressione di uno che ha mangiato merda a colazione, ma qui non sembra per niente scoglionato. E io sono stata male per tutta la settimana!» Parlo tra i singhiozzi. È piuttosto eccessivo anche per me.

«Non so se lo classificherei come un sorriso. E comunque quella è una ragazza che conosceva dal college. Ed è sposata.»

Sento germogliare un minuscolo seme di speranza, però lo sopprimo. «E tu che ne sai?»

Ingrandisce l'immagine finché non riesco a vedere il masso all'anulare della ragazza. «Io e Bishop abbiamo litigato per questa foto. Subito dopo che è stata scattata. In sostanza ci siamo minacciati di ucciderci a vicenda.»

«Cosa?!» Osservo mio fratello. Non vedo segni di ferite, ma posso giudicare solo dal collo in su e dai bicipiti in giù. «Lui sta bene?»

«Sì, sta bene. Insomma, gli ho dato un paio di pugni e lui me ne ha restituito uno, ma ora siamo a posto. Avevo torto, Stevie, e mi dispiace.»

«Quindi non mi ha dimenticata?»

«No. Per niente. Anzi, è tutto il contrario.» Mi stringe in un abbraccio goffo e impacciato per via della console centrale che ci separa. «Avrei dovuto ascoltarti. Ho spostato la questione su di me quando non c'entravo nulla e ho interferito quando non avrei dovuto. Ma, a essere onesto, ti avevano appena spezzato il cuore e non volevo vederti soffrire di nuovo.»

«Lo so. Apprezzo che tu voglia proteggermi, però l'unico risultato è stato che ho dubitato ancora di più di me stessa.» La settimana scorsa è stata un vero schifo. Non sapere nulla e sentirmi paralizzata dall'incertezza è stato orrendo.

Mi lascia andare e si rimette dritto. «Mi dispiace. È solo che... Mi sento molto in colpa per non essere stato molto presente per te e la mamma quando papà è morto.»

«Ma tu eri presente.»

«Non lo ero davvero.» Scuote la testa. «Sono venuto al funerale e ho sbrigato le questioni pratiche, ma non ero veramente lì come avrei voluto. Ho affrontato tutto abbassando la testa e concentrandomi sull'hockey quando avrei dovuto starvi vicino e assicurarmi che steste bene. Volevo trovare un modo per riempire quel vuoto, e immagino di aver pensato che se avessi potuto riempirlo per te, allora avrebbe aiutato anche me.»

È sorprendente come poche parole possano alterare completamente la percezione di una persona. «Non ho bisogno che tu sia altro oltre che mio fratello, RJ. E mi rendo conto di aver reso difficile la nostra relazione accettando solo la versione di te che è facile da gestire e che non implica i fan che ti urlano dietro.»

«Comunque capisco perché non ti piace.» Si passa una mano tra i capelli. «So di non aver fatto un ottimo lavoro nell'affrontare la fama quando ho iniziato, e questo ha reso tutto più difficile per te.»

«Era una versione di te che non conoscevo.» E che non apprezzavo particolarmente. «Però ora è diverso. Non sono stata corretta con te, o con Bishop. Non mi sono minimamente sforzata di adattarmi a *tutti* gli aspetti della tua vita, ma solo a quelli che mi sono familiari e con cui mi sento a mio agio. Questo però significa che mi sto perdendo tante cose.» Cambio posizione per riuscire a guardarlo meglio. «Continuavo a pensare che se avessi fatto un passo sotto i tuoi riflettori avrei smesso di essere me stessa e che tutti avrebbero visto solo la tua sorellina, perché al liceo mi sentivo *sempre* così. Poi hai attraversato quella famosa fase delle conigliette e... Be'... È stato imbarazzante.» Soprattutto quando le ragazze mi davano il loro numero e mi chiedevano di girarlo a lui. Oppure quando fingevano di essere mie amiche per avvicinarsi a lui.

«Mi dispiace molto che le mie scelte abbiano avuto queste conseguenze su di te. E mi ha ucciso quando non mi parlavi, all'epoca.»

«Ero molto arrabbiata con te perché eri un puttaniere. Ti ho ammirato per tutta la vita e poi sei diventato una persona che non riconoscevo.»

«Mi è costato molto, Stevie. Non solo il mio rapporto con te e la mamma.»

«Lo so, e non voglio continuare a rivangare il passato e sguazzarci dentro. Ti sto solo spiegando l'impatto che ha avuto su di me.»

«Be', penso che siamo pari, ora che c'è un video in cui limoni con un mio compagno di squadra.»

Inarco un sopracciglio. «Non è proprio come una cosa a tre in una vasca idromassaggio, RJ, e tu lo sai.»

Fa una smorfia. «Non ne parliamo più.»

«Affare fatto.»

Restiamo entrambi in silenzio per un po', poi RJ riprende a parlare. «Penso che quando abbiamo cercato di sistemare le cose tra noi, forse ci siamo spinti troppo in direzioni opposte, soprattutto dopo la morte di papà.»

«Sono d'accordo. Io voglio solo RJ, mio fratello, non questo strano ibrido padre-fratello. Adoro il fatto che tu mi protegga, anche quando commetto errori stupidi, ma più di ogni altra cosa vorrei sentirmi alla pari con te, non voglio essere la sorellina di cui devi prenderti cura.»

«Non posso prometterti che non sarò protettivo, perché sono fatto così. Se Bishop ti prende in giro lo prenderò a calci in culo, ma farò del mio meglio per essere solo tuo fratello.»

«Non puoi prenderlo a calci in culo.»

«In realtà ho il suo permesso.»

«Perché dovrebbe darti il permesso di fare una cosa del genere?»

RJ mi lancia quel suo sguardo che dice "piantala". «Perché gli piaci un sacco.»

«Lo credi davvero?»

«Non lo credo, lo *so*. E vogliamo parlare del fatto che hai rimorchiato l'unico della mia squadra che detesto?»

«Non l'ho rimorchiato. E poi sei tu che mi hai permesso di sistemarmi nell'appartamento di fronte al suo, quindi non hai nessuno da biasimare se non te stesso.»

«Sapevo che avrei dovuto farti trasferire nella casetta in piscina quando ne avevo l'opportunità.»

«Il giudizio retrospettivo fa schifo, vero?» Considero la mia mancanza di lungimiranza con Bishop. «Siete tornati tutti insieme?»

«Sì. Bishop non vedeva l'ora di scendere dall'aereo.»

«Quindi adesso è a casa?»

«È molto probabile. Vuoi che ti accompagni lì?»

Non voglio far aspettare Bishop più di quanto abbia già fatto. «Sì, penso che dovrei andare a casa.»

Mentre Rook fa inversione, io invio un messaggio a Pattie e Jules per avvisarle che dobbiamo rimandare il brunch a un'altra volta. È ora di smetterla di seppellire la testa sotto la sabbia.

Invio a Bishop il messaggio che avrei dovuto inviargli giorni fa.

27

Dichiarazioni in mutande

BISHOP

Cose che avrei dovuto fare *prima* di partire per una serie di partite in trasferta:

Chiedere alla donna delle pulizie di venire il giorno prima del mio rientro;

Fare il bucato (o chiedere alla donna delle pulizie di farlo per me);

Cambiare le cazzo di lenzuola del letto;

Ordinare dei regalini per dimostrare a Stevie che siamo fatti l'uno per l'altra, e che si fottano tutti gli altri e quello che pensano;

Depilarmi le palle.

Cose che ho fatto prima di partire per una serie di partite in trasferta: niente.

Quindi, anche se vorrei bussare alla porta di Stevie e costringerla a parlarmi appena arrivo all'attico, ho un sacco di faccende di cui occuparmi.

Nolan è seduto sul divano, guarda la TV e mangia carote con non so che tipo di salsa.

L'appartamento è un porcile. «Carino da parte tua prenderti cura di te mentre sono via.»

«Immagino che tu non abbia ancora parlato con Stevie» replica, con la bocca piena di verdure.

«Non ancora.» Mi fermo e prendo la lattina sul tavolino, pronto a far patire le pene dell'inferno a mio fratello perché è appena mezzogiorno e sta bevendo. Poi leggo l'etichetta. «Da quando bevi birra analcolica?»

«Uh, dalla settimana scorsa, credo.» Nolan si strofina le cosce, come se fosse nervoso.

«È successo qualcosa mentre ero via?» In genere Nolan beve birra leggera e quando gli compro quella analcolica si rifiuta di toccarla, anche se in realtà non dovrebbe bere affatto.

«C'è stato un incidente un po' di tempo fa.» Si mordicchia un'unghia.

«Che tipo di incidente?»

«Ho perso il mio kit di insulina e Stevie mi ha aiutato.»

«Cosa? Quando cazzo è successo?» E perché diavolo Stevie non mi ha detto niente?

«Durante la trasferta precedente, prima di quel video. Le ho chiesto io di non raccontarti niente. Non volevo che ti preoccupassi più del solito. Mi ha accompagnato al pronto soccorso e abbiamo discusso del fatto che mi sarei preso più cura di me stesso.»

Indico prima lui e poi me. «Tu e io facciamo questa cazzo di discussione continuamente.»

Si stringe nelle spalle. «Lo so. Ma forse non mi sono mai reso conto di quanto fosse difficile per te. O di quanto fossi egoista finché lei non me lo ha fatto notare. Quindi ho pensato che sarebbe stata una buona idea prendermi più cura di me stesso, così potrò continuare a romperti le scatole il più a lungo possibile.»

Sento un nodo alla gola. «Giusto. Okay. Be', bene. Mi fa piacere.»

«Già.» Annuisce come un pupazzo di gomma.

«Io ci sarò sempre, per assicurarmi che tu stia bene» affermo con sincerità. «Ma sicuramente sarebbe fantastico se apprezzassi la tua vita tanto quanto me.»

Si schiarisce la gola. «Lo so. Lo capisco. Non voglio che pensi di non poter vivere la tua vita perché hai paura del modo in cui io vivo la mia. Mi rendo conto che per rendere le cose più semplici è necessario che io prenda più sul serio il mio diabete, così non dovrai preoccuparti così tanto per me.»

Sbatto le palpebre e mi massaggio la nuca. «È davvero bello sentirtelo dire, Nolan.»

«Immagino che prima o poi avrai bisogno della mia presenza, per chiedermi consigli sulle donne.» Sorride.

Alzo gli occhi al cielo. «Te l'ho già detto. Non mi servono consigli sulle donne.»

«Ah, davvero? Quindi hai sistemato le cose con Stevie?»

«Non ancora. Lo farò a breve, dopo che avrò sistemato questo casino.» Mi dirigo verso il corridoio e mentre passo gli stringo una spalla. È il gesto più sentimentale che sono disposto a compiere con lui.

«Anch'io ti voglio bene, fratellone» mi urla dietro.

«Sì, sì» borbotto con un sorriso, poi getto la mia sacca sul letto. Almeno ora ho una cosa in meno di cui preoccuparmi.

Pulire l'appartamento non è la mia priorità numero uno, dato che possiamo parlare a casa di Stevie, ma devo occuparmi della mia cura personale e di comprarle dei regali prima che bussi alla porta.

Faccio la doccia, raso tutte le parti importanti ed esco a comprare cose carine per la donna che voglio diventi la mia ragazza, sperando che entro la fine della giornata lo diventi. Compro duecento dollari di cioccolatini e un mazzo di fiori altrettanto costoso. Mi fermerei a prendere una pizza, perché è una cosa nostra, ma preferirei non avere l'alito che puzza di ananas e olive, qualora più tardi dovessimo pomiciare. Inoltre, ho le braccia già abbastanza cariche.

Cammino sul marciapiede, impaziente di tornare a casa e avere una conversazione attesa da tempo con Stevie. Il sole è scomparso dietro le nuvole e ha iniziato a piovere. Perfetto. Non ho avuto l'accortezza di portare con me un ombrello, perciò non ho modo di ripararmi dalla pioggia. Sto aspettando che scatti il verde all'attraversamento pedonale quando sento vibrare il telefono. Sposto il gigantesco mazzo di fiori e mi sistemo sull'avambraccio il sacchetto con i cioccolatini – che mi sta bloccando la circolazione – per riuscire a tirare fuori il telefono dalla tasca.

Lo schermo si illumina, la notifica indica che ho un nuovo messaggio da parte di Stevie. *Finalmente, cazzo.* Inserisco il codice. Lo sbaglio due volte, poi mi decido a rallentare e riesco a digitarlo correttamente. Apro il messaggio di Stevie.

Stevie: Mi dispiace di averci messo così tanto a rispondere. Quando vuoi sono pronta per parlare.

Inizio a scrivere per chiederle se è a casa e per avvisarla che sarò lì tra poco. Scatta il verde e le persone iniziano a muoversi. Io resto indietro, perché non sono bravo a fare due cose contemporaneamente e vorrei evitare di cavarmi un occhio con un ombrello.

Un attimo prima tengo in mano il telefono e sto per premere invio, e quello dopo un ciclista pazzo fa lo slalom tra me e una signora anziana. Per poco non la investe, sterza all'ultimo secondo e alla fine urta me. Il telefono mi vola via e schizza sulla carreggiata. Non sarebbe un problema, se non fosse che un dannato taxi accosta e lo distrugge.

A giudicare dallo scricchiolio, credo che mi servirà un telefono nuovo.

Alzo lo sguardo al cielo. «Sul serio? Tutte a me?»

Ovviamente il karma è uno stronzo come me, perché la pioggerella si trasforma in un acquazzone.

La vecchietta che è stata quasi investita dal ciclista mi lancia uno sguardo di disapprovazione e attraversa la strada sotto l'ombrello. Raccolgo il telefono rotto. La cosa migliore è andare a casa e vedere se Stevie è lì, prima di preoccuparmi di sostituirlo. Inoltre, se la scheda SIM funziona ancora, sono sicuro di poterla infilare in uno dei vecchi telefoni nel cassetto della cucina, quello in cui mettiamo gli oggetti inutili.

Quando arrivo all'attico sono fradicio. Il soggiorno è deserto e c'è un biglietto attaccato alla porta. Non mi prendo la briga di leggerlo, dato che ho cose più urgenti di cui occuparmi. Lascio tutto sul tavolino e mi tolgo i vestiti bagnati. Sono in boxer quando bussano alla porta.

Vedo ad aprire, senza riflette sul fatto che sono mezzo nudo.

Stevie è lì davanti, con i capelli color lavanda che le ricadono sulle spalle. Indossa un reggiseno sportivo e un paio di pantaloncini da corsa, ha le guance arrossate come se avesse corso.

«Ciao.» Mi studia e sposta il peso da un piede all'altro.

«Ehi.» Be', siamo partiti alla grande.

«Hai...»

«Volevo...»

Si morde il labbro, quel labbro morbido che sogno di mordicchiare da settimane e che mi piacerebbe tanto mordicchiare di nuovo. Dopo che avremo parlato.

«Mi sembrava di aver sentito l'ascensore un minuto fa» dice.

«Ho ricevuto il tuo messaggio, ma poi il mio telefono è stato investito da un taxi e non ho potuto rispondere, quindi sono tornato subito a casa. Stavo per venire a bussare da te.»

«Volevi prima vestirti per l'occasione?» La sua bocca si piega in un mezzo sorriso incerto mentre indica i miei boxer. Hanno un bersaglio disegnato sull'inguine.

«Si è messo a piovere e avevo dimenticato l'ombrello. I miei vestiti erano zuppi.» Vorrei infilarmi le mani in tasca, ma non ho le tasche. «Possiamo parlare?»

«Ci speravo.»

«Qui? Oppure andiamo a casa tua?» Dato che non ho letto il biglietto attaccato alla porta, non so se mio fratello è ancora a casa oppure no.

«Va bene a casa mia.» Stevie fa qualche passo indietro verso il suo appartamento. Io la seguo. È solo quando siamo a casa sua che mi rendo conto che probabilmente avrei dovuto mettermi i pantaloni. Ma ormai sono qui e non voglio andarmene di nuovo.

Stevie prende una felpa appesa a un gancio davanti alla porta, io però le copro la mano con la mia. «Non è necessario.»

«Quindi parleremo della nostra relazione mezzi nudi?»

«Sembra che le nostre migliori conversazioni avvengano in questo modo, non credi?» Sto cercando di alleggerire l'atmosfera? Decisamente. Di ritardare la conversazione? Anche.

Tuttavia, non fa nulla per coprirsi, quindi forse è d'accordo con me.

«Mi dispiace» diciamo contemporaneamente.

Di fronte a quella che probabilmente è la mia espressione confusa, aggiunge: «Non è stato giusto da parte mia sparire per una settimana intera».

«Avevi bisogno di tempo.» Ripeto le sue parole di domenica scorsa. In genere affronto i problemi non appena si presentano, ma capisco che le ragazze sono diverse, ed era una situazione piuttosto incasinata. Anche il non aver mosso un dito per risolvere la questione non è stato poi così utile. «E avrei dovuto occuparmi del video o trovare un modo per gestire la faccenda, ma in genere tendo a ignorare le questioni relative ai social. Probabilmente non è stata la mossa più intelligente in questo caso. Almeno, questo è quello che mi dicono tutti.» Vorrei davvero avere delle tasche in cui infilare i pollici, ma non avendo i pantaloni è impossibile. «Non sono abituato al fatto che alla gente importi qualcosa della mia vita personale.»

«Nemmeno io. Di solito è una cosa che riguarda mio fratello, non me.»

«Ma avrei dovuto fare qualcosa. È solo che... Non sapevo cosa. E tu non mi parlavi, perciò dichiarare pubblicamente che volevo che diventassi la mia ragazza ma che non ero sicuro che fossi ancora interessata mi sembrava da rammollito. Non che non fare niente sia stato meglio. Ti ho preso dei fiori e dei cioccolatini. E adesso che l'ho pronunciato ad alta voce, mi fa sembrare comunque un cazzo di rammollito». Mi passo una mano tra i capelli. «Cazzo. Forse ho davvero bisogno di qualche consiglio sulle donne, come ha suggerito Nolan. Forse avrei dovuto mettermi di più in gioco? Avrei potuto fare un video o qualcosa del genere per dichiarare i miei sentimenti per te.» Vorrei averci pensato prima. Poteva chiarire la situazione molto più velocemente.

Stevie si morde il labbro e mi sbircia da sotto le ciglia. «Non ho bisogno che tu combatta un video con un video, Bishop.»

«Okay. Allora non lo farò.» In un certo senso, sono sollevato. Odio le interviste in generale e non ho alcuna dimestichezza con le dichiarazioni. «Però vorrei che potessimo tornare a quella mattina, o a quando ti ho baciata. Avrei preferito che rimanesse un momento solo nostro.»

«Anche io. Voglio dire, vorrei aver reagito diversamente anche la mattina dopo.» Stevie si torce le dita. «Non sono stata affatto corretta con te, Bishop.»

«Ehm, okay?» Ero fermamente convinto che avrei dovuto inginocchiarmi e umiliarmi, o almeno scusarmi più volte per non aver affrontato la questione del video o per non averla spinta a parlare. In genere non sono sufficientemente coinvolto per arrivare a essere servile. Ma stavolta è diverso. «Puoi spiegarti meglio?»

«Vieni, sediamoci.» Intreccia le dita alle mie e mi conduce verso il divano. Mi sistemo in un angolo e lei prende il cuscino accanto al mio, sempre tenendo le dita intrecciate. «Ho passato gli ultimi dieci anni a nascondere chi è mio fratello, senza tenere conto di come la sua fama influenzi tutti tranne me. Comportandomi così mi sono rinchiusa in una scatola, e ci ho rinchiuso tutte le persone a cui tengo, incluso te.»

«Capisco perché non vuoi esporti a un rischio del genere. Insomma, io devo avere a che fare con la stampa e con i social, ma posso pagare qualcuno che gestisca questi aspetti per me, mentre tu non puoi.»

«Apprezzo che tu capisca la mia posizione, però non voglio che cerchi di giustificarmi.» Inclina la testa di lato. «In realtà mi piaceva il fatto che fossi un compagno di squadra di mio fratello. Significa che non ho nulla da temere, che vuoi starmi vicino solo perché ti piaccio. E il fatto che vi odiate a vicenda è un altro punto a favore, perché vuol dire che non stai con me per arrivare a lui.

Tutto questo non aveva assolutamente nulla a che fare con RJ, e non volevo condividerlo con nessuno.»

«Ma poi sono venuto a quell'evento con te» proseguo.

Annuisce. «Avrei dovuto aspettarmi tutta quell'attenzione, invece ho nascosto la testa sotto la sabbia, come sempre. Mi sono illusa che sarebbe stato come una qualunque altra serata passata insieme. È stato un errore. Non avrei dovuto costringerti a nasconderti insieme a me. Se mi fossi rilassata, forse la prima notizia sui social non sarebbe stato uno stupido video che ha fatto impazzire tutti, me compresa.»

«Se avessi fatto una mossa prima di quella sera, forse non ci sarebbe stato nessun video virale.» Sento che devo assumermi parte della colpa.

«Stavi eseguendo gli ordini del tuo allenatore.» Stevie sorride dolcemente e sospira. «Perciò mi dispiace per come ho reagito, per non essere stata in grado di gestire la situazione, per averti detto che avevo bisogno di tempo per pensare e poi non aver risposto subito al tuo messaggio, ma avevo un bagaglio emotivo bello grosso da affrontare.»

«E ora che lo hai fatto, come ti senti?»

«Vorrei aver agito in modo diverso, tanto per cominciare.»

«Un po' come io vorrei non essere stato così stronzo la sera in cui ti sei trasferita qui.» Le faccio un mezzo sorriso.

«L'insulto sull'ammosciacazzi è stato davvero indimenticabile.»

«Ero di pessimo umore.» Alzo le nostre mani giunte e premo le labbra sulle sue nocche.

«Che strano.»

«E comunque il commento sull'ammosciacazzi era una stronzata, e lo sai.» Mi avvicino e giocherello con una ciocca di capelli color lavanda chiaro. «Questa settimana senza di te è stata terribile. Non ne potevo più. Non sopportavo di non parlarti, di non averti intorno a costringermi ad allenarmi. Non sopportavo di non vedere il tuo viso, fosse anche solo su uno schermo minuscolo.»

«Anch'io ho odiato la tua lontananza.»

«Ma sopporterei le partite in trasferta se sapessi di trovarti qui al mio ritorno.»

«Per sciogliերti i muscoli?»

Alzo gli occhi al cielo, e mi rendo conto che di solito questa è la sua reazione, non la mia. «Riesci a *non* essere sempre così lapidaria?»

Si fa piccola. «Potrebbe essere il mio meccanismo di difesa.»

«Spegnilo per un secondo, okay?»

«Scusa.» Serra le labbra.

«Voglio essere l'oliva sul tuo ananas.» Le accarezzo la guancia con il pollice. Lei inclina la testa all'indietro: una reazione inconscia, ne sono sicuro, ma che suggerisce tutto ciò che le parole non possono dire. Tra noi non c'è un incastro perfetto, per molte ragioni, eppure ci incastriamo lo stesso.

Stevie ride. «Te l'avevo detto che avrebbe iniziato a piacerti.»

«Non ammetterò mai apertamente che mi piace.» Le prendo il viso tra le mani, mi chino e sfioro le sue labbra con le mie. «Tutto il mio mondo è migliore con te, Stevie.»

«Anche il mio.»

«Voglio portarti fuori, in pubblico. Voglio stare con te.»

Sospira, un po' tremante, e sussurra: «Anche io».

«Non voglio più dover nascondere quello che provo per te.»

«Nemmeno io.»

La afferro per la vita e la sposto in modo che sia a cavalcioni su di me. Ci sarebbero milioni di modi più romantici per farlo e prendo in considerazione l'idea di correre a casa a prendere fiori e cioccolatini, ma siamo qui, mezzi nudi, e penso che sia una situazione piuttosto strategica, perciò i fiori possono aspettare.

«Voglio dirti una cosa importante.»

«Okay.» Allaccia le dita dietro il mio collo.

«Ti amo.»

I suoi occhi sono dolci e un po' lucidi. «Ti amo anch'io, Shippy.»

«Vorrei odiare quel soprannome, ma pronunciato da te non è poi così male.»

«Probabilmente aiuta il fatto che io sia mezza nuda e seduta sulla tua erezione.»

«Probabilmente.»

Preme le labbra sulle mie. Passiamo le due ore successive a dimostrare l'uno all'altra i nostri sentimenti, con molti gesti e poche parole – a parte alcune, sconce.

28

Non serve nascondersi

STEVIE

Una settimana dopo

«Ti prego, dimmi che non ti prendi tutto questo disturbo per ogni partita.» In questo momento sono in una spa a lasciarmi coccolare. La spa e le coccole non sono mai state la mia passione. Avere qualcuno che mi pettina, mi trucca e mi lima le unghie è eccessivamente vizioso – anche se potrebbe iniziare a piacermi.

«Dipende a che punto è il campionato. Per le partite dei playoff do il massimo, ma nel corso della stagione no» spiega Violet. Un'estetista è china sulla sua mano e le sta fissando un brillantino e un piccolo adesivo della squadra di Seattle sull'unghia. Penso che a me farebbe andare fuori di matto, ma sembra che lei lo adori. «Quando Alex giocava ancora, mi facevo mettere i brillantini sulla castorina, per le partite speciali.»

«La castorina?»

Si indica l'inguine.

«Sul serio?» Non sta ridendo, quindi devo presumere che sia in grado di restare perfettamente impassibile, o che si sia davvero fatta mettere i brillantini nelle zone intime.

«Oh, sì. E se non sei troppo veemente durante l'accoppiamento, ci restano attaccati più o meno una settimana. Se ti interessa, qui lo fanno.»

È seria. «Ehm, passo.»

Violet sorride e annuisce con aria d'intesa. «Mi sembra una scelta saggia, visto che questa sarà la tua festa di debutto e presumo che il tuo ragazzo vorrà scatenarsi laggiù più tardi. Risparmia i gioielli sulla castorina per un'occasione in cui potrà apprezzarlo davvero.»

Ho stabilito che Violet mi piace molto, anche se in genere le conversazioni con lei mi fanno arrossire.

Dopo tre ore alla spa torniamo da Lainey per prepararci. La settimana scorsa ho tinto di nuovo i capelli: un acquamarina pallido che si schiarisce gradualmente sulle punte. Questa sarà la mia prima partita ufficiale come ragazza di Bishop. Dire che lui ne è entusiasta sarebbe un eufemismo.

Mi metto dei jeans e una felpa con il nome e il numero di Bishop sulla schiena. Non rinuncerò alla comodità solo perché ho sistemato i capelli, le unghie e il trucco. Lainey indossa la sua maglia, ma sul retro c'è scritto "MRS. BOWMAN", il che è davvero tenero.

Mio fratello ha un autista, George, a disposizione per questo genere di occasioni. Quando siamo vestite e pronte, ci accompagna allo stadio del ghiaccio. Non dobbiamo passare dalle stesse porte di tutti gli altri e abbiamo un palco riservato per noi, ma se volessimo sederci nei posti in prima fila potremmo farlo tranquillamente. Ho deciso di strappare subito il cerotto, quindi siamo dietro la panchina, accanto alla pista.

L'urgenza di nascondermi sotto il cappuccio è forte, però ci sistemiamo ai nostri posti mentre altre fidanzate e mogli prendono le sedute intorno a noi. Ho conosciuto la maggior parte di queste donne grazie al "club del cinema" di Violet. In realtà, è più che altro una scusa per stare insieme quando i ragazzi sono via, a mangiare schifezze, bere e cazzeggiare mentre parliamo dei film o li interrompiamo per rivedere le scene in cui gli eroi sono a torso nudo. Finora il tema è stato film sui supereroi. In ogni caso, è stato divertente.

Mentre sto seduta lì ad assorbire l'eccitazione dei fan e osservare questo fantastico gruppo di donne che sostengono e amano i loro uomini, mi rendo conto di essermi persa molto negli ultimi anni. «Sarei dovuta venire prima alle partite.»

Lainey mi stringe la mano. «Se non eri pronta va bene così. A volte dobbiamo procedere con piccoli passi. Io ho iniziato a sedermi dietro la panchina solo alla fine della scorsa stagione, quindi il fatto che tu ci stia saltando dentro con entrambi i piedi è una cosa positiva. E possiamo fingere, per il bene di RJ, che sia lui il motivo per cui sei qui.» Mi fa l'occhiolino.

Il volume della folla sale a livelli deliranti quando Seattle scende in campo. Mi metto dritta, applaudo e fischio insieme a tutti gli altri. Bishop pattina attraverso la pista con l'espressione seria – tipico suo – finché RJ non gli dà una gomitata sul fianco e fa un cenno nella nostra direzione.

Lo sguardo di Bishop segue quello di mio fratello; scruta l'arena, e quell'espressione seria si trasforma in un enorme sorriso nell'istante in cui mi trova. Sento le guance avvampare quando mi rivolge l'occhiolino, ma non fa nulla per attirare apertamente l'attenzione verso di me.

«Oh mio Dio, guarda quanto è cotto quel ragazzo. Sono davvero felice di aver scommesso sulla partita di stasera per il tuo debutto» dice Violet, con un ampio sorriso.

«È a questo che servivano i capelli, le unghie e tutto il resto?» chiedo.

«Cercavo solo di essere d'aiuto. Sai, l'ho detto alla festa per il pre-campionato. Sapevo che presto Winslow avrebbe avuto una ragazza tra noi, ed eccoti qui.» Sembra fiera di sé, come se stessimo insieme grazie a lei.

Lainey si sporge in avanti per potersi rivolgere a Violet. «Non mi avevi suggerito di presentare Stevie a Kingston?»

«Oh mio Dio, sul serio?» Faccio una risata nasale. «Figuriamoci.» Kingston è davvero un bravo ragazzo, ma non ho mai conosciuto una persona così moralista in tutta la mia vita. Sembra uno che potrebbe andare di porta in porta e chiedere alle persone di unirsi alla sua nuova religione. «Inoltre, King è fidanzato da sempre.»

«Non è questo il punto. Io stavo cercando di provocare Bishop e ha funzionato. Lui e RJ hanno iniziato a essere sgarbati tra loro, sapevo che stava succedendo qualcosa.» Violet si massaggia la pancia e sorride. «E avevo ragione. Forse sono una sensitiva.»

«O forse sapevi già che Stevie e Bishop erano vicini, dato che sei sposata con l'allenatore della squadra» suggerisce Lainey.

«È più divertente fingere di avere poteri psichici.»

L'attenzione di Violet si sposta sulla destra. Saluta con entusiasmo e manda un bacio in direzione della panchina.

L'allenatore della squadra, suo marito, le fa l'occhiolino mentre il resto della squadra si sposta per lasciargli posto in panchina.

Dopo essersi seduto, Bishop si gira e mima un "ti amo" con la bocca. Questo gli procura una battutina da parte del compagno di squadra accanto a lui e un'alzata di occhi da parte di mio fratello.

Il mio cuore è leggero e palpitante nel petto, almeno fino all'inizio della partita. Avevo dimenticato quanto possa essere emozionante guardare l'hockey dal vivo. Mi fa sentire la mancanza di mio padre e ho un momento di tristezza per aver perso così tante opportunità di vedere giocare mio fratello, perlopiù a causa delle mie paure, che, come sto iniziando a capire, non erano del tutto sensate.

La partita è straordinaria. I momenti migliori sono il gol di Bishop nel secondo tempo, che porta la squadra in vantaggio, e quello di RJ nel terzo tempo. Seattle vince la partita quattro a due. Aspettiamo che la maggior parte della gente lasci l'arena prima di uscire e dirigerci al ristorante per festeggiare con la squadra.

La televisione del locale trasmette gli highlight della partita e le interviste, ma l'audio è disattivato. Bishop appare sullo schermo, la sua espressione seria si trasforma in un sorriso quando risponde a una domanda e fa l'occhiolino allo schermo. Dovrò riguardarlo più tardi, quando saremo a casa.

Aspettiamo mezz'ora prima che arrivi la squadra. Anche se la sala sul retro del ristorante è riservata a loro, c'è un gran numero di tifosi che reclamano la loro attenzione.

Bishop non ignora apertamente i fan, ma non sorride alle foto che la gente continua a scattargli. È ovviamente distratto mentre scruta tra la folla. Si lascia andare a un ghigno solo quando mi vede dall'altra parte della sala. Qualcuno gli sta dicendo qualcosa, però lui si allontana.

Scuoto la testa e rido mentre si fa strada tra la gente per raggiungermi. Quando siamo vicini mi avvolge le braccia intorno alla vita e mi tira su fino a sollevarmi i piedi da terra. «Mi hai sentito quando ti ho dedicato il mio primo gol della stagione?» mi mormora all'orecchio. Poi le sue labbra si spostano sul mio collo.

«Cosa?!»

Mi rimette giù e mi passa le dita tra i capelli. «Quando mi hanno intervistato ho detto che il mio primo gol era per te.»

«Dimmi che non è vero.»

«È vero.» Il suo sorriso vacilla. «Va bene?»

Gli poso un palmo sulla guancia e gli sorrido con fare rassicurante. «Certo che va bene, ma io non c'entro niente con quel gol. Hai fatto tutto tu.»

«La tua presenza mi ha aiutato. Da adesso in poi ti voglio a tutte le mie partite in casa. È ragionevole, no?»

«Vedrò cosa riesco a fare.» Lo strattono per la cravatta. «Vieni qui.»

Quando le nostre labbra sono a un centimetro di distanza mi tira su il cappuccio.

«Non è necessario. Non mi importa se la gente scopre che io sono tua e che tu sei mio.»

Sorride. «Buono a sapersi. Ma quello che ho intenzione di fare potrebbe non essere adatto ai minorenni, quindi ho pensato che ci sarebbe servita una piccola copertura.»

Mi solleva l'estremità del cappuccio e mi bacia. Non mi importa se le persone ci guardano o se scattano foto – cosa molto probabile. Ci fermiamo per prendere fiato solo a causa dei fischi e perché qualcuno ci urla di prendere una stanza.

«Smettila di maltrattare mia sorella, Winslow!» RJ gli dà una pacca sulla spalla.

Bishop mi aggancia al suo fianco con fare protettivo. «Stavo salutando la mia ragazza.»

Io gli metto una mano sul petto e lo spingo via. Lui mi lascia andare, la sua espressione rispecchia la sua preoccupazione. È a causa mia se lui e mio fratello sono preoccupati, per cui faccio l'unica cosa che mi viene in mente per dissipare il loro timore che tutto questo sia troppo per me. «Lainey, puoi scattarci una foto?»

«Certo.»

Le passo il telefono. Mio fratello si allontana, io però lo afferro per la manica. «Ne voglio una con i miei giocatori di hockey preferiti.»

All'inizio sembra sorpreso, poi il suo viso si illumina. So che è passato molto tempo e che è esattamente ciò di cui abbiamo bisogno per riavvicinarci, come una volta.

Tiro giù il cappuccio e mi passo le dita tra i capelli per sistemarli, poi sorrido mentre Lainey mi scatta delle foto, prima con RJ, poi schiacciata tra loro due, e infine solo con Bishop. Trascorro il resto della serata godendomi il tempo con le persone a cui voglio più bene in assoluto e chiedendomi perché diavolo mi ci sia voluto così tanto tempo per capire che chi sono veramente non cambierà mai, a prescindere da chi frequento o da chi sia mio fratello.

Epilogo

Piccola, per sempre

STEVIE

Otto mesi dopo

«Bishop? Sei pronto?» urlo. Sto sistemando il cibo e i regali per Kody in una scatola. Il compleanno di mio nipote è stato più di due mesi fa, ma ogni volta che trovo qualcosa di carino non riesco a non comprarlo. È mio dovere di zia viziarlo come si deve. Inoltre, Bishop è venuto a fare shopping con me. Appena vede che qualcosa mi piace, la prende e la mette nel carrello, sempre. Se provo a rimetterlo sullo scaffale, lui minaccia di fare una scenata.

Una cosa che ho imparato su Bishop da quando usciamo insieme in pubblico è che non gliene frega niente di quello che pensa la gente. Questo mi fa apprezzare molto di più il suo impegno nel cercare di farmi sentire a mio agio e poco esposta.

«Quasi. Ti serve una mano?»

Alzo lo sguardo e mi trovo il pacco del mio ragazzo all'altezza degli occhi. Indossa un paio di boxer con la frase "GUARDA CHE PACCO" stampata sul davanti su un segnale giallo di pericolo.

«Stai scherzando? Tra mezz'ora dobbiamo essere da mio fratello. Ho detto a Lainey che l'avrei aiutata a sistemare e ho io tutti i palloncini.» Indico l'assurda quantità di borse e scatole che sto portando alla festa di fine anno della squadra.

Lainey sarebbe stata più che felice di ordinare tutto il necessario per la festa, ma io adoro occuparmi delle decorazioni ed essere creativa… A patto di non dover avere a che fare con persone come Joey, il quale, a proposito, è stato licenziato qualche mese fa per averci provato con diverse sue clienti. In generale, rimorchiare i clienti è disapprovato per questioni di molestie sessuali, ma la situazione è degenerata quando le donne coinvolte hanno scoperto che andava a letto con più di una di loro. La cosa più bella è che si sono confrontate con lui in mezzo alla palestra. È stato epico. Il karma.

Bishop sta in piedi con le mani dietro la schiena e un sorrisetto sul volto. «Abbiamo tutto il tempo necessario. E ho un regalo per te.»

Inarco un sopracciglio. «Io ti amo, Shippy, però regalarmi il tuo bastone non funzionerà.»

«Il regalo non è il mio bastone. Non adesso, perlomeno.»

«E allora per quale motivo sei ancora in mutande?»

«Perché non voglio che mi stropicci i vestiti, quando ti esalterai appena ti dirò qual è il regalo.»

Alzo gli occhi al cielo ma mi arrendo. So che non andremo da nessuna parte finché non otterrà ciò che vuole. «Okay, d'accordo. Qual è il regalo?»

«Ce ne sono due. Scegli una mano.»

Gli tocco la spalla sinistra. Tira fuori la mano da dietro la schiena e apre il pugno, rivelando un portachiavi con la scritta "CASA DOLCE CASA". «La casa è nostra.»

«Cosa? Quando? Oh mio Dio!» Gli salto addosso e mi aggrappo a lui come un koala.

Bishop ride e ricambia l'abbraccio mentre mi deposita sulla superficie più vicina, ossia sul ripiano della cucina. «Mi hanno telefonato stamattina. Domani dobbiamo andare a firmare dei documenti, ma volevo dirtelo prima di andare da tuo fratello, così possiamo condividere la buona notizia con loro.»

«È magnifico!» Gli prendo il viso tra le mani e lo bacio, allontanandomi prima che possa approfondire la questione. «RJ sarà felicissimo! È perfetto! Posso dare una mano con Kody, quest'estate potremo organizzare dei barbecue e ora mia madre potrà venire a trovarci e stare con noi o con RJ.» Lo bacio di nuovo. «Sei sicuro di poter sopportare di vivere vicino a mio fratello? È probabile che venga a trovarci in continuazione. Magari senza preavviso.» Attacco di nuovo le mie labbra alle sue.

«Imparerà ad avvisare, se gli apro la porta nudo» borbotta Bishop. Gli ficco di nuovo la lingua in bocca.

Qualche settimana fa hanno messo in vendita una casa vicina a quella di mio fratello. Con il contratto di affitto dell'attico che scade alla fine di giugno, Bishop ha pensato che sarebbe stata una buona idea chiamare l'agenzia immobiliare. È una casa grande, più grande di quello di cui abbiamo bisogno, ma ha molto spazio per crescere e per ospitare persone come mia madre, o Kyle e la sua famiglia, o la madre di Bishop. Nolan si è trasferito da poco in un appartamento tutto suo, con Pattie. Si sono conosciuti a una partita in autunno e si sono scambiati i numeri, e da allora sono praticamente inseparabili.

Gli afferro l'orlo della maglietta, pronta a festeggiare con un rapido orgasmo, ma Bishop stacca la bocca dalla mia e mi copre la mano con la sua. «Ne riparliamo tra un attimo. C'è ancora il regalo numero due.»

«Come farai a battere una casa?» Il mio sorriso svanisce quando si morde il labbro e all'improvviso mi sembra nervoso. «Bishop?»

«Ti amo» dice.

«Anch'io ti amo.»

Annuisce, come se stesse cercando di auto convincersi. Poi si inginocchia. Adesso il suo viso è all'altezza del mio inguine.

«Ehm, che stai facendo?»

«Era molto più semplice nella mia testa.» Afferra il bordo del bancone e si tira di nuovo su. È allora che noto che stringe una scatolina nel pugno.

«Cos'è?» Afferro la sua mano con entrambe le mie e provo ad aprirla, ma Bishop è molto più forte di me.

Apre lentamente le dita per rivelare un portagioielli di velluto. Il mio cuore inciampa. Incrocio il suo sguardo con un'espressione interrogativa. L'ultima volta che ho visto una scatola come questa è stata quando ho aiutato mio fratello a scegliere l'anello di fidanzamento per Lainey.

«So che non è iniziata benissimo tra di noi, e so anche di non essere la persona più facile da gestire. A volte sono lunatico e difficile e altre volte sarebbe meglio che mi tappassi la bocca perché non ho molto tatto, ma sono una versione migliore quando sono con te, Stevie. Ti amo, da morire. E prometto che continuerò a impegnarmi per amarti come meriti. Se me lo permetterai proverò a farlo per il resto della mia vita.» Solleva il coperchio e rivela uno splendido anello con un diamante rosa pallido.

«Mi stai chiedendo di sposarti?» È una domanda stupida – certo che me lo sta chiedendo – ma sono un po' sconcertata. Bishop non è proprio il tipo da cuori, fiori e gioielli, anche se ogni tanto ci prova. Gli piace più che altro comprare piante in vaso piuttosto che fiori recisi, dato che le uccido più lentamente. Di solito è più tipo da prendere una pizza e comprare una casa. O almeno pensavo che lo fosse, fino ad ora.

«In teoria il piano ero questo, ma se non sei pronta possiamo dimenticarci dell'anello e far finta che tutto questo non sia mai successo. Forse per ora basta la casa? Dovrei riprovare tra un anno?» I suoi occhi guizzano di qua e di là. Chiude la scatola con uno scatto e la nasconde dietro la schiena.

«Non voglio che tu me lo chieda tra un anno.» Gli tiro il braccio che nasconde l'anello. «Voglio che tu me lo chieda adesso.»

«Sei sicura? Perché posso aspettare se vuoi.»

«Sicurissima.» Mi avvicino al suo orecchio e sussurro: «Se me lo chiedi, prometto che dirò di sì».

Mi bacia e apre di nuovo il coperchio. «Vuoi sposarmi? Per favore?»

«Non c'è assolutamente niente al mondo che mi renderebbe più felice.»

Tira fuori l'anello dal cuscinetto e me lo infila al dito. «Ti piace l'anello? Non volevo che fosse eccessivo, ma se non è di tuo gusto possiamo tornare al negozio e trovare qualcos'altro…»

«È perfetto, Shippy.»
«Sì?»
«Sì. Lo amo.» Gli prendo il viso tra le mani e attiro la sua bocca alla mia.
«E amo anche te. Tantissimo.»
«Devi amarmi per forza, se sei disposta ad avere a che fare con me ogni giorno per il resto della tua vita.» Riesco a sentire il suo sorriso sulle mie labbra mentre mi stringe tra le braccia.
«Non riesco a immaginare la mia vita senza di te e la tua ridicola biancheria intima.»
«Bene, perché adesso io e la mia biancheria intima saremo tuoi per sempre.»

Ringraziamenti

Come sempre, Hubs e Kidlet, siete il mio mondo. Grazie, per aver incoraggiato i miei sogni e per avermi permesso di ignorare il bucato e lo stato del mio ufficio più spesso di quanto avrei dovuto.

Kimberly, sei un unicorno. Grazie, per essere appassionata di fogli di calcolo tanto quanto me e per essere nel mio team.

Alla mia squadra di Montlake: grazie, per aver reso meravigliosa questa esperienza e per aver dato ai miei giocatori di hockey una casa favolosa.

Deb, quel villaggio per pensionati in Florida ci sta aspettando. Già ci vedo, tra qualche anno, a mettere in imbarazzo i nostri nipoti con storielle inappropriate. Non cambiamo mai.

Leigh, sarò sempre grata di averti inviato quel messaggio e di non aver mai smesso di infastidirti. Grazie per essermi amica.

Mamma, papà e Mel: vi voglio bene. Siete un fan club incredibile e il vostro sostegno significa tantissimo per me.

Sarah, Hustlers: è un onore avervi al mio fianco. Sarò eternamente grata per il vostro amore per i libri e per il vostro straordinario supporto.

A Jenn, Sarah, Brooke e al mio fantastico team della SBPR: grazie, per avermi aiutata a mettere al mondo i miei bambini di carta. Siete un team favoloso di donne-boss e sono orgogliosa di lavorare con voi.

Gel, Sarah e Angy: grazie, per aver condiviso il vostro meraviglioso talento con me. Sono fortunata a lavorare con donne così straordinariamente creative.

Al mio gruppo di lettori: grazie, per essere sempre così entusiasti dei nuovi libri, per quello che verrà e per esservi imbarcati con me in questo viaggio folle.

Lettori, blogger e bookstagrammer: siete parte integrante di questa community. Il vostro entusiasmo per le nuove storie è contagioso e stimolante. Grazie, per tutto ciò che fate.
I miei amici autori in questa community sono una straordinaria fonte di ispirazione. Sono molto fortunata a far parte di un gruppo di donne così stimolante. Deb, Leigh, Tijan, Kellie, Ruth, Erika, Susi: voi mi ispirate con la vostra passione, con la vostra dedizione e il vostro continuo e incrollabile supporto. Vi adoro.
Marine, Julie, Kathrine, Laurie e Lou: grazie per essere delle amiche favolose.

NELLA COLLANA
Always romance

Vicious. Senza pietà, *L.J. Shen*
Dammi mille baci, *Tillie Cole*
Sulle note di noi due, *Tillie Cole*
Un diavolo arrogante, *R.S. Grey*
Il ladro di baci, *L.J. Shen*
Il ragazzo ideale, *Elle Kennedy e Sarina Bowen*
Pretty Enemy, *Kristen Callihan*
Il diavolo veste nero, *L. J. Shen*
Non sei il mio Romeo, *Ilsa Madden-Mills*
The fine print. Un accordo per due, *Lauren Asher*
Come per magia tu, *Devney Perry*
Tutta colpa dell'estate, *Tessa Bailey*
Styx. Per te solo io, *Tillie Cole*
Come in un film, *Anna Nicoletto*
Quando l'anima brucia, *L.J. Shen*
Brooklyn Nights, *Sarina Bowen*
Bugia dopo bugia, *Helena Hunting*
Sweet Home, *Tillie Cole*
Nemici per sempre, *Tijan*
Maledetto il giorno che ci ha fatto incontrare, *Sarah Hogle*
Waylon Univerity. La sfida, *Ilsa Madden-Mills*
Giura che sei mio, *Meagan Brandy*
Marriage for one, *Ella Maise*
Final offer. Un'offerta per due, *Lauren Asher*
Giuro che ti amo, *Meagan Brandy*
Broken. Senza Paura, *L.J. Shen*
House of love, *Naike Ror*
Battitore batticuore, *Meghan Quinn*
Sbaglio dopo sbaglio, *Helena Hunting*

FSC
www.fsc.org
MISTO
Carta da fonti gestite
in maniera responsabile
FSC® C007287

Questo libro è stampato su carta FSC® amica delle foreste.
Il logo FSC® identifica prodotti che contengono carta proveniente
da foreste gestite secondo rigorosi standard ambientali, economici
e sociali definiti dal Forest Stewardship Council®
e altre fonti controllate.